Amar, Rir e Chorar

Sergio Atieh

Amar, Rir e Chorar

Revisão de textos: Rosemarie Giudilli

Diagramação e capa: Décio Lopes

Dados de Catalogação da Publicação

Atieh, Sergio

Amar, Rir e Chorar /Sergio Atieh | 1ª edição | São Paulo, SP | Editora Isis, 2018.

ISBN: 978-85-8189-???

1. Literatura Brasileira I. Título.

EDITORA ISIS LTDA
www.editoraisis.com.br
contato@editoraisis.com.br

EDITORA AFILIADA

Sumário

Dedicatória

Mulheres:

Pra quem nos deu a vida e pra quem nos dá vontade de viver.

Pra quem iremos apertar a mão antes de partir e pra quem nos faz querer morrer para ter seu amor.

Para quem nos faz despencar e amar a perdição.

Não há como não crer em Deus... Somente ele poderia ter feito vocês.

Não há como não crer em demônios, somente eles poderiam explicar tamanha compilação de sentimentos dentro de seus corações.

A maioria das palavras foram criadas para tentar explicá-las.

Na verdade, a escrita foi esculpida para vocês.

Nossas obras mais lindas foram feitas para arranhar seus corações.

Helenas de Tróia repetiram-se séculos após séculos em desesperos dos homens e suas barbáries.

Vocês são nosso deus e nosso demônio.

Nosso maior amor e motivo da nossa perdição.

Nossas maiores desculpas e gratidões.

Nossas maiores certezas e desesperanças.

Não há como não crer em Deus... Somente ele poderia ter feito vocês.

Aos amigos:

Não há nada mais bonito do que ser achado quando estamos perdidos.

Uma das coisas mais bonitas nos humildes, é a capacidade que eles têm de encontrar as pessoas

Como eles conseguem enxergar alguém no meio do nada, e ver nessa pessoa um(a) amigo(a).

Não é bonita uma amizade que nasce assim? Você está perdido, desacreditado, amargo, e alguém vê o pior de você, sua maior fraqueza, e mesmo assim, esse amigo se aproxima com aquele amor concreto, palpável, cotidiano.

Os humildes se apaixonam assim pelas pessoas e as tornam suas amigas

Trazem-nas para perto deles.

Não inventam desculpas para afastá-las por invejas.

É emocionante olhar para a capacidade que essas pessoas possuem de olhar para as maiores misérias do outro, e encontrar a pedra preciosa que está escondida.

Isso que podemos chamar de divino, de ressureição.

É quando no sepulcro do nosso coração, alguém encontra um fio de vida.

E ao puxar esse fio de vida, faz com que a gente se torne melhor.

Não uma desculpa para se afastar.

Não há nada mais bonito do que ser achado quando estamos perdidos.

Não há nada mais bonito do que você ser encontrado no momento que não sabemos para onde ir, nem onde estamos.

O verdadeiro amor, a mais pura amizade faz isso: ela nos elege.

Os amigos são capazes de enxergar em nós o que temos de mais bonito, o que temos de eterno: aquilo que costuma ficar escondido por trás das nossas fraquezas, das nossas precariedades.

Por isso que eu agradeço muito a vocês, meus amigos

Agradeço por vocês que vendo o que tenho de pior, despertaram o melhor em mim. Fazendo-me ressurgir quando queria me esconder.

Continuam ao meu lado, me ajudando a ser mais humano, pois só deuses se mostram perfeitos.

Ajudam a achar dentro de mim a essência que existe que nos tornam melhores: a capacidade de construir.

Ter amigos é como arvorear, lançar galhos, fincar raízes.

Para que o outro ao olhar a árvore, reconheça que há algo ali: que lá permanecemos para fazer sombra, para trazer ao outro um pouco do aconchego que precisamos na vida.

Por que não arvorear? Criar árvores?

Se queremos mudar o mundo, vamos começar pelo início: seja amigo.

Não há nada mais bonito do que enxergar amor em alguém que está perdido.

Nossas maiores certezas e desesperanças. Não há como não crer em Deus... Somente ele poderia ter feito vocês. Não há como não crer em Deus... Somente ele poderia ter feito vocês. Não há como não crer em Deus... Somente ele poderia ter feito vocês.

Ao amor:

Alguns amantes elegem suas canções, mas nós temos música.

Casais têm seus lugares, mas nós criamos nosso universo sagrado por estarmos nele juntos Não há como não crer em Deus... Somente ele poderia ter feito vocês. Não há como não crer em Deus... Somente ele poderia ter feito vocês.

Não há como não crer em demônios, somente eles poderiam explicar tamanha compilação de sentimentos dentro de seus corações. Não há como não crer em demônios, somente eles poderiam explicar tamanha compilação de sentimentos dentro de seus corações. Não há como não crer em Deus... Somente ele poderia ter feito vocês. Não há como não crer em Deus... Somente ele poderia ter feito vocês. Não há como não crer em Deus... Somente ele poderia ter feito vocês.

Não há como não crer em Deus... Somente ele poderia ter feito vocês. Não há como não crer em Deus... Somente ele poderia ter feito vocês. Não há como não crer em Deus... Somente ele poderia ter feito vocês. Não há como não crer em Deus... Somente ele poderia ter feito vocês.

1

Tenho culpa por não ter um amor?

Para pequenos seres como nós, a vastidão só é suportável com o amor.

A entrevista com a psicóloga

– Eu sou uma mulher independente, doutora Cláudia, nunca dei trabalho para ninguém, por qual motivo acha que estudei minha vida toda, consegui um emprego estável, fiz doutorado em engenharia civil? – questiona Ana com inconformismo.

– Sua carreira não é sua vida, não misture as coisas. – retruca a psicóloga diante de uma paciente magra, quase atlética, cabelos negros um pouco abaixo do ombro e 1,68 cm de altura.

– Eu lutei muito para chegar aonde cheguei. É importante eu lhe dizer isso, sinto-me errada por linhas retas.

– Muitos pensam assim, Ana.

– Fazer tudo certo, e mesmo assim, a vida não caminhar para onde eu sempre sonhei, doutora?

– Sim, é muito mais comum do que imagina, mas minha pergunta é: questionar-se dessa forma, pode ajudá-la?

– Como assim, doutora Cláudia? – Ana encara sua psicóloga um tanto confusa.

– A quem quer convencer ou se desculpar dando suas credenciais, Ana?

– Eu estou dialogando, doutora Cláudia. – Responde um tanto na defensiva – adorei a frase colocada na porta do seu consultório: "Proibida entrada de pessoas perfeitas".

– Fico feliz. – Pondera Cláudia – Você veio visitar seus pais e resolveu fazer terapia aqui no Brasil, por quê?

– Eu senti necessidade, eu já moro na Europa há tanto tempo.

– Mas por qual razão aqui, perto de suas raízes e lembranças?

– Acho que não tem ligação, doutora, aqui as pessoas são mais calorosas, apenas isso. Até os psicólogos podem entender melhor a cabeça de um brasileiro do que um profissional alemão. – Ana faz uma pausa, franze o rosto e questiona com ligeireza:

– Você gosta do seu trabalho, doutora?

– Por que a pergunta? – Cláudia questiona num tom de voz firme.

– Porque as pessoas são mais bonitas quando falam sobre algo que amam, há paixão em seus olhos.

– Sim, eu gosto muito do meu trabalho, amo ajudar meus pacientes. – Cláudia demonstra sinceridade.

– Então a senhora me entende? É desse tipo de paixão que espero ter aqui no Brasil, logo de cara eu percebi isso em você.

– Pode ser Ana. – Cláudia não pareceu estar convencida, e prossegue em sua linha de raciocínio – Mas pense em suas primeiras frases de hoje, qual o motivo de listar seus ótimos predicados, formação e independência, como se fossem empecilhos para uma relação?

– Mas sempre foram! Eu tenho vários relacionamentos que ruíram por isso, eu já lhe disse. – Ana faz uma pausa, parecendo puxar um sentimento profundo diretamente do seu peito – Sabe, minha casa na Europa é um pouco isolada, sabe? Ao atravessar a rua há um pequeno bosque. Certa madrugada não conseguia dormir, sentia-me angustiada, cheia de dúvidas, os pensamentos brotavam a todo instante grudando em minha cabeça. Então coloquei um casaco e resolvi sair para caminhar em direção ao bosque. Em certo ponto olhei para minha casa que já estava distante, e as luzes acesas deram uma visão muito apaziguante: parecia que eu observava um barco isolado num oceano escuro e profundo. Era como se eu visse a minha solidão fora do meu corpo. Sentei-me e comecei a observar aquela cena, apenas sonhando, sem me fixar em mais nenhum pensamento. Logo o vento mudou, ouço trovões e sinto aquele cheiro que fica antes da chuva... Eu queria sentir esse cheiro, mas raramente isso acontece...

– Estar sozinho evita com que nos magoemos, Ana.

– É verdade... Às vezes penso se não tenho que aceitar isso.

– Você está aqui para confirmar o que já pensa ou para se conhecer melhor e encarar seus medos?

– Eu sei... eu sei... – Ana mostra-se fragilizada – Sempre ouço que forte é quem aceita suas fraquezas... Eu quero ser feliz, apenas isso... Tenho 31 anos e os homens têm medo de mim, eu queria muito ter um filho, sabe? Ao mesmo tempo, sinto aquela pressão de dizer isso em voz alta, parece um pecado ser uma mulher bem sucedida e precisar ter alguém para ser feliz.

– Eles têm medo de você?

– Sim.

– E como assim, um filho? O filho é o seu objetivo por si só?

– Não... Claro que não... Mas o ponto é: qual homem quer uma mulher que não precise de proteção, que seja forte e determinada? Eu fui educada para não depender de ninguém.

– Depende do tipo de homem que você está querendo. – pondera a psicóloga.

– Descobri que as pessoas não querem amar, querem apenas testemunhas para suas vidas... É uma questão de vaidade e amor próprio.

– E você acha que pensa assim também.

– Todo mundo sabe como os homens são, doutora, o mercado não anda fácil. A concorrência não é justa também.

– Mercado? – Doutora Cláudia não consegue disfarçar sua desaprovação através do seu tom de voz.

– Modo de dizer, doutora.

– Nunca é modo de dizer, Ana. – Pondera Cláudia parecendo fazer algumas anotações em sua mente. – O verdadeiro problema aparece quando os ouvidos têm paredes, não o contrário. Você namorou pessoas com a sua mesma formação ou sempre esteve acima de alguma forma?

– Como assim, acima? Não sou preconceituosa. – diz de maneira um tanto ríspida.

– Não é disso que estamos falando aqui, Ana, as pessoas, sejam homens ou mulheres, temem o diferente em algum momento. Por isso mesmo querem pessoas com maior afinidade.

– Eu tinha muitas afinidades com os meus namorados, mas do nada, eles se mostravam frios e sumiam.

– Do nada? – Cláudia prossegue – Quais afinidades você tinha com eles?

– Ah, várias... Depende... Com o Ricardo, por exemplo, combinávamos demais... Adorávamos viajar, conhecer lugares novos. Já o John era mais tranquilo, então a gente ficava mais em casa, íamos a restaurantes, essas coisas.

– Mas você falava de qualquer assunto com eles, havia cumplicidade? Será que você não está procurando homens que não te ameacem ou que não tenham sua mesma estatura intelectual?

– Talvez... – Ana sente-se acuada – Nem sempre dá pra falar sobre tudo, mas a gente se entendia, sim. E olha que nunca exigi muito dos meus namorados.

– E por que, Ana?

– Eu gosto do equilíbrio entre o carinho e a malícia num cara. Entre ter meu espaço e saber a hora de estar junto, quando se deve pegar na mão ou na cintura, sabe?

– E você pedia isso para esses seus namorados?

– Eu fechava os olhos pra muita coisa, todos fazem isso.

– E o que você queria dar em troca?

– Eu sempre fui uma ótima namorada. Além de tudo que lhe disse, sempre encontrei tempo pra malhar, ficar em forma, ao contrário deles.

A psicóloga cala-se, encarando Ana como se esperasse que ela fosse mais honesta em relação à sua resposta.

– Eu me sinto péssima, suja... Sinto-me horrível por não ter evoluído.

– Evoluído? – A psicóloga franze a testa – Não é que não tenha ódio em você, mas o amor lhe salva. Não é que não possa existir tristeza em seu coração, mas a alegria lhe move. Não é que você não possa se sentir impura, mas se você sabe se limpar. Isso porque você é humana, não um projeto de deus. Isso porque sou humano, não um projeto de deus. Isso porque sou humano, não um projeto de deus. Isso porque a minha coragem é reconhecer o grande abismo do medo e carregá-lo. Isso porque a sua coragem é reconhecer o grande abismo do seu medo e carregá-lo. Pois há fraqueza em todos nós, mas o amor nos sustenta.

– Seja honesta consigo mesma, Ana, isso não é uma desculpa? Nunca houve um homem que, estando à sua altura intelectual e profissional, o papo fluía sem você tentar forçar alguma afinidade?

Os olhos de Ana mudam de brilho, um triste olhar opaco transparece. Suas costas encostam-se na poltrona. Algo dolorido parece apertar seu coração.

A psicóloga emenda uma questão, enquanto Ana permanecia pensativa:

– Foi pra isso que escolheu morar fora?

– Para isso? Como assim?

– Pra fugir?

– Não, nunca! Fui educada desde cedo pelos meus pais para estudar fora e para conseguir as melhores oportunidades na vida. Ficar na Europa foi o caminho natural das coisas.

Doutora Cláudia observa Ana diretamente em seus olhos, antes de cravar outra pergunta:

– Você é filha única?

– Não, tenho uma irmã dois anos mais velha. – responde Ana.

– E ela mora na Europa também?

– Não, não, ela mora aqui, doutora.

– Então você teve a chance de escolher seus caminhos assim como sua irmã?

– Não estou entendendo seu ponto de vista, doutora Cláudia.

– Por quais motivos você quis morar fora? Pela sua formação você poderia ter voltado para cá com ótimas chances de emprego.

– Foi uma oportunidade. Lá a qualidade de vida é melhor, muito melhor, todos sabem disso.

– Mas e os monstros dos seus sonhos, o que disse logo ao entrar aqui na primeira entrevista?

– O pesadelo que tive? – responde uma Ana um tanto aflita.

– Sim.

– Não tive mais nenhum... Ao menos que me lembre, nem sempre nos recordamos dos nossos sonhos.

– Pensou no que eu lhe pedi ao final da nossa primeira entrevista, Ana?

– Imaginar quem poderia ser esse monstro?

– Sim. Você teve a sensação do monstro ser alguém conhecido, a ponto de ter me dito isso naquela ocasião... – a psicóloga procura em suas anotações: "Eu sentia amor por aquele monstro, mas ele só queria me ferir e eu não entendia o porquê, por isso não conseguia fugir e acabei machucada".

– Eu pensei muito, sim... – Ana titubeia – Até escrevi uma poesia sobre isso, doutora, posso ler para você?

– Claro! – a psicóloga mostra-se interessada.

Ana procura o papel com suas escritas em uma bonita e organizada bolsa:

– Estou com certa vergonha... A senhora quer ler? Eu não queria... – Ana fica ruborizada e acanhada.

– Por que tem vergonha?

– Ah, não sei lhe dizer, doutora.

– Se você me der, eu posso ler em voz alta? – Cláudia diz de forma solícita.

– Sim, doutora.

– Dê para mim, então.

Ana estica o braço e entrega a folha para Cláudia. A psicóloga começa a ler em voz alta o poema escrito com uma bela e caprichada letra:

Querida amiga, não se aborreça.

Amadurecer é perceber que a pessoa com maior capacidade de magoá-la não é um monstro.

Não é um ser desprezível. Ao contrário, é alguém capaz de cativá-la.

É alguém capaz de conquistá-la.

Assusta perceber como o maior mal surgirá sempre de alguém tão normal.

De alguém que você tornou especial.

Daí a maior dor, daí a fonte da grande tristeza.

Saber que os monstros são tão naturais, tão reais, tão cotidianos.

Como a maior das mentiras, que sempre estão envoltas por muitas camadas de verdade, esse alguém sempre aparecerá recheado de boas intenções, camuflagens e nuances.

Por isso você se surpreenderá cultivando tanta saudade, amor e ódio desse alguém.

Desejando que fosse um monstro.

Desejando em vão que nunca mais encontrará outro assim. Tentando esconder o medo que outra decepção poderá lhe causar.

Mas não dê o braço a torcer perdendo seu sorriso, amiga! Esse é seu maior bem.

E sorrir dessa maneira não é cinismo, é apenas ter a capacidade de seguir em frente, de cabeça erguida.

Pois se num dia você faz força pra sorrir, no outro dia o sorriso já encobriu sua decepção, porque, afinal de contas, todos somos monstros, monstros fingindo parecer anjos para quem queremos conosco.

Mas acho que nunca seremos anjos de verdade, nem monstros!

Apenas se aceitarmos que os outros têm o direito de nos destruir.

Sorrir não pode ser sua meta, defesa ou artifício, minha amiga.

Sorrir é como respirar, apenas nos mantêm vivos.

E viver é apenas isso:

Tudo que somos... E somos monstros para esquecer o que não queremos ser: o apenas de alguém. Um apenas diante de tudo.

A psicóloga termina a leitura e permanece com os olhos presos ao papel, como se procurasse alguma frase em particular para formular alguma questão. Os segundos passam, e ela volta a encarar a paciente enquanto estica as mãos em direção à Ana para devolver-lhe a folha:

– Por qual motivo escreveu isso, Ana?

– Ajuda a colocar para fora o que me sufoca.

– E o que lhe sufocava?

– No dia seguinte da nossa primeira consulta, minha irmã disse que eu era uma chata, que enquanto eu reclamava da vida, várias outras meninas por aí muito menos bem de vida ou bonitas, se divertiam, ficavam e namoravam.

– E por que sua irmã tocou nesse assunto com você?

– Ela é minha irmã... Mas sempre foi minha amiga, sempre fomos muito unidas, apesar de ela ser bem mais bocuda do que eu. Ela me disse que eu invento desculpas, pois está cheio de caras por aí reclamando que as mulheres não gostam de parceiros legais. Ela já deu muito o ombro dela para caras que levaram um pé na bunda.

– Você concorda com ela?

– Sim e não, sei lá... Ela deu sorte, namorou desde os 17 anos com o mesmo cara, tanto é que acabou se casando com ele. Minha irmã achou a tampa da panela dela.

– E você escreveu isso depois que conversaram... Qual a relação? – a psicóloga tentava voltar ao foco da conversa, mas o diálogo sempre fugia do tema central.

– Eu fiquei pensando se sou realmente uma chata e se ela, na verdade, não exigia tanto do namorado quanto eu.

– Quem é o monstro e quem é a amiga do seu poema, Ana? Você? – Cláudia é direta.

– Ah, sei lá...

– Não sabe mesmo?

– Se eu começar... Isso foi há tanto tempo...

– Mas você quis que eu lesse o seu poema, então quer falar sobre isso. Importa muito quem lhe vem à cabeça, Ana. – A psicóloga puxa na memória – Quando você entrou aqui, uma de suas primeiras frases foi: Estou aqui porque quero voltar a confiar em alguém.

– É... E os monstros não são tão monstros. Isso é tão assustador, doutora.

– Você fala isso em relação à sua vida sentimental, familiar ou às suas amizades?

– Nunca tive o que reclamar da minha família, nem tudo é culpa do pai, doutora. – Ana ri.

– E quem disse que é, Ana?

– Eu brinquei.

– Eu sei que foi uma brincadeira, mas seu pai sempre deu tudo para você, não é verdade?

– Sim, mas nunca chegou àquele ponto de eu ser mimadinha, ou de ele fazer todas as minhas vontades. Ele me incentivou a ser vencedora, ter iniciativa. – Ana responde num tom defensivo.

– E você é. Por isso está aqui procurando o que perdeu dentro de si.

Ana se cala como se estivesse tomando coragem para dizer algo importante:

– Essa conversa de monstros, de meu pai, sabe, fez-me lembrar de quando sonhei que ele havia morrido.

– Quando foi? – pergunta a psicóloga.

– Há muitos anos, eu ainda estava no ensino médio. – Ana puxa da memória.

– E por que se lembrou desse sonho agora?

Ana mostra-se reticente, enquanto abaixa a cabeça – Porque sim, ué.

– Ana, você é uma mulher inteligente, você veio até aqui querendo confiar nas pessoas novamente, não é verdade?

– Eu não sei descrever tudo com imparcialidade, doutora.

– Não vemos as coisas como são, vemos como somos, e é muito importante você perceber como vê o seu mundo.

Ana fica pensativa, aparentemente tentando se convencer dos argumentos de Cláudia – Quer saber como foi o sonho, doutora?

– Sim, claro.

– Nunca esquecerei aquela sensação: eu estava com um namoradinho na época, e tínhamos acabado de transar pela primeira vez. Então, naquela mesma noite, eu sonhei que andávamos num lugar lindo e ensolarado. Ele pegou-me pela mão, e em seguida, fiquei sabendo da morte do meu pai. Eu nunca irei esquecer: Não fiquei apavorada ou triste, eu me senti segura enquanto estávamos juntos, caminhando de mãos dadas. Quando acordei isso me encheu de culpa.

– E o sonho terminou, Ana?

– Sim. Ao menos não tenho nenhuma outra lembrança, doutora.

– E foi logo depois que você transou pela primeira vez com ele?

– Sim, naquela mesma noite. – Ana responde aparentemente refletindo sobre esse dia.

– Nunca mais você teve algum sonho nesse sentido?

– Não, nunca. Ao menos que me lembre.

– Alguma outra vez sonhou com algum namorado lhe protegendo, dando-lhe segurança? – A psicóloga questionava enquanto, calmamente, parecia fazer anotações mentalmente.

– Que eu me lembre, não. Isso quer dizer algo?

– Muito. Quer dizer muito. Se sonhou com a morte do seu pai logo após ter ficado com esse namorado pela primeira vez, esse rapaz significava muito para você, a ponto do seu subconsciente lhe dizer que ele tomou o lugar do seu pai como figura masculina, causando sua morte no sonho.

– Será, doutora?

– E o que ocorreu com esse namoradinho? Por que se lembrou desse sonho? Foi pelo aparecimento dos monstros?

Ana cala-se, aparentemente tentando articular uma frase. Cláudia sugere:

– Que tal nós continuarmos na nossa próxima sessão, Ana? Nosso horário acabou há oito minutos.

– Mas já?

– Sim, eu percebi como queria prosseguir e deixei o tempo passar um pouco.

– Todos os seus pacientes devem comentar como a hora passa rápido, né doutora?

– Nem todos. – responde a psicóloga – Isso ocorre mais com quem está começando a terapia e tem muito a colocar para fora.

– Tudo bem, então. Aqui está seu pagamento – Ana puxa a carteira e entrega o dinheiro, já previamente separado.

– Está certinho. – A psicóloga olha para o dinheiro sem contar as notas – Até a próxima semana, Ana.

– Eu ligo para confirmar antes, doutora. Tenho muito a fazer nesses próximos dias, sair com os meus pais, visitar amigos.

– Tudo bem, avise-me com antecedência para agendarmos. – Com larga experiência ao longo dos anos, Cláudia percebe a relutância de Ana e responde de maneira polida.

Ana sai do consultório mais infeliz do que quando entrou, certamente não era isso que ela desejava, mas tinha ciência de que isso poderia ocorrer. O início da terapia a fez tocar em assuntos há muito adormecidos, despertando fantasmas que rezava para que tenham sido exorcizados.

"Proibida entrada de pessoas perfeitas": Ana meditou a respeito das palavras contidas na entrada do consultório de Cláudia. "Eu deveria ter dito tudo a ela?" Pensa Ana, com certa culpa.

E havia muito mais a ser dito, Ana foi uma mulher criada pelos pais para ganhar o mundo. Sempre foi incentivada a estudar, trabalhar com excelência, e acima de tudo, construir a sua independência. Sua mãe sempre foi mais exigente com ela do que com a irmã, mas Ana percebeu que isso ocorria pois nada fazia os olhos de sua mãe brilharem como suas notas na escola. Ana nunca soube sequer pregar um botão, fazer uma barra de calça ou cozinhar um arroz. Ela apenas aprendeu isso quando foi viver na Europa, onde nem para os mais ricos existe o luxo de se ter um empregado para tais afazeres domésticos básicos.

Apesar de Ana ser capricorniana e a irmã leonina, Ana tem em seu coração a certeza de ter se tornado uma chata e um pouco fria: ela já fora uma menina engraçada e até um pouco expansiva, mas hoje, como definira sua irmã, ela era um "porre", pois sempre tentava racionalizar e guardar suas emoções de todas as formas e em qualquer circunstância.

Mas Ana suspeita da razão de ter ficado assim, ela sempre soube o que mudou o seu interior. Ela tinha esperanças de serem outros motivos que lhe fizeram não confiar mais em ninguém, mas em duas entrevistas, doutora Cláudia já havia colocado seus sentimentos para fora do peito. Mais do que as consultas com a psicóloga, tudo voltou à tona num turbilhão de emoções, quando Ana reencontrou há poucos dias Tony, o seu "namoradinho" da adolescência. Anos sem se encontrarem e parecera que eles nunca deixaram de conversar: a sintonia fora perfeita, o que para ela, causou ainda mais dúvidas e questionamentos. Por anos ela fugiu, tentou esconder-se, procurou tal química em outros caras, no entanto estava provado: para ela, nunca houve alguém como ele.

E não há nada mais doloroso que isso: alguns passam a vida procurando algo que ela já tivera, e o mais estranho é que ela sempre soube disso, mas na época pensou que tal sensação poderia se repetir. Reencontrar Tony também fez Ana se recordar de outra pessoa com a qual ela também teve uma amizade cheia de confidências, brigas e reconciliações: Vivian, a ex-esposa de Tony. Uma amiga que se tornara uma inimiga.

Ana teria que superar essas lembranças se quisesse seguir em frente.

15 anos antes

– Mas como eles vão entregar pizza na escola, Tony? Você é um idiota! –Vivian, toda engomada em suas roupas de marca, trata o colega de classe com desdém.

– A gente dá um jeito. – responde o garoto, já com um pouco de barba acima dos lábios e queixo.

– Mas qual pizzaria abre de manhã? – Ana, como sempre, consegue ser racional e enxergar os problemas.

– É mesmo... – Reponde Tony, preocupado – Elas costumam abrir apenas às 18:00 hs – Tony para por um instante, pensativo. – Já sei! Podemos comprar um dia antes e daí, eu peço pro meu amigo se passar por um entregador!

– A Ana faz essa brincadeira sem graça na rua dela, mas lá a mãe do Tuta paga a pizza pra ele, e aqui, quem vai pagar? – Vivian, diz, tentando esfriar a animação dos amigos, enquanto analisa as próprias unhas pintadas "à francesinha. "

– Eu falei com o Tuta já, Vivian, deixe de ser insuportável! – Tony exclama com irritação. – Ele está trazendo todos os dias cinquenta reais porque acha que irão lhe entregar um Nike Air Max direto dos Estados Unidos.

– Pare de viajar na maionese, Tony! – impacienta-se Vivian- Impossível deixarem um entregador de pizza pisar na escola!

– Ninguém vai deixar mesmo, ele vai pular o muro, amiga. – diz Ana, com delicadeza na voz.

– Vocês que sabem. – Vivian responde com impaciência enquanto sai, deixando Ana e Tony a sós.

Ana encara Tony sem disfarçar o encanto, ela ficava muito mais à vontade sem ter Vivian por perto. Para a maioria da escola, sua amiga era considerada a menina mais bonita da escola.

– Muito engraçado, Tony. Eu já lhe disse que o Tuta é adotado, então sempre eu peço para entregarem pizza na casa dele e só fico observando. A mãe dele recebe o entregador, diz que não pediu nada, e ele faz cara a maior cara de dó até ela aceitar pagar. Aí vamos até lá e comemos até!

– Hahahahahahaha – Tony se desmancha em risos – Puxa, coitado, deve ser por isso que ele está tão gordinho. Não sabia desse seu nome maléfico, Aninha.

– Ah, nem ligo, não é maldade, no final das contas ele e a mãe comem uma pizza. Melhor ser um gordinho feliz que uma pessoa super linda e infeliz

– Nossa, Ana, você está falando da sua amiga? Quanta maldade nesse seu coraçãozinho.

– Eu, hã? – surpreende-se a garota – Eu não! Claro que não! Aliás, não sabia que você a achava linda.

– Eu não disse nada, você que sempre repete isso.

– Você não acha? Mentira! Todos acham!

– A melhor amiga dela precisa defendê-la, logicamente!

– Ah, claro! É minha amiga, você tem antipatia por ela, Tony?

– Eu não tenho nenhuma antipatia por ela, eu tenho antipatia por você! – exclama o rapaz, com um sorriso maroto no rosto.

– Ah, mentira! Não tem não! Seu sonho é se casar comigo que eu sei.

– Casar? Eu tenho a vida inteira pela frente para querer morrer tão jovem. Prefiro morrer a perder a vida.

– Mentiroso! Suas atitudes são mais verdadeiras que suas palavras, prefiro confiar nelas!

– Quais atitudes, mulher? – Tony franze os olhos.

– Seus olhos que sempre me seguem queimando minha nuca!

– Eu apenas faço isso pra você não tropeçar! Lembra-se quando caiu e molhou nosso trabalho em grupo? – retruca o rapaz.

– Nossa, como ele é bonzão! Então seu olhar é capaz de me manter equilibrada? Que bocó! – Ana ironiza com simpatia – Mas então, o problema do nosso plano é que você vai ter que pagar a pizza, seu manezão, a graça maior seria se o Tuta pagasse, mas não vai acontecer!

– É verdade, agora que eu percebi. É bom ter uma amiga nerd e tosca para pensar nesses detalhes.

– Não sou nerd, nem tosca! Você que é um bocó com essa sua camisa xadrez grunge.

– Não fale assim! Criticaram tanto o Kurt Cobain por essas coisas que ele acabou se matando.

– Kurt Cobain está se revirando no túmulo agora, ele era um artista verdadeiro, jamais se importaria com algo assim! Bom, não irei criticar seu modo tosco de se vestir, então. Agora vamos subir para a aula, Tony, o sinal já tocou faz cinco minutos.

– Não disse? É uma nerd mesmo! Olha como eu falo direitinho: "O sinal tocou faz cinco minutos" – Tony tenta fazer voz feminina.

Ana, Tony e Vivian estudavam no terceiro ano do ensino médio do Palmares, um colégio particular muito conceituado de Pinheiros, zona oeste de São Paulo.

Ana, apesar de tentar disfarçar sentando-se nas últimas fileiras da sala, sempre fora uma aluna exemplar. Ela não era uma garota carismática, porém sempre fora muito sorridente e tinha alguns poucos e ótimos amigos, principalmente os meninos viciados por videogame e RPG, aqueles considerados 'os nerds da escola'. Porém, em sua lista de amigos, havia uma exceção que era muito popular entre os colegas: a sua melhor amiga, Vivian.

Vivian e Ana combinavam em muito pouco, costumavam dizer que eram amigas porque 'os opostos se atraem'. Enquanto Vivian ia para a escola sempre bem arrumada, maquiada e preocupada em deixar o cabelo impecável, Ana, apesar de também ser vaidosa, não competia nem de longe nesse quesito.

Vivian era extremamente popular entre os garotos. Desde o ensino fundamental, era considerada a menina mais bonita da escola. Apesar de sempre ser assediada por garotos mais velhos, ela pouco lhes dava bola. Como vingança, por anos de rejeição, esses meninos taxaram-na como "Princesa de Dracena", numa alusão irônica ao fato de ela morar num condomínio fechado encravado no meio de um bairro humilde.

Apesar de nunca ter tido coragem de comentar com a amiga, Ana ressentia-se da maneira como os pais de Vivian tratavam-na, principalmente sua mãe, Camila. Ana tinha a impressão de que, apesar de suas boas notas e família estruturada, a mãe de Vivian via na amizade com Ana uma influência ruim. Por incrível que possa parecer, Camila aparentava se incomodar com o fato de Ana tentar fazer sua filha Vivian conhecer novos lugares como parques, museus, e ser apresentada a amigos menos populares, começando a abrir a sua mente para além de um passeio no shopping.

Por muitos anos, a amizade entre Ana e Vivian foi morna. Desde o ensino fundamental, elas sempre estudaram na mesma sala, fazendo ocasionalmente trabalhos escolares juntas. Porém, tudo mudou após uma festa organizada pelos então alunos do terceiro ano do ensino médio, três anos atrás, quanto Ana e Viviam cursavam o último ano do primeiro grau.

Nenhuma amiga próxima ou da mesma idade de Vivian havia sido convidada, isso porque, como já foi dito, ela sempre fora uma menina assediada: seu corpo desenvolvera-se logo cedo, o que, aliado ao seu belo e delicado rosto, sempre causou nos meninos grande interesse em ficar com ela.

Vivian procurou Ana pedindo ajuda: ela queria caprichar no visual rock and roll e pediu sua opinião por esta ser uma habitual telespectadora dos clipes da MTV.

Na segunda-feira, dois dias depois da festa, no corredor da escola, um garoto mais velho gritou, a plenos pulmões, quando Vivian passava por ele, que ela era uma vagabunda. Em pouco tempo, tanto garotos quanto garotas não comentavam outra coisa: ela teria transado com três rapazes maiores de idade durante a festa, nenhum deles estudantes da escola. Em pouco tempo, de 'princesa da escola', ela passou a ser tratada como 'vagabunda', 'galinha e 'chupeteira'.

Ana então, tomada de coragem, resolveu sentar-se ao lado de Vivian num intervalo das aulas. Ela queria mostrar que pouco se importava com o que os outros diziam sobre ela. Achava que Vivian era uma menina linda e poderia fazer o que desse em sua cabeça, desde que fosse feliz. Foi assim que Ana havia sido criada pelos pais.

– Oi, Vivian, tudo bem?

– Oi, Aninha – Vivian responde sem encarar a amiga.

– Você não me disse se usou minhas dicas em suas roupas.

O rosto de Vivian abre-se – Ficaram lindas. Obrigada pelas dicas! Eu usei aquele shorts rasgado jeans que eu lhe mostrei, sabe? Coloquei também uns spikes e pintei as unhas de preto.

– E a camiseta do Pearl Jam, você rasgou do jeito que eu lhe disse?

– Sim! Obrigada por ter me falado da galeria do rock. Comprei uns acessórios lindos! Minha mãe odiou ter me levado lá. Disse que só tinha maluco e drogado. – Vivian diz com um sorriso amarelo e um pouco forçado.

– É... Eu imagino que sim! Mas as pessoas de lá são super tranquilas. Meu pai vai comigo há anos. O povo do rock é uma irmandade, eles respeitam-se muito.

– Ao menos o povo do rock tem respeito... – Vivian responde com tristeza.

– Aconteceu algo? – Ana mostra-se genuinamente preocupada.

– Ah, então você vive em Marte? Deve ser o único ser do Palmares que não sabe.

– O que sei é que cada um faz o melhor para sua própria vida. Não sou machista, Vivian.

– Jura? – Vivian mostra-se genuinamente comovida – Você sempre foi mais evoluída mesmo.

– Nem tanto! – Ana ri com simpatia – Fui criada pelos meus pais dessa maneira.

– Seus pais... – Vivian interessa-se – O que eles lhe dizem?

– Eles sempre me apoiam em tudo. Mas dão-me liberdade até a página três. O mais importante foi terem me ensinado a nunca julgar ninguém.

– Sério? Seus pais devem ser maravilhosos. – revela Vivian com certa melancolia.

– São mesmo.

Vivian suspira, pensativa – Acontece que as pessoas são umas cuzonas. Não são como você ou seus pais. – Vivian desabafa, apesar de manter o tom de voz.

Mas o que aconteceu? – Assusta-se Ana.

– Foi culpa minha... Você tem razão, eles nem eram meus amigos... E olha que nem sou roqueira e conhecia mais músicas do que eles. – Vivian ri enquanto uma lágrima escorre pelo sua bochecha direita.

– Nossa, Vivian, nunca lhe vi assim.

– Tudo bem, eu não poderia ter ido sozinha a essa festa. Sinto-me muito culpada. – Vivian fala de cabeça baixa.

– Não ligue para o que os outros dizem. Você precisa apenas respeitar suas vontades e saber lidar com elas. – Ana tenta animar a amiga, que seca a lágrima com a mão direita.

– Nossa, Aninha, muito obrigada por tudo. – Vivian mostra-se muito fragilizada.

– Obrigada pelo quê? Esse povo tem inveja da sua beleza e da sua coragem por realizar suas vontades. Queriam ser como você, mas morrem de medo de ficarem mal faladas.

– Eu não fiz o que eu queria, Aninha, eu fui estuprada. – Vivian afirma de maneira direta.

– Como assim? – Ana apavora-se.

Vivian se cala.

– Ju... ra? – Ana gagueja.

Vivian apenas encara a amiga, com um olhar vazio e confuso.

– Mas como foi isso? – Ana emociona-se.

Vivian vacila por um tempo, antes de dizer com firmeza – Quase no final da festa, os caras já estavam bêbados, e a maioria das meninas tinha ido embora, então um dos rapazes mais velhos começou a falar comigo quando eu saia do banheiro. Ele puxou-me para um dos quartos, disse-me que eu estava gostosa demais para sair sem levar uns beijos. Eu o rejeitei, mas ele me pegou pelo braço e gritou para os amigos algo como: "essa gostosinha aparece de shortinho, peito de fora e ninguém vai comê-la?" E foi isso: chegaram não sei quantos rapazes e enquanto se revezavam, o resto ficava olhando, rindo e me xingando.

– Não tenho palavras... Nem sei o que lhe dizer... Quanta covardia! – Ana fica com o rosto vermelho, num misto de revolta e dor.

– Mas você não pode dizer isso a ninguém, nunca. – Vivian pede com firmeza.

– Como assim? Você precisa denunciá-los!

– Eu... eu, não sei... – Vivian abaixa o olhar – Eu facilitei, deveria ter ido embora quando minha amiga me chamou, não poderia ter ficado sozinha no meio de tantos rapazes. – Ela esboça um sorriso enquanto volta a encarar sua confidente.

– Isso não tem nada a ver! Nada a ver! Você não pode se calar! – Ana revolta-se, tentando em vão manter o seu tom de voz inalterado.

– E o que sugere? Que eu conte para os meus pais e nunca mais possa sair de casa? Entre em uma delegacia e encare pessoas julgando-me? É muito fácil pra você dizer isso, mas como enfrentaria tamanha humilhação?

– Vivian, você já foi muito humilhada, e se não enfrentar isso de frente agora, será assombrada pelo resto de sua vida.

Vivian faz uma pequena pausa, antes de responder:

– Agradeço de verdade por sua preocupação, amiga. – Vivian segura a mão esquerda de Ana em sinal de gratidão. – Mas irá guardar esse segredo com você.

E assim foi: Ana nunca mais tocou no assunto, porém, de maneira tácita, sempre procurou proteger e compreender a amiga após aquele instante. Ana passou a ignorar muitos dos defeitos de Vivian em nome do trauma que ela havia passado. Por outro lado, para seu espanto, a amiga, ao invés de se esconder, mudar de escola, ou tentar não ser mais tão notada, passou a se vestir cada vez melhor, fazendo de tudo para ficar mais bonita e tornar-se mais "mulher".

Pedido a um anjo

Por anos, Ana sempre teve o mesmo sonho. Tudo começava com uma voz que lhe dizia:

Se eu lhe concedesse um pedido, um único desejo, o que você mudaria em sua vida?

Ana não se assustava, ao contrário, mostrava-se animada, respondendo como se falasse com uma pessoa:

– Quem é você?

– Eu sou um amigo. Seu melhor amigo. Aquele com o qual você sempre se viu conversando achando estar sozinha. – Ele circula ao redor dela – Jamais alguém ouviu falar de mim, mas sempre sentiram minha presença. Realmente acha que as pessoas falam com o ar?

Ela abaixa os olhos por um instante, morde os lábios enquanto franze os olhos, mas logo encara aquela misteriosa figura, transparecendo ter certeza do que queria:

– Posso mudar algo em outra pessoa?

– Sim, você pode fazer qualquer coisa em seu mundo.

Parece infantil, mas duvido que a maioria já não tenha imaginado isso. Sonhado em poder mudar o seu mundo como um deus que tudo pode.

Isso pode demonstrar fraqueza, afinal, como tantos dizem, "de que adianta ter algo pelo qual você não lutou e conquistou?".

Mas seja sincero, se a oportunidade lhe batesse um dia, o que você pediria?

É como ver-se planejando o que fazer com o prêmio da loteria: Por alguns momentos neste doce sonho, a imaginação anestesia a dura realidade.

Talvez seja fraqueza admitir, mas como não sorrir ao imaginar isso?

– Eu quero que o Tony me ame, quero que me ame por toda a sua vida – Ana encara a sombra com autoridade, como se quisesse demonstrar coragem em declarar algo tão embaraçoso.

– Tudo bem, será feito. Mas você sabe por qual motivo estou aqui?

Ela suspira, e responde com hesitação.

– Eu pedi por um milagre, e você apareceu.

– Sim. Eu apareci. – Responde demonstrando carinho. – Agora seja totalmente sincera e me diga como você se sente, como tem sido esses seus dias.

– Mas você já deve saber, não sabe?

– E se eu fosse enviado pelo seu anjo? E se ele me dissesse que você precisava de mim, mas eu necessitasse ouvir isso de você?

– Você não disse que sempre me ouve?

– Eu ouço, não leio pensamentos, eu já lhe disse. Você precisa aprender a ouvir, não só a pedir.

– Tudo bem... – Ana se convence e logo estremece... – Eu não acredito em suicídio ou nada do tipo, tenho medo de me lançar no desconhecido e ser pior... – Ela fala com uma voz baixa, quase inaudível – Nunca acreditei em merecimento ou justiça divina, sempre achei que o ser humano tem que cavar com as mãos sua alegria e seus caminhos, mas admito: sempre esperei que a sorte sorrisse para mim... Sempre esperei reconhecimento e carinho... E isso nunca aconteceu... – Ana encara a figura e levanta a voz, acelerando a fala: – Mas eu nunca me queixei! Sempre me reergui! Bati de frente com seres horríveis, dando a mão pra quem nunca me apoiou. – Ela segura as lágrimas. – Esqueci os erros de quem sempre me acusou as menores falhas! E eu nunca tive alguém carinhoso que me acolhesse, que reconhecesse o amor que eu dei e retribuísse esse amor.

Ana aproxima-se da figura, andando cabisbaixa. Ela prossegue:

– Minha vida não tem sentido. O meu corpo apenas respira, apenas respira... A minha alma está morta. Eu apenas sigo, cumpro as minhas obrigações e até luto por alguns objetivos. Mas apenas para continuar viva. Na verdade, tudo o que eu queria era deitar na minha cama, em meu quarto escuro e não precisar nunca mais sair, nunca mais falar com ninguém, nunca mais cumprir qualquer obrigação. Nada. Eu gostaria que a minha vida fosse melhor para tornar a minha existência feliz e não precisar nem pensar nesse tipo de coisa. Mas não dá. Nada muda. Quanto mais bem faço, pior tudo fica, mais críticas e ingratidão eu recebo.

Ana finalmente se rende às lágrimas – Está dando tudo errado em minha vida. Então não tento mais nada, não me arrisco mais. Sempre fui muito forte, mas não dá mais... Não dá mais... Os inimigos venceram. E os inimigos sempre são aqueles que deveriam ser seus amigos! Eu já não consigo criar forças para lutar contra essas adversidades. Acho que nem Deus pode me salvar mais. É como estar no fundo de um poço seco, escuro, fundo e estreito. Eu vejo uma pequena luz no alto, mas não sei como chegar até ela, nem sei se tenho forças para conseguir lutar, e já nem sei se quero mais chegar nela também. Minha vida tem sido uma prova viva que desafetos, solidão e angústia são os companheiros que me acompanham quase sempre. Sempre fui uma boa pessoa, uma pessoa exemplar, generosa, cheia de conquistas e boas ações, mas tudo se volta contra mim... Sei lá, tudo conspira contra. Eu perdi o que mais valorizo na vida: minha força, o meu amor pela vida, amor pelas pessoas... Passei a ligar ainda menos para as coisas materiais! Dizem que isso leva à felicidade, mas mentem! É mentira! É consequência da falta de amor em minha vida!

Ana suspira, enquanto espera alguma resposta da misteriosa figura. Ele caminha vagarosamente pelo quarto, e responde de costas para Ana:

– Você está mentindo. Enquanto não disser a verdade, não terá o que deseja.

E assim sempre terminava.

E a pior e mais triste das verdades era que aquilo não era um sonho. Ao menos, na definição clássica da palavra: era um desejo de Ana. Ela se convenceu que precisava de ajuda. Após anos com tais desejos inconscientes, ela achou que deveria ir a uma psicóloga.

Tony

Ana sai do consultório sem conseguir pensar em mais nada além de seu reencontro com Tony.

Seu namorado de adolescência, agora um homem divorciado e maduro, abriu um estúdio musical em que se envolvia diretamente com muitos músicos. Além de ceder o espaço para bandas, músicos amadores e profissionais, o estúdio de Tony era usado por fotógrafos profissionais, gravação de locuções e videoclipes. Tony não estava rico, mas era muito feliz em seu trabalho. Apesar de raramente cumprir prazos, o rapaz desarmava a todos com sua simpatia e bom humor constante, algo muito útil no meio artístico.

Ana lia e relia a última conversa que havia tido com Tony pelo whats app. A engenheira não havia respondido ao tímido e indireto convite feito por ele para se reencontrarem. Apesar do inegável fascínio que ela sempre nutriu por Tony, não era possível ignorar o imenso temor que lhe afligiu tal reencontro.

Alguns dias atrás, Ana, recém-chegada de Munique na Alemanha, resolveu, numa manhã ensolarada de domingo, fazer um passeio despretensioso pelo parque Villa-Lobos junto de sua mãe, Sofia. Ana andava mirando para os rostos das pessoas, num misto de curiosidade e desejo de identificar algum conhecido. Havia um disfarçado anseio de encontrar alguém que a ligasse ao seu passado.

Ela nunca fora muito afeita a cultivar velhas amizades através do Facebook e afins, na verdade, ela sempre fugiu de qualquer envolvimento mais profundo nas redes sociais. Ao andar pelo parque, em determinado momento, sentiu-se vigiada e observada. Todos devem conhecer essa sensação.

Ao procurar os olhos que a fitavam, um belo rosto masculino aparece em sua frente: Tony. Para sua surpresa, o rapaz não titubeou em identificá-la. Ele sequer fez a clássica pergunta: "É você, Ana?" Logo abriu um enorme sorriso e começou a conversar com Ana, exibindo uma flagrante e genuína alegria com o reencontro.

Sofia, para desespero ainda maior da filha, gostava muito do rapaz, e de maneira direta e sincera, como sempre agira em sua vida, abordou Ana:

– Você é cega ou não percebeu o quanto esse rapaz sempre foi louquinho por você?

Mas como Ana poderia se esquecer de tudo que passou alimentando esse amor? Não enterrá-lo significava apenas nutrir dor. Ana achou engraçado sua mãe ter, de certa forma, incentivado seu reencontro com Tony, isso porque, fora ela que involuntariamente a incentivou a enterrar o que sentia, anos atrás. Ana nunca esquecera um diálogo que teve com a mãe, pouco antes de se mudar para Europa:

– Mãe, por qual razão prefere grandes humilhações a um pequeno conflito? Qualquer um deixa você na defensiva, e você fica quieta! Eu odeio isso!

– Não existem pequenos conflitos, minha filha. Se você não os deixa para trás, é como uma bola de neve, nunca há volta.

– Você não tem amor próprio?

– Há caminhos que trilhados sem nos dar conta, isso porque resolvemos ouvir o nosso orgulho... A melhor decisão é se afastar do que te faz mal.

– Você quer uma desculpa para abaixar a cabeça, isso sim.

– Quando chegar a minha idade vai entender.

– Han... Que dramática! Odeio ouvir isso! Então você não era como eu?

– Eu era pior, muito pior.

– Pior? E como envelheceu, então?

– Eu dei sorte.

– Sorte? Você diz tudo isso só pra me diminuir!

– Quando você brigar mire quem está acima de você, nunca quem está abaixo, assim você nunca irá se rebaixar. Quando o leão e o gambá se engalfinham, quem observa de fora, não sabe de onde vem o mau cheiro.

– Eu não concordo, acho isso arrogante demais.

– Tudo bem, eu não fico brava. Sabe por qual motivo? Por que sou sua mãe. Não espere um sorriso das pessoas, minha filha, guarde com você quem está contigo quando não pode sorrir.

– Desculpe-me mãe, você não me entende, isso não me diz nada.

– Pois é... então ouça meu primeiro conselho, é bem melhor. Quando temos alguns revezes na vida, não deixamos a felicidade adentrar nossa porta sem um árduo exame.

– Como você é negativa, mãe.

– Será? Poucos realmente se importam com sua vida, minha filha, a maioria são apenas curiosos.

– Ai, mãe, você diz muitas coisas bonitas, mas elas não tem nada a ver com o que eu digo.

– Minha filha, eu te amo e sempre te amarei, e não quero ter razão ou que você seja como eu. O que mais uma mãe quer para um filho é que ele seja feliz, e ser uma pessoa boa não dá garantia nenhuma disso. As melhores pessoas do mundo são aquelas que sabem que não há mal nenhum em pedir perdão. Porém, muito mais solitário é se fechar num cubículo de certezas. A vida passa muito rápido para perdermos tempo com mágoas. Quando guardamos ressentimentos, não é o tempo que passa, somos nós que passamos, nós que ficamos no caminho. E não nos damos conta que quando focamos nossa vida em comprar algo, em bens materiais, estamos perdendo algo muito mais precioso que não pode ser adquirido: justamente nosso tempo.

****

Há quinze anos, logo após a amizade de Ana com Vivian ter se intensificado, a futura engenheira confidenciou à amiga:

– Eu acho o Tony demais, sabia? – As meninas observavam os garotos jogando futebol durante a aula de educação física.

– Sério? – Vivian indaga a amiga com cara de desdém – Vai Raí, chuta pro gol! – Vivian imediatamente grita com sarcasmo para Tony, enquanto as outras meninas olham-na com certo espanto, tentando identificar para quem ela dirigia tal 'elogio'.

– Raí? – surpreende-se Ana.

– Não acha o Tony o máximo? Vamos dar moral para ele então. Eu e você vamos torcer por ele.

– Ah, sério? Ele irá morrer de vergonha! – Na verdade Ana que estava acanhada

– Você não sabe nada dos caras, ele vai inflar o peito igual a um ganso.

– Tudo bem então, Vivian. Você sabe o que faz.

Por quase quarenta minutos, as duas meninas começaram a incentivá-lo. As outras garotas, com o tempo, acabaram entrando na brincadeira. Do outro lado da arquibancada, as meninas 'esportistas' reclamavam pelo fato dos garotos não saírem de lá a fim de que pudessem jogar handball. Começa uma disputa de torcidas. Estas incentivavam os jogadores do time adversário de Tony aos gritos de 'vai favela', enquanto Vivian, Ana e as 'patricinhas' apoiavam 'Raí'. Configurou-se um duelo bem humorado entre o time dos 'bonitos' de Tony e o time dos 'feios' das esportistas. Em certo ponto, alguns garotos também entraram na brincadeira, e começaram com um coro: 'Ei, ei, ei, o Raí é nosso rei! Ado, ado, ado, nosso rei é um viado!'.

Após isso, 'Raí'/Tony, que sempre foi um rapaz bem humorado e simpático, começou a atrair mais atenção pelos corredores da escola. Apesar da estatura média, 1,75 cm, Tony tinha o rosto quadrado, cabelo ondulado, olhos ora cor de mel, ora acinzentados, e a combinação ímpar de covinhas e um furinho no queixo: algo que costumava fazer sucesso com determinado tipo de mulher que via nessas características um charme único. Ele nunca foi um rapaz muito assediado; é verdade que nunca deixou de ter suas "ficantes", mas até os seus 17 anos, não havia tido uma namorada fixa.

Na última aula de uma sexta-feira, os alunos já não continham a excitação com o final de semana que se avizinhava, e o papo rolava alto e solto. A professora de História trocava ideias em particular com Cibele, uma japonesinha de óculos que tinha o típico perfil de aluna certinha da classe, sentando na primeira carteira e se oferecendo para apagar a lousa.

Ana, e agora Vivian, sentavam-se no fundão, e surpreendem-se com Tony que vinha em direção das duas com uma mala toda colorida em suas mãos: ele havia 'roubado' de um colega de classe chamado Gustavo, fã de HQs e RPG.

– Esconde aí pra ele não achar! – propõe Tony apressado.

– Onde vamos esconder? Ele vai encontrar! – Ana pergunta rindo.

– Ah, coloca no chão, atrás das suas malas, ponham as blusas em cima, assim ele só vai achar após o sinal bater! – responde Tony dando todas as dicas da 'maldade'.

– Ah, vamos tirar as alças da mala e amarrá-las nas carteiras e cadeiras também? – sugere Ana com malícia.

– Nossa, Aninha, coitado! Ainda bem que sou sua amiga. – Vivian também acha graça da ideia, mas tenta manter sua pose de Barbie.

– Vamos rápido, antes que ele perceba. – apressa-se Tony.

Ana e Tony agacham-se no chão, tiram as alças da mala de Gustavo e entrelaçam-nas entre duas cadeiras e uma carteira, fazendo nós cegos, bem dignos de uma criança que não sabe amarrar os sapatos.

Alguns instantes depois, Gustavo aparece à procura de sua mala:

– Vocês viram? – questiona com sua voz anasalada, enquanto segura seus grossos óculos com a mão direita.

– Não vimos nada. – responde Ana com cinismo.

– Não está atrás dessas blusas? – desconfia Gustavo apontando para o chão.

– Não, não se atreva a mexer nas minhas coisas – grita Vivian com a autoridade de moça mais bonita da escola.

Gustavo parte, atônito, como uma barata atingida por inseticida, questionando a todos sobre o paradeiro da sua mochila. Logo o sinal bate e as meninas partem rapidamente para não serem surpreendidas.

Tony aproxima-se das duas, já no corredor em direção à saída:

– Com os nós que demos, segunda-feira ao chegarmos à escola, o Gustavo estará ainda aqui tentando desamarrar a mala!

Os três riem até as bochechas doerem e os olhos lacrimejarem. Quando chegam à saída da escola, Tony despede-se das meninas.

– Até segunda!

– Invente uma desculpa e vá com ele, Ana. – sugere Vivian, enquanto ambas encaram Tony numa roda de meninos.

– O que eu vou inventar? – Ana fica com as bochechas avermelhadas só de pensar em arranjar uma história.

– Venha aqui comigo. – Vivian pega na mão da amiga e vão em direção de Tony.

– O que vai fazer? – Ana segue a amiga relutante.

– Tony! – Vivian grita com determinação imediatamente interrompendo a animada conversa entre os rapazes. – Você vai subir a avenida em frente à praça Pôr do Sol?

– Sim, moro perto do cemitério da Lapa, passo por lá.

– A Aninha e eu precisávamos ir até o parque Villa-Lobos a fim de esperarmos um criador de cães que vai trazer uns filhotes de Golden para escolhermos, sabe? Só que minha mãe pediu-me para chegar logo em casa. Ela precisa ir ao salão, fazer as unhas, cortar o cabelo, afinal de contas, hoje é sexta. Só que a criadora já saiu de Cotia e não conseguimos avisá-la, você não poderia acompanhar a Aninha? É perigoso ela ir sozinha.

Tony abre um sorriso meigo, deixa os amigos para trás, e caminha em direção à amiga – Claro, eu faço o sacrifício de acompanhar essa mala sem alça.

– Falando em mala, né? – Diz Ana, e os três voltar a rir.

Ana e Tony caminham lentamente pelas ruas arborizadas e tranquilas do Alto de Pinheiros. Após alguns metros, qualquer timidez da garota some: ela sempre se sentiu muito à vontade ao lado de Tony.

– O poder mais destrutivo do mundo é a fofoca, sabia? – Tony puxa assunto.

Ana pensa em perguntar qual o motivo de tal afirmação, mas para não denunciar sua curiosidade, ela resolve se calar. Além disso, a frase de Tony revelava um assunto mais íntimo e pesado do que eles costumavam tratar.

– Andam dizendo que eu estou namorando. – prossegue Tony após o breve silêncio de Ana.

– Sério? Não ouvi isso não. – surpreende-se a garota.

– Não?

– Não. Você não é o centro do universo, nem ao menos da escola, seu bocó.

– Mas sou o Raí, esqueceu-se? – ele brinca.

– Se é, não sei, mas seria bom se tivesse as coxas dele! – Ana faz uma pausa e pensa em se aprofundar na confissão de Tony – E quem é a Raizete?

– Hahaha. Não tem Raizete, não. Namorar? Difícil, hein! Precisaria ser alguém realmente especial. – Tony não disfarça a indireta.

– É um trauma? As pessoas especiais estão no que você vê ou sente, tudo depende de você. – responde Ana com sinceridade.

– Tem razão, Aninha. Mas não é fácil ficar com uma menina sem conversar.

– Abaixe o volume do seu som, ou tente não beije na balada. – ela provoca.

– Não é isso, Aninha!

– Claro que é, Tony! Eu lhe conheço, você está armando alguma. Vai dizer algo do tipo – engrossa a voz, imitando Tony – 'Não converso com as meninas porque não gosto de interrompê-las enquanto falam'.

– Hahaha, não. Eu sempre fui muito impulsivo, sabe?

– Claro que sei. Impulsivo e maluco. – Ana caçoa de Tony.

– Puxa, Ana! A vida é uma longa viagem... Mas não precisa escolher ser a mala.

– Ui, magoou? – Ana ri.

– Jamais! Mas sério... Eu desconfio que a única pessoa livre, aquela que tem mais momentos de felicidade, é a que não tem medo do ridículo. – diz antes de pegar Ana embaixo dos braços e começar a rodá-la, duas, três, quatro, incontáveis vezes.

– Para, para! – Ana ri e após Tony deixar de rodá-la, tenta imitar uma bailarina, apoiando-se na ponta dos pés.

Ambos ficam muito tontos.

– Segure-se em mim. – propõe Tony – Vamos agir como dois bêbados ajudando um ao outro!

– Essa é sua filosofia de vida? – questiona encarando o rapaz.

– Filosofia? – Tony encara-a de volta. A distância entre os rostos dos dois é de apenas dois dedos – Dou conta disso, não! Não entendo nada desse trem, sou caipira, moça, não tenho essas coisas de profeta.

– Profeta? – Ana ri alto – Profeta? Que mané! Desde quando filosofia tem alguma coisa a ver com profecia?

Eles encaram-se, o beijo parece inevitável.

– Olhe o au-au. – Tony desvia o olhar quando vê uma senhora passeando com um labrador preto, daqueles bem gordos. O rapaz começa a falar com o animal, fazendo voz grossa. – Mas como eu sou negrão, olha! Eu tenho o pelo brilhante e preciso me exercitar para diminuir meu colesterol, não é verdade?

A mulher ri. Tony e Ana começam a acariciar o animal que parece cansado, já com a língua de fora. Ana agacha-se e coça o peito do cachorro que lambe as mãos de Tony.

– Olha que abusado esse Thor! – fala a dona do cachorro.

– Não tem problema. – diz Tony – Né, gordinho? – o rapaz continua falando com o cão – Mas eu vou aproveitar! Já que parei aqui vou esvaziar a bexiga! Velhinho precisa fazer xixi bem devagar!

Ana e a mulher entreolham-se rindo, como se pensassem o mesmo: 'esse cara é muito fofo'.

– Que pimpo esse rapaz, hein, mocinha? – diz a senhora, antes de dar um passo à frente, sinalizando sua vontade de seguir caminho – Tá bom então, meninos. Beijos. – e parte sorrindo.

Tony e Ana voltam a caminhar.

– Ela chamou-o de pimpo! – Ana solta uma gargalhada – Pimpão! Ursinho pimpão!

Tony ri – Por que pimpão?

– Sei lá, por você ser um bocó fofinho.

Ana observa as mãos de Tony totalmente babadas pela saliva do cachorro, mas ele parece não se importar, pois nem ao menos as seca na roupa.

– Chegamos à praça, vamos subir para curtir a vista? – propõe Tony.

– Sim, claro.

– Mas você não tinha que encontrar a mulher dos filhotinhos?

– É mesm... Mesmo. – Ana atrapalha-se e gagueja – Só que está cedo ainda. Eu e Vivian íamos dar uma volta pelo parque. A mulher só vai chegar lá no meio da tarde.

– Só no meio da tarde? Então você tem bastante tempo para ficar perambulando pela rua, vai morrer de fome até lá. – preocupa-se o rapaz.

– Ah, que lindo! Não se aborreça com isso. – Ana tranquiliza Tony.

– Lindo? Beleza é totalmente secundária e passageira, o que vale é charme e humor. Por isso que eu queria muito ser charmoso e engraçado, não apenas lindo.

– Hahahahahaha, seu palhaço! – Ana desmancha-se.

Eu costumo responder o óbvio: beleza é totalmente secundária e passageira, o que vale é charme e humor. Parte superior do formulário

E eles começam a subir em direção ao topo da praça Pôr do Sol. Um local famoso onde casais podiam observar boa parte da zona mais arborizada de São Paulo.

Enquanto caminhavam, viram uma grande mangueira com vários nomes de casais talhados em seu tronco.

– Ai, que bobos! – diz Ana apontando para a árvore.

– Você não é romântica? – Estranha Tony.

– A árvore não tem nada a ver com isso!

– Às vezes você é muito chata, sô! A árvore vai o quê, gritar? É como se fosse uma tatuagem!

– Como sabe que a árvore não sente dor, já foi árvore lá na roça de onde você veio? Ou lá todo mundo conversa com árvore e sabe o que elas pensam? – provoca Ana.

– Sim, nós falamos com as árvores. Até fazemos buraco nelas para perder a virgindade. Tem um primo meu que fez um furo muito pequeno e como ele é meu parente, é muito bem-dotado, então tiveram que cortar.

– O pinto?

– O pinto, não! A árvore! – responde Tony e os dois riem.

– De família é a burrice também, né? Sua primeira vez foi com uma árvore ou uma cabra? – provoca Ana com malícia nos olhos.

– Depende.

– Depende? – Ana entra na brincadeira.

– A primeira, primeira vez mesmo foi com... Ah, deixa para lá.

– Ah, pode falar! – Ana faz cócegas na barriga de Tony.

– Está bem, eu digo! Mas entenda, é traumático demais... Foi com um touro. Foi horrível! Ele nem me levou pra jantar antes pra criar um clima!

– Ai, como você é bobo! – Ana empurra Tony.

Os dois abraçam-se timidamente.

Essa praça é linda! – suspira Ana.

– É mesmo, mas logo, logo, vai ser descoberta pelos maconheiros!

– Com certeza! Hahahaha.

Tony abre a mochila e puxa algumas folhas de papel amassadas para entregar à garota – Tome.

– O que é isso? – Ana mostra-se curiosa.

– Lembra-se quando lhe falei que sua irmã era muito mais boazinha do que você?

– Sim, você ficou falando que sonhava em namorar alguém tão legal, linda, boazinha, cheirosa, bláblábla. Somos bem dotadas de verdade, ao contrário de você, coisa de família, né? – Ela continua brincando.

– Escrevi uma historinha para você, depois leia, ok? – Tony mostra-se um pouco nervoso e ignora as brincadeiras de Ana.

– Ah, eu quero ler agora! – impacienta-se Ana.

– Não, não! Por favor! Leia assim que eu for embora.

– Quanto mistério... – Ana resolve ouvir aos pedidos de Tony e guarda as folhas em sua mochila. – Nossa, está começando a chover? – Logo, uma fina e chata garoa começa a cair, os dois correm para debaixo de uma grande seringueira.

– Isso não é muito seguro. – preocupa-se Ana.

– Larga mão, sua chata! Nem está trovejando, ou mesmo caindo um toró! – fala Tony, forçando um sotaque caipira.

– Toró?

– Sim, toró!

– Ah, pare com isso! – ela ri.

– Pare de caçoar do jeito como eu falo, menina certinha! Posso lhe provar que sou poético. Tenho vários dotes além do meu belo futebol.

– Pode ser poético, como? – Ana encara o amigo. Os dois estão lado a lado, seus braços estão encostado um ao outro. – A historinha em minha mala é uma poesia?

– Depois você descobre, agora isso não importa.

Tony fica de frente para Ana, o que lhe deixa sujeito a algumas gotas da garoa que se intensifica. Ela imagina que vai ser beijada, mas o garoto começa a declamar um poema:

O dia estava tão bonito, saí bem cedo para aproveitar.
Você me chamou da escola, eu guardei o som da sua voz.
De peito aberto eu pensei em você e o tempo que se fez.
Feliz a paisagem me tocou, de repente a chuva começou.
Com passos lentos me molhei, por seus olhos procurei.
Ao longe pude avistar aquele rosto que a chuva tocou.
Olhando-me, feliz, eu sorri, em seus lábios um beijo dei.
A vontade era de lhe abraçar, para nunca mais nos separar...
E o dia com a chuva prosseguiu, pouco pudemos conversar.
No silêncio só as gotas ouvi.
Em seu rosto era água ou lágrimas?
Por ruas vazias a levei, ao lugar onde meus olhos a tirou.
Você foi mais cedo que pensei e na chuva só a saudade ficou.
Nem toda minha sorte apagou seu nome, nem toda minha sorte fez cicatrizar.
Se tudo o que fiz foi guardar as promessas, nem toda minha sorte fez a dor acabar.
Fiz você rir quando queria chorar,
não queira nunca mais me fazer sangrar.
Mas tudo isso irá passar, queria que fossem só palavras.
Você sempre foi o que eu sonhei.
Mas tudo não passou de um sonho que poderia ter sido bom?

– Nossa! Tony! – Ana surpreende-se.

– Gostou?

– Sim, claro. É seu?

– Não. Vi num para-choque de caminhão.

Ana gargalha. – Fale sério.

– Sim, meio que improvisei. – Tony timidamente encosta sua mão direita na mão esquerda de Ana, que abaixa a cabeça e pergunta:

– Improvisou?

– Que foi, ficou tímida? – Tony sente a insegurança de Ana.

– Não, não! – Ana havia ficado confusa.

– Então, qual o problema?

Ana dá dois tímidos passos para poder fugir daquele instante – Olha, parou de chover, vamos sentar um pouco?

– O chão está molhado. – Tony responde desanimado, enquanto segue-a para a ponta da praça, de onde era possível observar uma linda parte da cidade.

– As mochilas servem para quê? Para proteger o bumbum e para não deixá-lo se molhar, seu capirosco! – provoca Ana.

– Ah, tá. – Tony havia perdido o seu sorriso: ele estava inseguro após ela ter recuado. – Não gostou da poesia de chuva na praça do Pôr do Sol, é isso? Achou uma blasfêmia?

– Hahaha. Não é isso não.

Tony, um tanto acanhado e inseguro, não perde tempo e pega novamente na mão de Ana. A garota, mais uma vez, abaixa a cabeça.

– O que foi? Não quer ficar comigo?

– Eu?

– Não, o pneu.

– Não sei. – responde dubiamente enquanto aperta a mão do rapaz mais forte.

– Qual o problema? – preocupa-se Tony.

Ana diz com um sorriso malicioso no rosto – Você quer apenas respostas para as perguntas? Isso pouco importa. Eu não sei. Nunca vou saber. O meu coração é como um instrumento musical: depende de como é tocado.

– Isso é poesia, Aninha?

– É? – ela pisca.

– Sabe que eu sei ler a mão das pessoas?

– Ah, tá. – duvida Ana.

– Sério, muito sério. – Tony olha-a com seriedade.

– Deixe-me ler a sua. – o rapaz puxa a mão esquerda de Ana e a encara fixamente. – Interessante, muito interessante!

– Pode ser a mão esquerda? Ouvi falar que tinha que ser a direita. – Ana joga o verde.

– O que você sabe disso, uai? Sabe nada!

– Uai? Virou mineiro agora?

– Sou trilingue, falo mineirês, caipirês e paulistês. – responde enquanto continua a analisar e alisar a mão de Ana. – Aqui diz que você viverá muito, muito mesmo, mas não morrerá de causas naturais. Além disso, terá muitos sobrinhos, mas nenhum filho! – ele fala pausadamente – E tenho uma notícia muito triste, quer saber?

– Fala! Pode dizer! – responde Ana ainda um tanto cética.

– Ah, deixe pra lá. – provoca Tony.

– Que mané deixa pra lá! Pode dizer agora! – grita Ana bem-humorada.

– Você viverá seus últimos anos sozinha, num asilo pra senhoras, todas sapatões... E você terá nove gatas, todas fêmeas.

– Nossa, que horrível! Você não está vendo nada disso. – Ana fala rindo.

– Estou sim! E toda essa sua solidão vai ser por ter rejeitado, muitos anos atrás, um rapaz simples da roça que inventou a desculpa mais tosca do mundo para pegar em sua mão!

– Ah, que bobo! – Ana puxa sua mão de volta.

– É verdade! – responde Tony – Você estará lá, velhinha, pensando: "Todos os garotos que eu tive na minha vida não deram certo, mas e seu eu tivesse dado uma chance pra aquele caipira trilingue que amava animais, e fazia poemas bregas de chuva na praça do 'sor', o que poderia ter ocorrido?" Pois é, Aninha, estou aqui para ajudá-la a matar essa dúvida – Tony encara Ana com desejo.

– Hunn... Para me ajudar, então? – Ana retribui o olhar.

Eles beijam-se.

****

Bem mais tarde, ao chegar a sua casa, totalmente apaixonada, Ana tem a oportunidade de abrir a carta para ler o que Tony havia escrito, era um pequeno conto sobre como Deus havia criado ela e a sua irmã:

Conto I

Chefia do Paraíso, agosto de 1982:

Deus, imponente, sentado em seu trono e com toda sua sabedoria, não vê nenhum anjo por perto, então faz ressoar como um trovão sua poderosa voz:

"Anjos! Anjos! Tem algum anjo por aqui?"

Curiosamente, bem próximo a Deus, estava um anjo meio surdinho, que apenas percebeu o fato de Deus lhe chamar pelo tremor que a poderosa voz do Criador provocava no paraíso:

"Sim, grande Pai. "

"Está na hora de fazer alguém muito especial para o Tony!"

"Fazer neném com quem?"

"Fazer alguém para o Tony!"

"Sim, sim. Claro, Senhor, Todo Poderoso! Fazer a alma gêmea. "

O anjo surdinho ficou na dúvida, mas pela firmeza absoluta com que o Senhor lhe passou tal tarefa, ele logo imaginou tratar-se da encomenda da criação de um homem. Logo, o servo de Deus seguiu em direção ao departamento de criação de almas celestiais, enquanto conversava consigo mesmo:

"Pra Deus encomendar-me um homem especial assim, essa mulher, essa tal de Antônia, Monia, êta nome estranho, Jonia, uai... os pais devem ser mineiros ou do interior, sei lá... Bom, essa Monia deve ser boa demais. Vou criar um homem de personalidade bem forte pra ela! Bem firme e grosso! Esse cara vai passar por cima até de trator! Hahahaha! Deus vai adorar!"

Trinta minutos e três tubos da fórmula celestial de grosseria e frieza depois, Deus surpreende-se:

"Anjo!!! Você está fazendo um homem! E um homem grosso e frio demais da conta, sô! É para o Tony, seu burro!!! Tinha que ser uma mulher!"

"Desculpe-me, meu Pai! Desculpe-me! Era pra um homem? Entendi errado? Eu posso dar um jeito, vou dar um jeito!"

"Como você dará um jeito agora?" – preocupa-se o Senhor do Universo.

"Vou deixar ele, quero dizer ela, beeeeeeem linda. Linda demais da conta, sô! O senhor vai ver, vai compensar toda grosseria que coloquei por engano!"

"Tudo bem, então! Capriche!" – adverte Deus.

Cinco horas e dez tubos de beleza depois:

"Anjo! O que é isso?" – Deus mostra-se perplexo – "Você fez com que ela ficasse muito bonita! Muito bonita! Por quê? Por quê?" – Deus para por um instante, admirado: "Nossa, mas que linda..." Deus suspira com admiração, antes de voltar a vociferar: "Acabou com toda loção de beleza por 10 anos! E agora? Está bonita demais! E as outras mulheres que iremos criar, como ficarão?" – Deus parou por mais um instante, disfarçando as lágrimas em seus olhos.

"O senhor gostou?" – orgulha-se o anjo surdinho.

"Claro! Mas ela ficou bonita demais!! Bonita demais! Não pode! As outras irão querer matá-la!".

"Desculpe meu Senhor. "

"Sim, mas como resolverá com essa mulher? Está linda demais! Só falta você ter despejado loções de inteligência, aí será covardia". – Deus suspirou novamente enquanto olhava para a criação de seu anjo.

"Ops". O anjo apavora-se.

"Ainda é inteligente?".

"Eu sei como compensar, eu sei!" – respondeu o anjo, muito nervoso.

"Então resolva!" – Deus sai tentando disfarçar seu sorriso de orgulho.

"E agora?" – pensa o anjo, atônito: "O que faço? O que faço? Ah, esse tal de Tony, Monir, não deve estar no gosto de Deus tanto assim, Ele não gostou tanto de eu lhe ter feito a mulher mais linda do mundo".

Nesse instante, o próprio anjo para pra olhar sua criação: "Nossa, mas como ficou bonita essa mulher! O engraçado que ela ainda vai acordar se achando feia! Vai querer malhar, fazer plástica, desejar ser como a melhor amiga! Mulheres... . bom, se Deus não quer alguém tão perfeita, vou deixar ela bem chata! Muito chata! Deus vai adorar! E esse tal de Tonyo, Monio vai se estrepar, coitado! Hahahaha..."

Seis horas e oito tubos de chatice depois:

"Anjo como está a criação para o Toninho?... Anjo!!!" – Deus reage estupefato – "Por que você fez isso!!!!! Por que tanta chatice em um único ser humano????"

"Calma Pai, eu resolvo! Calma!" – reage o anjo, atônito.

"Pobre Tony!!!"

"Não, se eu jogar 3 tubos de..."

"Deixa pra lá! Deixa pra lá!" – Deus interrompeu o anjo -"Eu resolvo isso! Apenas deixe-me fazer algumas contas. " – Deus parou por alguns instantes: "Dezessete! Por dezessete anos Monio, quero dizer, Tonyo, quero dizer Tony, terá uma vida muito boa, excelente! Mas depois disso ele irá pagar todos os pecados com essa sua criação! Eles irão se desencontrar algumas vezes, mesmo assim serão muito felizes, como boas almas encomendadas".

"Eles então vão rir muito juntos, senhor?" – questiona o anjo orgulhoso.

"Muito!" – responde Deus pensativo – "Mas ela ainda precisa de mais alguma coisa, anjo. Na verdade, ela precisa do elemento mais especial de todos!".

"Devo cuidar disso, Senhor?" – pergunta o anjo meio surdo, prestativamente.

"Sim, quero dizer não sei... você entendeu direito o que eu lhe disse?"

"Devo compensar a chatice dela?"

"Exato!"

Um dia e vinte tubos de charme depois:

"O que você fez, anjo!!!!!???? Deixou essa mulher muito charmosa!!! Charmosa demais da conta!!! Não pode! Como uma mulher pode ser tão inteligente, falar com todos na rua, cumprimentando com tanta humildade, ter tanta simpatia e ainda brigar com Tony de maneira tão cheia de personalidade? Como uma mulher pode fazer até o espelho suspirar de paixão toda vez que olha pra ele? Assim você vai deixar o Tony louco!" – Deus mostra-se apreensivo – "É melhor eu levar essa fórmula embora, e nunca mais haverá alguém tão único assim! Deixe-me cuidar disso!!!! Saia pra lá!"

E Deus leva consigo a fórmula de Ana Lúcia Silva Perrani a um local seguro, sabendo que nunca mais poderá existir um ser tão especial e apaixonante.

E assim termina o conto.

E nós dois, como um anjo surdinho, sempre poderemos cometer erros e falhas, principalmente porque, muitas vezes, não entendemos o que Deus nos diz. Porém, o que vale é continuarmos tentando e tentando, até que o amor, em sua infinita sabedoria se canse e nos sorria, finalmente nos guardando em um bom lugar.

Conto II

A culpa da mãe de Ana em sua personalidade:

Dois anos antes da criação de Ana no paraíso, sua irmã mais velha, Renata Perrani, não mamava mais no peito de sua mãe. Porém, para preocupação de Dona Sofia, a bebê estava tomando bem menos leite do que antes. Renata começava a emagrecer, a ficar tristonha e pouco ativa.

Preocupada, Dona Sofia fez de tudo para que a filha se alimentasse melhor, até que teve a ideia de colocar açúcar em sua mamadeira, deixando o gosto do leite mais atrativo.

O resultado foi imediato, a filha de Dona Sofia logo voltou a se alimentar como antes, e para maior alegria de sua mãe, ficou muito mais meiga, amorosa e sorridente.

Dias depois, Dona Sofia começou a notar que a filha sempre voltava arranhada, suja e chorosa do parquinho onde brincava com outros bebês. Intrigada, a mãe resolveu observá-la com atenção enquanto permanecia por lá. Para seu espanto, Dona Sofia testemunhou, que além da pequena Renata ser jogada pra fora dos brinquedinhos, ela também apanhava e levava vários empurrões dos outros bebês.

Renatinha, amorosa, nada fazia além de chorar e tentar abraçar quem a maltratava.

Dona Sofia ficou confusa, não sabia o que fazer; pediu conselhos para outras mães que diagnosticaram o problema: Renata era calma demais, e o culpado disso só podia ser o açúcar em seu leite.

Dona Sofia resolveu que se tivesse um outro filho, deixaria a testosterona do rapaz resolver todo o problema, mas se fosse uma filha, faria dela uma moça valente e com "sangue nos olhos".

Alguns anos depois, num hospital da cidade de São Paulo, viria ao mundo a morena de olhos inquietos: Ana Lúcia Silva Perrani.

Logo que Ana deixou de mamar, Dona Sofia não teve dúvidas, começou a colocar pimenta em sua mamadeira.

Para seu espanto, a filha não chorava nem reclamava; ela parecia apreciar cada vez mais pimenta em seu leite: quanto mais ardor em seu alimento, mais ela o bebia.

Mal sabia Dona Sofia que antes disso, um anjo surdinho já tinha errado na fórmula e feito Aninha uma menina durona, chata, grossa e muuuuito charmosa!

O resultado disso? Só Tony sabe responder. :)

Ana termina a leitura encantada e ainda mais apaixonada. Um sorriso não sai de seu rosto por dias enquanto pensa: "Jamais irei jogar fora essa carta!".

Ah! E quanto à mala do Gustavo?

Segunda-feira, 7:05 da manhã. A classe acaba de sentar-se para o início da primeira aula da semana. A diretora da escola entra com cara de poucos amigos e pede licença ao professor para falar com a turma:

– Bom dia. Na sexta-feira algum engraçadinho amarrou a mala do Gustavo em duas carteiras e duas cadeiras. Precisamos de três pessoas e mais de uma hora para desfazer os nós. Eu exijo saber quem foi o sem-graça que fez isso! Se ele não se apresentar, irei suspender a classe!

Ana, Vivian e Tony engolem seco.

– Não estou brincando. – volta a ameaçar a diretora – Se a pessoa não se entregar, eu irei suspender a classe!

Logo, as meninas certinhas, sentadas na frente da sala, olham para o fundão e começam a protestar:

– Digam quem foi! Eu não quero ser suspensa por causa de ninguém!

Sentindo a culpa no peito, Ana resolve levantar a mão – Fui eu.

A diretora encara a moça e desaprova a atitude. – Não queremos mártires aqui, Ana. Sabemos que não foi você.

Ana retruca – Mas fui eu, eu juro!

– Pare com isso, Ana! Não tente ajudar quem fez isso! – repreendem as meninas CDFs.

– Está vendo? – sentencia a diretora com o dedo em riste – O verdadeiro culpado deveria se envergonhar! Uma moça teve coragem de assumir a culpa para salvar a todos! Não irei suspender a classe, mas quem fez isso deveria aprender com a atitude de Ana!

Vivian, Ana e Tony saem da escola naquele dia rindo até cair no chão.

Saltos

– Não deu mesmo para eu vir na semana passada, Doutora. – desculpa-se Ana.

– Sem problema, mas você sabe que o horário estava reservado para você. – Cláudia responde polidamente.

– Eu pensei muito no que você propôs sobre o sonho em que meu pai morria, sabe? Eu me senti muito melhor a respeito desse assunto nestes últimos dias. Espero que você acredite em mim.

– Tudo o que você diz aqui diz respeito ao que você sente, logo, tudo é verdade. Por qual motivo faz tanta questão de argumentar, tentar convencer? – Dra. Cláudia encara Ana com a mão no queixo, com uma voz doce, porém firme.

Ana fica um tanto pensativa, mas responde com total desprendimento:

– Porque eu acho que se estou fazendo terapia, devo dar todos os instrumentos para eu melhorar, tenho que levar isso a sério.

– Entendi. – responde Cláudia com certa desconfiança. – A terapia não deixa de ser uma meta a ser superada?

– Eu não consigo relaxar. – Ana mostra-se inquieta.

– Por que não vai ao divã e tenta? Acabaram-se as entrevistas, agora estamos em terapia – Cláudia argumenta enquanto cruza as pernas e ergue o tronco ligeiramente da poltrona.

– Tudo bem, vou tentar. – Ana aceita a proposta e se deita no divã. Por um tempo, ela parece estranhar a nova posição se sentindo vulnerável. Um longo silêncio toma conta da sala.

– O que eu devo dizer? – Ana quebra o silêncio.

– O que quiser, Ana. O que estiver sentindo ou pensando.

– Quando me perguntam se estou namorando e respondo estar solteira, percebo a pessoa pensarem consigo mesmas: "Nossa, passou dos trinta e ainda está assim, coitadinha!". Então eu penso, por qual razão encontrar uma pessoa parece ser o objetivo primordial da vida? Ser solteira é muito bom. E não só por poder sair, beber, transar. Mas, principalmente, pela sensação de liberdade e paz. Sai de um namoro de anos, e agora que parei de me encanar em ter alguém, posso dizer: estou muito mais feliz. Acordar sem saber como vai terminar meu dia, ter a sensação do inesperado, poder viajar com uma amiga de uma hora para outra, conhecer gente nova todos os dias, não precisar fazer nada por obrigação tendo aquela angústia, ciúme ou desconfiança. Todos deveriam passar por essa fase na vida. O que mais vejo são pessoas abraçando seus relacionamentos como um náufrago que segura uma boia. Eu não quero uma vida assim. Talvez você queira me perguntar: "Mas e aí? Vai ficar solteirona para sempre?" E eu vou lhe responder com a maior naturalidade do mundo: "Vou ser assim até quando eu quiser, ou até quando eu encontrar alguém que consiga me acompanhar", pois o que espero é um relacionamento que me complete. – Ana finalmente se cala. Ela parecia muito mais segura do que na consulta de semanas atrás.

– Você disse que percebe o pensamento das pessoas quando responde estar solteira ainda. Você sempre costuma saber o que as pessoas pensam?

– Como assim?

– Você fez uma ilação enorme do que achava que pensavam. – observa Cláudia.

– Nunca pensei assim. – Ana parece desconcertada. Ela ri com certo embaraço.

– Sabe, eu acredito que você, assim como todos nós sejamos felizes em alguns momentos, mas aqui, neste consultório, eu aprendi que há tempo e espaço para tudo – observa Cláudia, antes de fazer uma pequena pausa – Você é uma mulher inteligente.

– Obrigada por me achar inteligente. – responde Ana lisonjeada.

– Você disse estar melhor, mas foi mais honesto e corajoso quando chegou aqui como você fez e disse: "Estou com problemas, não consigo confiar em mais ninguém, quero ter um filho".

– É como admitir a doença no caso de um alcoólatra?

– Nossos sentimentos são nossos sentimentos, nunca podem ser descritos como patologias. – Doutora Cláudia fala num tom intimista e carinhoso – Ana, sempre agradeci pelos pacientes que tive, sentindo-me honrada por ter condições de ajudá-los. Sinto mesmo que você é uma moça muito especial, e merece ser feliz, mas para isso você terá que aceitar suas dúvidas, tristezas e erros. Tudo isso é normal, e faz de você humana.

– Eu entendo que preciso lidar com as minhas emoções e aceitá-las. Meu ódio, ressentimentos, medos, alegrias, tudo isso faz de mim humana. Mas eu quero ser feliz. – Ana fala com uma voz frágil.

– Quando se deitou disse que estava bem melhor.

– Não sei, acordei bem, disposta. Mas eu sempre sinto um vazio.

Cláudia diz num tom maternal – Sim, você disse-me que não consegue confiar em ninguém, e não sabe qual a razão dessa desconfiança. Você em nada me parece com uma garota querendo sempre novas sensações. Você já tem muito o que lhe preenche, com muito conteúdo. A segurança que você conquistou lhe traz o desejo de mudança, entretanto essa mudança só pode vir quando você aceitar o que é e o que sente.

Ana fica emocionada com as palavras sinceras de Cláudia e resolve abrir o coração – Eu sempre fui a melhor conselheira de minhas amigas, doutora. Às vezes, eu me acho uma cínica, pois não consigo fazer o que falo. Sempre digo que o maior perigo é uma pessoa com ego inflado e cabeça vazia. – Ana faz uma pausa, como se não quisesse estragar o momento de cumplicidade com a psicóloga.

Cláudia, com um leve sorriso no rosto pondera – Muitos homens jovens aparecem aqui para reclamar que não encontram mulheres inteligentes querendo compromisso sério, sabia? Você acha que não topou com um desses garotos, ou vocês não estão procurando um ao outro?

– Você já me disse isso. Sei que quer arrancar de mim algo, não é?

– Eu? – surpreende-se Cláudia – Estou aqui para você tirar o peso do seu peito.

– Eu nunca procurei mesmo, doutora, pois no fundo, eu sempre soube que já havia achado essa pessoa.

– Você amou algum desses seus últimos namorados?

Ana parece desarmada. – Acho que você sabe a resposta.

– Prefiro ouvi-la, Ana.

– Eu não me apaixono por um o cara por um ou outro gesto grandioso, doutora. Eu me apaixono por várias pequenas atitudes e cuidados. Nunca é porque ele dá um lindo presente de dia dos namorados ou aniversário, mas sim pois ele me dá bom dia antes de olhar o celular, porque ele vai até o mercado e me traz aquela guloseima sem eu pedir, ou quando ele, mesmo tendo um dia maravilhoso, senta com paciência e me ouve quando estou puta da vida. E ao final do meu relato, muitas vezes desequilibrado e escandaloso, não tenta diminuir os motivos de meu descontentamento e dá uma palavra de encorajamento. Amor não é algo tão mágico quanto dizem, ele é constância, é perceber que alguém está pensando e te entendendo. Até que um dia você se percebe sempre pensando e lembrando daquela pessoa por causa das pequenas e constantes atitudes.

– Isso é muito bonito mesmo, Ana, qualquer mulher se apaixona por alguém assim, porém e depois que a paixão acontece, como a relação irá perdurar? Quando temos um coração e mente cheios de desejos complexos, nenhum amor ou pessoa é capaz de desatar tais nós, é desumano jogar no outro a obrigação de salvarmos de nós mesmos, por isso que muitas relações não perduram.

Vivian

14 anos atrás:

– É verdade o que me disseram, Vivian? – Ana franze o rosto e questiona num tom acusatório.

– Como vou saber o que lhe disseram? – Responde, sem mudar seu semblante blasé.

– Se tiver algo para me confessar é melhor que me diga agora, ou nunca mais falo com você! – Ana tenta se controlar para não criar um barraco em frente da escola.

– Nossa! Por que você está tão irritada? Tirou nota vermelha, por um acaso? Deixe-me ir embora, minha mãe já está lá no carro buzinando para mim.

Nesse instante, Ana avista a mãe de Vivian dentro de seu Kadet bordô. Ela dá um tímido e pouco simpático sinal com a mão cumprimentando a amiga da filha.

– Eu não estou brincando, Vivian. Que história é essa de você estar ficando com o Tony?

– O quê? Quem lhe disse isso? Argh! – Vivian arregala os olhos.

– Também estranhei. Para quem sempre disse achar ele um bobo! Fez isso só para me atingir?

– Eu posso ficar com qualquer um desta escola! Por que eu o escolheria, Aninha?

– Pois é!

– Quem lhe disse isso quer prejudicar nossa amizade, Aninha! – fala de maneira mais séria, encarando a amiga nos olhos.

– Não tente mentir para mim, não! – Ana titubeia.

– Quem foi a vaca que espalhou essa fofoca? – Vivian questiona com autoridade. – Minha mãe está me esperando, Ana.

– Não tente mudar de assunto, percebi como você anda toda diferente esses dias, caprichando na produção e tudo.

– Eu sempre caprichei em minhas roupas, Ana. Você mais do que ninguém sabe disso! Eu não me visto para homem algum!

– Mas você anda demais nestes últimos dias!

Vivian abaixa o tom de voz e volta a agir com seu ar confiante e prepotente – Eu fico mais alegre e de bom humor quando estou bem vestida! Você sempre me incentivou a fazer o que eu gosto, amiga. – tenta aplacar a desconfiança de Ana.

– Jura que não está me enganando?

– Ai, Ana! Como você é dramática! Você precisa me dizer quem inventou isso.

– Deixa para lá, Vivian.

Ana, confusa, parte com passos duros e apressados, sem saber em quem acreditar.

Vivian entra no carro de sua mãe, ela e Camila não se cumprimentam e seguem em silêncio por quase todo caminho, como se fossem duas estranhas.

– Vai ter o que comer ou precisarei sair para comprar algo? – Vivian quebra o silêncio ao entrar em sua casa.

A mãe não lhe responde.

– Hein? – insiste Vivian.

– Sobrou pão de ontem, você pode fazer um sanduíche. – responde secamente.

– Com o quê? Margarina?

– Seu pai não deixou dinheiro. – diz a mãe de maneira rude.

Ao entrar em casa, Vivian surpreende-se ao encontrar o pai por lá; ele deveria estar no trabalho, porém Vivian e sua mãe, aparentemente receosas, nada lhe questionam.

– Chegou a Barbie da casa. – diz o pai com sarcasmo, olhando para Vivian.

– Oi. – responde com uma voz fraca e tímida.

– E as notas como estão? Dê-me uma notícia boa e diga que vai passar no curso de medicina em primeiro lugar. – diz o pai num tom acusatório.

Vivian faz silêncio, querendo fugir da pergunta.

– Estou estudando, pai.

– A filha da Luciana, lá da imobiliária, entrou direto na USP, e ela nem estudava num colégio tão caro quanto o que eu pago para você. Ela é bonitinha também, e muito inteligente! – compara o pai.

Vivian se cala, mas sua língua fica coçando. O pai encara-a com agressividade.

– O que foi? Qual o problema? – grita o pai.

– Está tudo bem, Roberto. – fala Camila para o esposo.

– Não se meta! – Roberto responde sem olhar para a esposa que se aproxima.

– Você não paga as mensalidades há meses, me tiraram da sala de aula por isso. – Vivian pondera pausadamente, demostrando insegurança.

– Eu não sou vagabundo! Ninguém pagou escola para mim, não tive a mordomia que a senhora está tendo! – O homem para, esperando uma resposta da filha que não vem – Então pare com essa mania de ficar se olhando no espelho o dia todo e comece a estudar, ninguém vai aturar você pelo resto da vida!

Vivian desvia o seu olhar do pai por um pequeno instante, encarando, por reflexo, um espelho que está à sua frente; o pai percebe para onde a filha foca o olhar, e grita com raiva:

– Está vendo? Só se preocupa com sua vaidade! Agradeça a mim por você ter puxado a beleza da minha mãe! Se fosse como a mula da sua mãe, não seria nada disso. – Roberto dá alguns passos, sai da casa, batendo a porta.

Camila observa a cena calada, e assim que o marido parte, também sai da sala onde ocorria a discussão, deixando a filha sozinha.

Uma semana depois

– Eu quero falar com a Vivian agora! – diz ao telefone para Camila, uma impaciente Ana.

– Olha, minha filha contou-me tudo, ela não é da sua laia! Não fica saindo pra fumar maconha com esses moleques, portanto ela não vai lhe atender! – responde com extrema grosseria.

– Fumar maconha? – Ana perde a fala – Como assim? Quem disse que eu fumo... E mesmo se fumasse!

Camila interrompe-a – Ah! Não quero saber, isso é problema dos seus pais. Não ligue mais para cá, mocinha!

As aulas já tinham se acabado, e após mais alguns dias de tentativas, Ana consegue falar com Vivian. A antiga amiga atende ao telefone na ausência de sua mãe.

– Grávida? Como você está grávida do Tony, Vivian? – Grita Ana, indo direto ao assunto, sem qualquer cerimônia.

– Eu não tenho nenhuma satisfação para lhe dar. – responde de maneira natural.

– Então por que está fugindo de mim? Explique-me isso. Você poderia ter qualquer um, por que foi atrás do Tony? – descontrola-se.

– Eu vou desligar, tchau Ana.

– Guarde com você, Vivian, – grita Ana – eu fui a única pessoa que lhe conheceu de verdade e quis saber quem você era por dentro, no entanto essa embalagem bonita e falsa enganou a todos, não a mim. Não quero vê-la nem pintada de ouro! Nunca mais cite meu nome, e caso o faça, você deve lavar a boca antes!

– Eu devo lavar minha boca? Tudo bem, Ana, não irei perder nada! – mantém a naturalidade, para irritação ainda maior de Ana.

– Eu sei que você inventou os estupros; você quis ficar com aqueles caras! E agora, você vai perder esse bebê, porque nenhuma criança no mundo merece pais tão baixos como você e o Tony. Passar bem!

Nos dias atuais

Agora que tudo já passou,
engano e ilusões já cessaram,
finalmente vou perceber
o que o tempo irá me arrancar.

Pra que tantas mágoas, anseios, promessas?
Por tantas pessoas que apenas passam,
promessas e enganos não nos deixam esquecer
e não nos poupam de estar entre os corpos.

Mas onde será que o caminho está?
O mesmo caminho tornou-me insana.
A derrota está onde sempre há,
o grande erro de revelar como o amo.

Você que atirava para os lados, agora só foge,
e se ilude que pode ser forte,
é uma sombra daquilo que foi,
o mal que semeia um dia se colhe,
mas vou lhe dizer: o tempo acabou,
mas vou lhe dizer: não há nada a dizer,
mas vou lhe dizer: nosso tempo foi pouco,
e o que eu disse foi pouco.

Veja o sinal,
meus sentidos se perdem.
Mas tudo é fácil quando se está,
ao longe ouvindo o som de uma história,
se todos pudessem seguir a estrada,
numa jornada até nossos sonhos.

Há um longo e incômodo silêncio no consultório de Cláudia, até que Ana quebra tal clima – E eu nunca mais encontrei a Vivian... Eu achei esse poema no armário do meu antigo quarto, quando vivia com meus pais. Eu o escrevi na época em que descobri essa enorme traição do Tony e Vivian.

– O bebê dessa sua ex-amiga e do seu ex, tem quantos anos agora? – Questiona Cláudia.

– Ela perdeu logo depois da nossa conversa, ou talvez nunca tenha ficado grávida. Eu nunca irei saber a verdade.

– Sinto muito, Ana... – Cláudia emociona-se – Você desejou muito ela nunca tenha ficado grávida, isso deve ter deixado você muito dividida.

– Com certeza. Sempre me passou pela cabeça que aquela conversa e o meu desejo de que ela perdesse o filho tivessem... – Ana não sabe como se expressar – Você sabe.

– É natural culpar-se, mas também é natural dizer coisas horríveis quando se é magoado, Ana.

– Eu nunca entendi, doutora – Ana se mostra mexida com aquela velha história – Ele não combinava em nada com ela. Tony puxava assunto com garçons, dava dinheiro para as crianças na rua, falava com os cachorros. – Ana sorri com os olhos ao se lembrar do ex – Eu recordo-me como ficávamos por horas nos bares mais simples, nesses de esquina, apenas conversando. Vivian era esnobe, fresca, uma patricinha.

– Mas era sua amiga. – Cláudia aponta a contradição.

– Não sei se foi de verdade, mas sinto falta...

– E você? Sempre buscou homens parecidos com você? Pelo que eu entendi, dos seus últimos namorados, um só vivia na academia e outro pouco mais fazia além de fingir procurar emprego e ser paparicado pela mãe.

– Você quer dizer que os opostos se atraem, doutora?

– É isso que estou lhe dizendo, Ana? – Cláudia diz com ternura.

– Não sei, por isso estou lhe perguntando.

– Você ficou com esses rapazes por que eles lhe atraíam de certa maneira, mas também não era mais cômodo ter alguém que não ameaçasse sua segurança sentimental? Ou seja, será que não está com medo de se apaixonar?

– Por que diz isso? Aquela história de eu permanecer na minha área de conforto que você já citou? Para eu dominá-los? Não acho que eu seja tão má assim.

– Dominar seus sentimentos, Ana.

– Ah, não sei... – reluta.

– Você não faz isso por ser má – Pondera – Mas sim, porque ao ficar com alguém desse jeito, você não se expõe em demasia, não se envolve demais. – Cláudia para por um instante – Sobre essa sua antiga amiga, por que queria a amizade dela?

– Todos a consideravam maravilhosa, sabe? Ela era a menina mais linda da escola, mais brilhante, alta, confiante... Todas as garotas queriam ser como ela. Eu sentia-me a escolhida, tinha muito orgulho disso.

– Será que não era você que a enxergava desta maneira? E por qual motivo você acha que foi a escolhida por ela? – Cláudia mostra um leve sorriso no rosto, como se estivesse surpresa com tamanha modéstia de sua paciente.

– Não sei, nunca pensei nisso. Eu era carinhosa, paciente, e nunca a invejei como as outras.

– Você sempre teve uma família que lhe apoiou, não é? Era uma menina muito inteligente, tirava boas notas. Ela era linda, como já me disse, e era uma boa aluna também?

– Não, tanto é que não conseguiu entrar em medicina, seu sonho de infância. Na verdade não cursou nenhum outro curso pelo que fiquei sabendo...

– Talvez ela quisesse ser como você, Ana: inteligente, ter pais que lhe apoiassem.

– Será, doutora? – O seu rosto ilumina-se – A mãe dela era um horror, o pai eu vi poucas vezes, mas notei que ela tinha pavor dele.

– Interessante. Você que adora leituras, poemas e afins, já ouviu falar daquele conto Cherokee? Nele há exemplificações de como cada um escolhe o caminho que mais o satisfaz.

– Não, não o conheço, doutora. Como é?

– Ele é bem conhecido, sempre aparece por aí nas redes sociais. Um velho Cherokee fala ao seu neto: "há uma constante batalha entre dois lobos dentro de nós. Um é mau, invejoso, bravo, rancoroso e egocêntrico. O outro é o bom, agradável, pacífico, amoroso, humilde e é justo. " O garoto fica pensativo e pergunta ao avô: "qual lobo vence?" O velho responde: "Aquele que é mais alimentado. " A doutora faz alguns segundos de silêncio, esperando alguma palavra de Ana, mas esta permanece quieta e pensativa – Ana, você precisa aceitar a existência desses dois lados em você ou em qualquer pessoa que tenha passado em sua vida, e perceber que assim como as pessoas deixam cicatrizes em você, você também deixa nelas.

O bilhete no espelho

"Aninha:

Muito antes de reencontrá-la no parque, eu escrevi isso na esperança de um dia ter coragem de lhe entregar. Agora que finalmente aceitou jantar comigo, espero que leia com carinho. Não é tão romântico ser enviado por e-mail, mas antes dessa maneira do que de nenhuma outra!

Beijos, Tony"

"Eu sonho com você, e não sei por qual razão, juro.
Não falo de uma fantasia qualquer, eu realmente vejo você em meus sonhos.
Isso os torna menos reais? Faz doer menos? Traz menor saudade?
Há anos que não nos vemos, sua voz nem reconheceria, e talvez eu passasse batido se a encontrasse na rua.
Mas eu sempre sonho com você.
Basta uma noite mais longa de sono, uma manhã preguiçosa de domingo e lá está você comigo:
Com aquele brilho, com aquele sorriso.
Ah, se você soubesse o poder do seu sorriso!
Em meu sonho, em minhas lembranças, você sempre sorri!
Você anda ao meu lado em longas e gostosas conversas. Longas conversas que acabam literalmente no instante do piscar de olhos.
Instantes tão decepcionantes.
Pois com você... apenas brilhamos, não há tristeza.
Lá, apenas ali, eu me lembro da nossa parceria, o quanto tudo para nós era naturalmente desapressado, como éramos inteligentes e descolados juntos.
Lembro-me como nunca mais fui tão bom ao lado de alguém.
Mas há algo mais belo: sempre há muita luz. Tudo iluminando nosso caminho.
Tudo ilumina o seu rosto. Ou talvez seja você, sabia?
Como seu rosto me ilumina!
Mas quando dou-me conta dos meus erros e tento lhe dizer o quanto estar com você é especial, o quanto sinto muito, o quanto apenas estando ao seu lado percebo o vazio da sua falta, a realidade aparece, e o sonho termina. Eu acordo, e estou lá, num quarto escuro e frio. Sempre.
Sempre aquele nunca, aquele nada, aquele quase, sabe?

Não é minha culpa sentir isso, não é minha culpa almejar sua companhia. São os meus sonhos, ora bolas! Eles atiçam minhas lembranças!
Se o seu subconsciente não lhe diz o mesmo, a culpa é dele!
Quer saber? A culpa deve ser sua! Talvez você se preocupe demais em ficar com os olhos abertos.
Sim, eu sonho com você, admito!
Um sonho que nunca corrige o que em minha vigília sempre falhei.
Mas quer saber? Que bom que eu ainda sonho! Que bom que ainda há sonhos que não se realizam. Pois vivemos todo tempo com os olhos abertos e não é lá grande coisa!
Eu sonho com você.
Um sonho que apenas a manhã pode me tirar.
E eu sei que sempre terei minhas manhãs. .
Saudade de uma linda amiga.
Saudade de sonhar de olhos abertos ao seu lado".

Ana lê esse e-mail com a declaração/poema pela centésima vez e logo recebe uma mensagem de Tony no whatsapp: ele acabara de chegar para buscá-la e aguardava-a na portaria do prédio onde estava hospedada com os pais.

Dias atrás, após uma tímida e culpada insistência de Tony, Ana aceitou o convite para jantar com ele, tudo em nome dos "velhos tempos".

Apesar de muitas dúvidas e inquietações terem percorrido os seus pensamentos por dias, agora, surpreendentemente, ela estava calma e relaxada. Ana resolveu enfrentar seus demônios, e a presença de Tony não trazia mais tanto receio como ela poderia imaginar. Ela se deu conta que, assim como em sua adolescência, estar com ele era algo natural.

– Você está linda! – diz ele de maneira um pouco protocolar, enquanto lhe entrega uma rosa colombiana.

– Que linda! Obrigada. – Ana age de maneira polida.

– Deixe-me abrir a porta do carro para você. – Tony tenta mostrar-se cavalheiro.

– Abrir a porta para mim? Está me estranhando? Eu tenho braço! – reage.

Tony encolhe-se, acanhado.

– Estou brincando, Tony! Mas não precisa se incomodar não, eu sou uma feminista light, esqueceu-se?

– Não sabia que abrir a porta do carro vai contra o feminismo!

– Relaxe! – Ana tenta acalmar Tony, visivelmente inseguro.

– Estou super relaxado. – sorri forçosamente.

– O que aconteceu com seu sotaque caipira? – questiona Ana, já dentro do carro.

– Ah, então só paulistano que não tem sotaque? Caipira tem, baiano tem, gaúcho tem, carioca tem, e o paulistano não? – pergunta Tony forçando humor para quebrar o gelo.

– Não havia pensado por esse lado. Façamos assim: você não tenta mais ser cavalheiro comigo e eu nunca mais brinco com o sotaque de ninguém, ok? – Ana pisca ao final da frase.

– Seremos um casal politicamente correto? – Provoca Tony, já distraído com a conversa, pois atravessa o sinal vermelho com o seu carro.

– Amigos politicamente corretos, certamente. – Responde sem titubear.

Ana, instintivamente, abre o quebra-sol para olhar-se no espelho, e lá encontra um bilhetinho colado:

"Nossa, que mulher mais linda! Olhe pra mim mais um pouquinho, por favor! Assim mesmo, sorrindo! Eu nunca fiquei tão belo!"

Ana sorri com a linda atitude de Tony – Você é fogo mesmo! Havia me esquecido dessas suas pimponisses.

– Pimponisses? – Tony faz cara de espanto.

– Esqueceu-se, pimpão?

– Ah, é mesmo! Você me azucrinou por meses com essa história de pimpão e de Raí!

– Sem contar no dia que fomos correr no parque e você estava de havaianas e sem cueca, está lembrado? Bingolão balançando e todo mundo olhando. É um caipirão, mesmo!

– Hahahaha. Não tinha nada balançando não! Por mais que eu seja bem-dotado! O shorts tinha a redinha por baixo que segurava as coisas.

– Ah, cale a boca, Tony! Você de havaianas e com o bilau balançando! Todo mundo ficou olhando.

– Você que fez questão de ir ao parque e do nada começou a fazer uma corrida, só para me ferrar por eu estar de chinelo.

– Sabe o que eu queria saber, Tony? – Ana muda o tom de voz.

– Não vou dizer o segredo da minha sensualidade. – responde em tom de brincadeira.

– Não, não é isso não. – Ana ri – Isso eu já sei. – Ela brinca – Por que você escreve tantos poemas? Não gosta de dizer ou falar o que sente, sei lá...

– Olha, Aninha... – Tony tenta manter o tom informal – Preciso ser filósofa igual a você agora.

– Eu não sou filósofa, seu bocó! – Ana ri, enquanto Tony faz uma expressão séria.

– Definitivamente não consigo me expressar pessoalmente como quero... Prefiro fazer isso por escrito, mas faço contrariado, sabia? Desenhando todas as letras no papel. Olho para as palavras tranquilamente, com tempo, meditando sobre o seus efeitos. Tenho de admitir, minha mente é incapaz de fazer rascunhos olhando para o seu lindo rosto... é covardia. Deve ser para isso que servem as letras, aí deve estar a verdadeira razão de terem sido criadas: como ter bons argumentos diante desse perfeito par de olhos regados com esse seu irresistível charme?

– Nossa! – Ana fica sem palavras – Assim vou me achar mesmo!

Os dois riem um pouco e se lembram de algumas histórias do passado até chegarem ao refinado restaurante dos Jardins. Ao sentarem-se à mesa, o clima frio e pouco aconchegante do local contagia os dois que ficam mudos.

– Bebe vinho? – sugere Tony.

– Acredita que mesmo morando na Europa não tomei gosto por vinhos?

– Jura?

– Sim, todos estranham muito, mas prefiro uma boa e velha caipirinha.

– Você ama tudo que é caipira, né? – Encara Ana todo convencido.

– Caipiroska! Quero uma caipiroska, garçom! – Ana pede ao garçom, após ter levantado a mão para chamar a sua atenção.

– Você não gosta de cavalheirismo mesmo, hein? Jamais uma mulher chama o garçom num encontro. – diz Tony.

– Isso é um encontro? – Ana franze as sobrancelhas.

– Reencontro de amigos, não é?

– É?

– Un... – Tony balbucia sentindo-se acuado. Ele deixa de encará-la e passa a analisar o menu. – Já sabe o que quer comer?

– E você, já sabe? Não tira os olhos desse menu! Está acanhado?

– Eu comecei a olhá-lo agora. – defende-se Tony.

– Já sei. Quero risoto de abobrinha brie com salada. – Decide Ana, sem titubear.

– Eu acho que vou querer o mesmo, Aninha.

– O mesmo? Nossa!

– Nossa o quê?

– Nada, nada, Tony.

Novamente o silêncio impera na mesa, ambos olham para o centro do restaurante onde um casal quase na meia idade dança ao som de uma música lenta.

– Não sabia que havia restaurantes assim em São Paulo. Já trouxe alguém aqui antes? – pergunta Ana com certa malícia.

– Já vim aqui, sim. – responde disfarçando a saia justa.

– Então está fazendo aula de dança e resolveu vir só porque sabe que eu sempre amei dançar. – diz Ana enquanto o garçom traz sua bebida.

– Eu, não! Nem pensei nisso. Também não estou fazendo aula de dança.

Ana fica em silêncio, esperando alguma atitude de Tony.

– É muito lindo! – maravilha-se Ana, observando o casal na pista.

– Topa?

– Dançar? – Ana se faz de sonsa.

– Não, nadar no chafariz do Ibirapuera!

– Deixe-me ver. – Ana olha por debaixo da mesa – Você está de sapatos, e aparentemente de cueca, então podemos dançar sim.

– Boboca!

Os dois levantam-se. Tony nitidamente intimidado se esquece de tomar Ana pelas mãos. Ao chegarem à pista, ela toma posição para iniciar a dança diante de um Tony acanhado e com um sorriso amarelado.

– Nunca dancei música da Sade na minha vida, Aninha. Sinto-me na sala de espera de um consultório dentário ouvindo a Alpha FM. – Tony caçoa da cantora que toca no restaurante.

– Você sabe mesmo ser romântico, Tony. Saiba que precisa fazer passos de bolero.

– Não é o que estamos fazendo? – preocupa-se Tony, olhando para os próprios pés.

Ana ri – Você está dando um passinho para cada lado, deveria concentrar-se a dançar comigo.

– Isso não é nada feminista da sua parte, Ana.

– Você partiu meu coração ao dizer que achava estar ouvindo Sade na Alpha FM, Tony.

– Alpha FM? – balança a cabeça – Eles devem pagar todos os planos de saúde da velharada com os direitos autorais. Só toca música de 1980 para trás.

– Logo, logo, estaremos lá, Tony. Já se passaram muitos anos, sabia? Vai me dizer que não sentiu o tempo passar?

– Pior que não, Ana. Sinto-me com quinze aninhos.

– Física ou mentalmente? – Ana brinca.

Tony e Ana, finalmente, encaram-se de perto enquanto dançam.

– Quer dizer que você ainda sonha comigo?

Tony abaixa a cabeça – Gostou?

– Claro! Você sempre escreveu muito bem.

– E então?

– E então o quê? – Ana responde instantaneamente – Sonha apenas comigo ou com mais alguém?

– Eu sabia que precisaria tirar esse elefante da sala. – Suspira Tony com decepção – Eu era um garoto bobo, Ana.

– Você engravidou e casou-se com a minha melhor amiga, Tony.

– Casamento que durou apenas um ano. Achei que teríamos um filho. O que mais eu poderia ter feito?

– Você amava-a?

– Eu sempre amei você, Ana. – Responde com firmeza, fazendo com que o casal que dançava ao lado virasse o pescoço para ouvir a conversa.

– Desculpe-me, mas não foi uma maneira muito bacana de demonstrar amor, mas eu o entendo, Vivian sempre foi uma mulher linda. – Ana fala sem qualquer resquício de rancor – Nunca mais soube dela?

– Eu encontrei-a faz uns dois anos no supermercado. Ela está muito mudada, totalmente diferente.

– Sério?

– Sim, mudou muito.

– Mudou como?

– Está diferente, não é tão... – Tony interrompe o que ia falar – Ela mudou.

– Não é mais tão o quê? – Ana fica curiosa.

– Não importa, Aninha. Queria saber se você perdoou-me pelo que passou.

– Mudou como? – Ela insiste encarando um Tony incomodado. Logo Ana desvia o olhar, parecendo confusa e agarrando forte o corpo de Tony – Fiquei sabendo da morte do seu pai, sinto muito.

– É... Obrigado. Mas foi algo anunciado. – conforma-se Tony.

– Desculpe-me perguntar, mas o que ele teve?

– Bebia muito. Sabe como é. Ele era muito fechado, morreu engasgado com as palavras que nunca disse.

– Tem razão, não há modo pior de morrer. – Ana balança a cabeça positivamente.

Então, algo subitamente bate forte no peito de Ana. Ela resolve não pensar em mais nada, já tinha feito isso por anos, ela apenas fecha os olhos e o beija.

O reencontro

"Ela está muito mudada, totalmente diferente. " – As palavras de Tony a respeito de Vivian martelavam a cabeça de Ana – "Por qual razão eu não tenho o direito de revê-la?" – Pensa – "Eu irei! Se ela não tem nada a me dizer, eu quero olhar em seus olhos e saber se tudo que sinto deve ainda habitar no meu coração. Quero superar isso!".

Ana fez questão de marcar o reencontro com Vivian no café de uma livraria próxima à antiga escola. Ana não chegou a falar com ela, apenas pediu para Tony entrar em contato com uma amiga em comum, marcando a data e local.

Ana admite ter sido um ato de covardia não ter ligado diretamente para Vivian, por outro lado, quis sondá-la, e pelo que ela soube, a recepção de Vivian ao convite foi de estranhamento e curiosidade.

Já eram 17:25h, Vivian estava atrasada há vinte e cinco minutos. Ana havia pedido o segundo café e uma água. Pontualidade, definitivamente não é um atributo brasileiro, disso ela nunca se esqueceu. O local começa a lotar, Ana ocupa uma mesa com quatro cadeiras, um casal simpático aborda-a:

– Podemos pegar duas cadeiras ou está esperando alguém?

– Não, não, pode levar. Só irei precisar de uma quando minha... Minha amiga chegar.

A seguir, pelo canto do olho esquerdo, Ana sente-se observada. Ao virar o rosto, percebe uma mulher partindo com passos largos e apressados no sentido oposto ao café. Ana hesita por um instante, mas observa que a mulher, de costas, é bem gorda e tem cabelos curtos: "Será Vivian? Ela está muito mudada, totalmente diferente!" – logo, um diabinho vem à sua cabeça: "Se ela não ficasse tão gorda, Tony estaria com ela até hoje?" Ana não consegue disfarçar: sente um sádico prazer em imaginar Vivian assim.

Ana tem uma forte intuição, e resolve deixar o dinheiro da conta sobre a mesa e segue a mulher que entra apressadamente num Uno antigo, Ana grita:

– Vivian!

A mulher olha para trás, mas não para: certamente era sua amiga de anos atrás, agora com um rosto muito cansado e extremamente envelhecido. Parecia dez, quinze anos mais velha do que Ana.

– Espere! – Diz Ana acelerando os passos.

Vivian estica o braço esquerdo, fazendo um sinal de que não queria contato. Apesar disso, Ana não sentiu aquela atitude como desfeita, e considerou apenas uma demonstração de enorme fraqueza. Ana resolve pegar seu carro, que estava estacionado ali perto, e começou a segui-la. Um reencontro de amigas/inimigas iria se transformar numa perseguição pelas ruas congestionadas de São Paulo.

A caça não demora muito, Vivian não percebe estar sendo seguida e para logo no primeiro semáforo. Ela chorava. Ana encosta seu carro ao lado da antiga amiga.

– Vivian, abaixe a janela. Pare em algum lugar para conversarmos um pouquinho.

Vivian, tentando disfarçar as lágrimas, concorda fazendo sinal com a cabeça. Ela segue por poucas quadras até parar em uma das muitas e arborizadas praças entre o Alto de Pinheiros e Vila Madalena.

Ana sai de seu carro e vai direto até Vivian, que ainda permanece em seu automóvel.

– Vamos parar em algum lugar, Vivian. – Sugere Ana com voz calma – Não vamos sentar no meio da rua, não é mesmo?

– Tudo bem, mas onde?

Ana olha a sua volta e vê uma confeitaria – O que acha de irmos até lá, podemos deixar os carros estacionados aqui mesmo.

– Pode ser. – Responde Vivian tentando em vão esconder as lágrimas. Ela tira o cinto de segurança e sai do carro.

– Há quanto tempo! – Cumprimenta Ana, logo que Vivian pega sua bolsa.

– Você está linda, Aninha.

– Obrigada, Vivian. Você também.

– Não minta, eu estou um horror! – Vivian enxuga as lágrimas.

As duas seguem lentamente até se sentarem numa loja especializada em bolos e doces.

– Olha aonde você me trouxe, estou de dieta. – reclama Vivian.

– Sério? Não pode reclamar, você fugiu de mim lá na livraria.

– Ah, olhe pra você Aninha. – Vivian tenta se recompor – Você está maravilhosa, e eu fiquei um trapo.

– Não fale assim. E por favor, me chame de Ana.

– Você tinha razão.

– Razão de quê? – Ana franze o rosto.

– Em dizer que eu não teria futuro.

– Eu nunca disse isso.

– Não... ? De qualquer forma, aqui estamos, e você está ótima.

– Não estou tão bem assim, Vivian. E você, o que me conta?

– Não está tão bem assim? Está linda, bem-sucedida... Fiquei sabendo que mora na Europa. Já eu... Olhe para mim, você deve sentir-se... – Vivian hesita em terminar a frase.

– Sentir-me como?

– Feliz e vingada. Não sei.

– Eu não ficaria feliz com a tristeza dos outros, se é que você está triste, Vivian.

– Ah, pare com isso, Ana, ninguém pode ser tão santa assim.

– Não sou santa, nunca disse isso, apenas estava curiosa em revê-la. Você não estava?

– Claro que sim. Apesar de tudo, você sempre estará em meu coração, Ana.

– Apesar de tudo, como assim? Se eu me lembro bem, quem foi apunhalada pelas costas fui eu.

– Não foi bem assim, Ana. Eu sabia que iria voltar a esse assunto, mas isso já passou e deve ficar lá no passado.

– Não foi bem assim? – Ana levanta a voz, chamando a atenção dos outros clientes – Não foi? – repete mais baixo.

– Você sempre foi a estrela da escola, a menina mais inteligente, toda metida com os pais super legais e tudo. E quanto a mim?

– O que isso tem a ver, Vivian?

– Tudo.

– Entendi... Você tinha inveja de mim! – Ana lembra-se do que Cláudia observou em uma das sessões – Mas eu não compreendo, você que era a menina mais desejada da escola.

Vivian se cala.

– Diga algo, Vivian. – insiste Ana.

– Ana, eu a traí, fui uma péssima amiga, mas foi o Tony que quis ficar comigo.

– Todos queriam, Vivian, todos!

– E agora, ninguém quer, não é? – Vivian suspira com tristeza.

– Não faça isso, não se faça de coitada. – Ana diz com rudeza na voz.

– É a verdade.

– Todos nós temos mágoas, eu odeio admitir, mas você não tem ideia do quanto o amor entre vocês me assombrou, Vivian.

– Espero que você me perdoe. Sei que um vaso quebrado nunca será o mesmo após ser colado – Vivian parece ser sincera por trás de seus olhos cansados e sem brilho – Eu quis ficar com ele na época, eu queria ser mais legal do que você, Ana.

– Sério mesmo? – Ana espanta-se com tamanha sinceridade.

– Sim, olhe para você, estava escrito nas estrelas que iria ser uma mulher maravilhosa, enquanto eu...

– Como assim? Você não...

Vivian interrompe Ana – Não me venha com esses papinhos, Ana. Todos nós sabemos que eu não teria futuro. Eu nunca me esqueci do que você dizia sobre os ensinamentos de seus pais.

– Quais ensinamentos, Vivian? – Mostra-se interessada.

– As três lições que seus pais sempre lhe davam. Até hoje eu as guardo no coração, sabia?

– Ah sim, diz Ana. – Ela lembra-se com orgulho e demonstra-o através dos olhos – Ser perseverante e esforçada, pois isso vale mais que a inteligência. Agir com os outros como deseja que ajam com você e não ligar para a opinião alheia. Admito que esta última é a mais difícil.

– Eu acho isso também, embora eu gostasse muito de saber o que você pensa de mim agora.

Ana observa a antiga amiga num misto de pena e carinho. Ela pega sua mão e diz a palavra mais linda do dicionário humano

– Eu te perdoo.

A cura

Doutora Cláudia,
Não irei à nossa próxima consulta.
Nem nas próximas... Por um tempo rs.
Vou voltar à Europa.
Sinto-me leve, como se o peso deixado por aqui não estivesse mais em meu coração.
Agora estou pronta para visitar o Brasil sem o medo que sempre me acompanhou.
Sei como muitos pacientes tentam conquistar o coração de seu psicólogo, rs... E não tenho como negar, tentei fazer o mesmo com você.
Gostaria de considerá-la uma amiga.
Obrigada, de coração.
Não estou "curada", e isso não poderia me deixar mais feliz.
Aprendi com você.
Aí está o maior segredo para ser feliz, conhecer e aceitar nossos anjos e demônios. Só são felizes os que perseguem outra coisa do que a própria felicidade.
Corpo bonito é aquele que tem uma pessoa boa dentro dele, né?

Nada me desumanizava mais do que procurar a felicidade plena e buscar a perfeição.
Sou alegre?
Sim, muitas vezes ao dia, boa parte das vezes. Provavelmente por ter abdicado da ditadura dessa felicidade de vitrine, pronta a ser exposta a todos.
Deve estar aí o segredo do bom humor, não pretender salvar a si mesmo, muito menos o mundo.
A pessoa que eu escolher para amar (sim, será acima de tudo minha escolha), seguramente não será a que me fará mais feliz.
Será aquela que com algumas atitudes me deixará no céu e com uma palavrinha certeira me atormentará.
Talvez aí esteja o segredo de tão pouca gente tentar criar um vínculo afetivo; é mais fácil crer nas infinitas opções que a nossa vida "moderna" gera com o intuito de mascarar a falsa "felicidade plena": ter o corpo perfeito, parecer feliz sempre, ter os "melhores amigos", estar sempre bem vestida, aparentar estar super bem-resolvida com tudo e todos.
Dei-me conta de que nada parece mais careta, falso e agonizante.
Irei chorar, terei dúvidas a respeito de minhas escolhas, ficarei doente, envelhecerei.
Mas isso em nada muda o fato de cada dia trazer a maior das promessas: minha vida.
E como é bom viver!
Eu sou quem sou. E ficarei com quem eu escolher.
Irei brigar, errar, chorar, estar feliz.
Sem distinções e réguas.
Eu sei como é duro desejar tudo sem ter como alcançar.
Então olho para meu umbigo e vejo: tudo que eu quero, é tudo que já possuo:
Meus desejos.
Não há paixão que justifique viver uma vida inferior àquela que sou capaz de viver.
E essa vida nada mais é a vida que tenho.
Obrigada, e até logo.
Em meu coração, sua amizade dispensa a despedida.
Sua voz e olhar compreensivo sempre me acompanharão.

Aninha

Cláudia enche-se de orgulho, seus olhos ficam marejados. Ela imprime o e-mail e o guarda com imenso carinho.

Um oceano

Ana guarda as últimas malas no táxi. Ela estava em frente ao prédio dos pais, onde passou os dias visitando o Brasil.

– Somos outras pessoas, Tony, não adianta tentarmos recomeçar um passado que há muito passou. – Diz Ana diante de seu velho amor.

– Não precisamos recomeçar de onde paramos, podemos começar algo novo. – Persuade Tony.

– E como será? Você irá para a Europa?

– Você sempre foi mais racional, não é mesmo? Havia me esquecido desse seu lado, Aninha. Eu não sei, podemos namorar à distância, o que acha? – Responde, intimidado.

– Tony, – Ana pega nas mãos do rapaz – Eu poderia dizer, até alguns dias atrás, que não poderíamos ficar juntos porque nunca mais confiaria em você, no entanto, isso já passou, esse sentimento já se foi, sabe por quê? Porque eu confio em mim mesma, nos caminhos a seguir, nas minhas escolhas a trilhar.

– Eu sempre achei você incrível, Aninha. – Responde emocionado e colocando as mãos no rosto de Ana.

– Você sabe que eu lhe acho especial, seu caipirão bocudo. – Ana ri com os olhos firmes, segurando a emoção – Sou outra pessoa, Tony, se você realmente me quer, terá de provar.

– Você quer uma gincana, então?

– Não, não quero uma gincana. – Diz firme – Mas você vai ter de provar que sou quem você quer. Minha vida está lá, a decisão é sua. Eu sei que sou especial e serei feliz da minha maneira. Amo estar sozinha, mas aceitarei as qualidades e defeitos de quem estiver comigo.

– Você tem uma vida maravilhosa, seria muito mesmo pedir para você ficar aqui no Brasil por minha causa. – Conforma-se Tony – Na verdade, você é maravilhosa.

– Sou uma feminista light, esqueceu-se? – Fala em tom de brincadeira.

– Não existe essa de feminista light! É o mesmo que dizer "sou carnívora light". – Tony tenta manter o humor, apesar da emoção.

Ana entra no táxi que a levará ao aeroporto – Você é uma pessoa ótima, já foi a mais especial para mim. Mas agora estou preparada para encontrar alguém que me aceite do jeito que eu sou, Tony.

– Tudo bem. – O rapaz olha para ela pensativo. – Leve este poema e só leia no caminho.

– Você e seus poemas! – Ana sorri antes de dar um curto beijo nos lábios de Tony.

– Até mais, Ana!

– Até mais?

– Sim, até mais. Você verá.

– O primeiro passo sempre é o mais difícil, Tony.

O táxi segue e Ana faz um esforço para não olhar para trás, afinal, ela descobrira que não havia nada além de aprendizado no passado. Tony estava lá, esperando pelo seu olhar. A moça abre o poema e tem uma forte intuição de que em breve veria Tony. "Nada como mostrar quem manda. " – Pensa ela enquanto ri, segura de si.

Eu não vivi um conto de fadas ou um belo sonho. Não foi algo tão qualquer.
Nem tive alguma experiência mística, quase tocando o céu.
O que eu vi e senti foi você, numa sintonia quase cruel.
E foi sem nenhuma ausência ou cerimônia, um segundo sequer. Simplesmente no plural: eu e você.
Nesse imenso e raro mundo singular do que apenas é. Nosso simples mundo.
E quando o singular e todo segundo que nos parou, uma das tantas lembranças no nosso oceano sempre irá atravessar.
Pois o que tivemos, não somos ou fomos: simplesmente temos.
Levou tempo, mas soubemos.
O que é pra ser, tocamos. E o que foi, apenas pertencemos aos mistérios que guardamos e não tentamos entender.

Com amor, Tony

PS: Cansei de fazer buracos nas árvores de casa! Vou à Europa buscá-la, é uma promessa! hahahahaha

Ela sorri, dobra a carta e tenta controlar a ansiedade ao saber que toda promessa é uma dívida.

2

Hóspede Suicida

Luciano é um homossexual não assumido que descobre que vai ser despejado por inadimplência. Um amigo policial vem informá-lo sobre um programa social pouco conhecido, o "Bolsa-suicida": o governo federal paga o aluguel do locatário caso alguém na residência cometa suicídio. "Um país feliz é um país sem suicídios", é o slogan do programa.

Luciano então hospeda Nico, um morador de rua com tendências depressivas, armando um plano para que este se suicide, mas há um problema: Luciano acha Nico bonito, sensível e elegante. Tudo pode acontecer.

O hóspede suicida – Originalmente escrito como roteiro para teatro (Comédia)

Nossa história começa com um diálogo super construtivo entre dois sujeitos que querem ser marombados:

Luciano entra em sua casa. Ele veste roupa de malhação e fala ao celular com um amigo de academia: "É irmão, no pain, no gain!" Luciano coloca o dedo na boca como se fosse vomitar. "O treino foi pesaaaado!" Grita com voz máscula, enquanto estica o braço em direção ao raque da sala para passar algumas gotas de álcool em gel nas mãos. "Sim, sim, a academia anda muito cheia, é verão. Não dá pra ir mais e só tem frango!" Queixa-se o rapaz. "Ficam mexendo no celular quando estão fazendo exercícios no aparelho enquanto dez ficam esperando!" Luciano olha-se no espelho, enquanto contrai o bíceps. "Eu estava lá ontem sim! Eu até o cumprimentei, seu viadinho, você não me viu?"

Luciano cala-se por dois segundos, ouvindo a resposta de seu amigo.

"Você até respondeu, seu cuzão, falando Oi lindo. ". Luciano novamente se cala, ouvindo o interlocutor. "Sim, sim... Achei meio gay sua resposta, mas eu sou lindo mesmo!" Luciano silencia-se por instantes. "Ah, é... bem que eu imaginei... você estava falando com o espelho, não tirava os olhos dele. "

A conversa segue por alguns minutos: "Onde eu comprei meu relógio que mede batimentos cardíacos? No outlet. " Seu amigo parece não entender. "Que loja da Odete! Outlet que se fala! O U T L E T".

"O que quer dizer isso? É um 'bota-fora' mais chique!"

"Ah, sim, é um termo inventado pra gente que se acha mais fashion não se sentir na 25 de março das marcas famosas! Classe média, querido, é super brega!"

Do outro lado da linha, o amigo ainda está curioso com o relógio de Luciano que responde:

"Ele não é de pilha; o movimento faz com que ele carregue. " Luciano mexe os braços como se estivesse demonstrando para o amigo. "Eu levo pra academia, pro aeróbico. " Luciano balança a cabeça com certo blasé. "Se diz aeróbico, Lucão, não aeróbio!"

O assunto do relógio ainda rende para impaciência de Luciano. "Isso mesmo, mexe dá pilha. Pra você eu tenho uma dica já que tem dificuldade com o 'aeróbio'. Não tira da sua mão direita nem no banheiro! Aí nunca vai acabar a pilha!" Luciano faz o movimento de masturbação com a mão direita.

"Ainda não entendeu, Lucão? Eu lhe explico depois. " Promete com um sorriso malicioso no rosto. "Então vamos treinar bem cedo amanhã, é melhor, porque a gente está meio mole, o cérebro não percebe que está se exercitando e deixa de reclamar. "

Lucão responde com incentivos genéricos, não dignos de nota, Luciano responde: "Treino pesaaaaaaaaaaaaado! Claro!"

Alguns instantes depois, a postura corporal de Luciano muda, ele parece inseguro, cruza as pernas de forma afeminada enquanto se senta no sofá da sala: "Então, irmão. " Sua voz fica mais frágil. "Dia 14, sabe o que vai fazer?" Ele cala por uns instantes. "Que dia cai dia 14? Sexta-feira. "

Luciano ouve a resposta de Lucão com ansiedade. "Vai fazer PERNAS?" Grita incrédulo com a burrice do amigo. "Não, não era isso que eu tava falando, eu tava falando... . ah... " Lucão interrompe-o, dizendo que precisava desligar.

"Passou da hora de você tomar seu whey?" Questiona Luciano, decepcionado. "Vai lá, então... Meu Deus!" Pragueja inconformado. "Não, eu não estou falando de você, eu disse Deus. " Esclarece. "Ah, tá acostumado a ouvir Deus quando você entra nos lugares? É eu entendo... é o hábito, né?"

Lucão corta sua conversa com alguma dúvida, e Luciano logo fala ao amigo:

"Sim, eu depois lhe explico os efeitos da taurina do energético. " Luciano fala sozinho, bem baixo para que o amigo não ouça: "Só não entendo quem está há uma semana na academia e já posta foto sem camisa no instagran, em frente ao espelho, com legenda 'no pain no gain'. Eu também vou tomar meu whey agora, Lucão, deixa eu desligar. "

Lucão aparentemente puxa a orelha de Luciano que se impacienta:

"Sim, eu vou, eu vou! Eu sei, eu sei, não pode demorar, voltei há 1 hora! Sei que passou o tempo e que vai dar gordura! Tchau! Beijo... quero dizer..." Luciano engrossa a voz: "Até mais, IRMÃO!!"

Luciano desliga e suspira:

"Sina dos inteligentes querer amizade com burrinhos. Eu o chamo para sair e a anta responde que vai fazer perna!" Fala sozinho. "E mente mal! Desde quando maromba faz perna? Homem não precisa treinar perna, quando chega na fase de tirar a calça já era, não tem volta!"

Luciano ri de si mesmo e maravilha-se:

"Nossa, por que eu só digo coisas engraçadas quando não tem ninguém pra ouvir?" Questiona-se enquanto passa mais uma vez álcool em gel nas mãos.

Neste instante, uma mulher um tanto voluptuosa, de cabelos negros e curtos, entra furtivamente pela porta da casa de Luciano. "Eu estava ouvindo, Luciano, e não foi tão boa!"

Luciano responde-lhe: "Lilica, sua psicopata, que está fazendo aqui dentro?"

"Não fique tão bravo, sua piada não foi para um hahahaaa, mas quebrou um galho para um hihihi. "

Luciano fica irritado: "Vá embora, sua perseguidora! Ainda não tirou as escutas da minha casa?"

"Como poderia? Eu ainda me preocupo contigo, meu amor. Depois que aquela sua ex tentou lhe matar! Você mesmo pediu para eu protegê-lo!"

"Ela não tentou me matar!" Irrita-se Luciano. "Foi uma metáfora quando eu disse que ela tentou tirar meu coração no divórcio. Eu apenas lhe pedi um abraço de apoio!"

"Eu não tenho culpa se você não sabe se expressar direito; que mulher não quer proteger quem ama, meu fofinho. " Lilica encara Luciano com desejo.

"Estou sentindo cheiro de gás! Deve ser na sua casa!"

"É mesmo?" Lilica pouco se preocupa. "Meu fogão é elétrico. Evita ideias. "

"Ideias?" Luciano faz cara de dúvida. "E seu ferro, não esqueceu ligado?"

"Está bem, está bem, eu vou-me embora para Parságada. " Diz num tom triunfal enquanto vira o corpo em direção à porta. "Mas eu sei que logo, logo, serei necessária!"

"Como assim, Parságada? Que é Parságada, sua louca?"

"Verás!" Exclama a mulher com voz grossa e profética.

Luciano vê sua vizinha fechando a porta, então olha para a roupa da academia e diz para si mesmo:

"Academia! Lá todos falando de treino, repetições, suplementos e eu pensando na janta!" Exclama animado enquanto começa a correr nas pontas dos pés em direção à mesa de jantar.

Ele coloca uma toalha florida sobre a mesa, um prato, um copo de vidro e papel toalha. Nesse instante, Luciano para e olhar para trás, desconfiado e temeroso, como se alguém estivesse vigiando-o. Então continua a fazer os preparativos para sua refeição. Finalmente ele agacha, vai até o chão, e num canto, tira panos e mais panos para pegar algo escondido: é uma coxinha frita. Luciano então coloca o salgado no prato de maneira cerimonial: é um momento de êxtase.

"Felicidade extrema, não é amor? Saber que vai comer depois de ter derretido na esteira!" Diz para si mesmo enquanto encara o quitute.

Luciano abre a boca para abocanhar a coxinha quando a campainha toca: "Saco! Bem agora!"

Ele deixa a coxinha ainda intacta no prato, vai até a porta e abre-a. Era um policial:

"Sim, policial. " Cumprimenta-o com voz de desânimo.

"Senti um cheiro. " Responde o policial com um jeito descolado enquanto tira os seus óculos escuros.

"Cheiro?" Dissimula Luciano.

"Sim, tenho certeza disso!" Responde com voz de autoridade como se tivesse dando um pito num flagrado.

"De quê, criatura?" Questiona Luciano cinicamente sem dar muita importância.

"Que carinha alegre. " Muda de assunto o policial entrando na casa. "Está apaixonado?"

"Não, muito melhor que isso, estou pensando no almoço. "

Alberto, olhando Luciano de perto: "O que é isso na sua boca? Colocou aparelho?"

Luciano faz uma cara feia como se sentisse um mau hálito e jogasse spray na boca do Alberto:

"Não. " Responde com ironia. "É arame farpado pra ninguém roubar meus dentes! Fala Alberto! O que tu queres, seu maltrapilho? Diga logo!"

"Não gostou do meu uniforme? Puxa, Luciano... Pra você é fácil criticar a roupa dos outros. " Alberto lamenta enquanto passa as mãos sobre o peito.

"Claro, eu sei me vestir, tenho classe. "

"Óbvio, você passou a vida toda dentro do armário, linda. "

Luciano ameaça dizer algo mais agressivo, movimenta a boca algumas vezes, então respira e diz calmamente: "Com seu estilo, um imã é bem mais atraente que você, Alberto. "

"Nossa, Luciano, assim você me magoa. "

"Fale logo o que quer, tenho compromissos. " Luciano passa álcool em gel nas mãos novamente enquanto demonstra uma cara de nojo ao encarar Alberto.

Alberto não dá muita importância para o ultimato do amigo. "Está malhando agora, hein? Ficando durinho. " Questiona com ironia enquanto aperta o peitinho de Luciano.

Pare com isso, faz cócegas!"

"Cansou de ser gordo e feio, né?" Alberto faz graça. "Então resolveu ir pra academia pra ficar só feio?"

"Olha quem fala!" Retrucou sem se abater. "Devia tomar vergonha na cara e fazer algum exercício. "

"Pra que vou malhar? Tenho namorada e ela me ama!"

"Que tem isso a ver?" Luciano faz cara de dúvida. "Deveria é malhar pra não perdê-la!"

Alberto faz uma pose professoral:

"Se você pode transar usando pantufa, depois da namorada te ver de meia e cueca, por qual razão alguém vai querer se matar na academia?"

Luciano faz cara feia: "Argh!" Só imaginando a cena: cueca preta, meia vermelha, pantufa branca. Um autêntico flamingo!

"Então vai me dizer que você acorda com aquela vontade de ir ao parque cedinho, correr, pular e se exercitar?"

"Claro que não!" Exclama Luciano fazendo uma careta. "Quem é louco a esse ponto?"

"É, eu pensei ter tido essa vontade uma vez, mas ficou só nos cinco primeiros segundos e num sonho! Eu corria no parque e lá estava a Fernanda Lima com o vestido do sorteio da Copa. Não sei porque no sonho tinha uma plateia de iranianos, os hamalahamalas que piraram!"

"Nossa, mas que história interessante. " Ironiza Luciano com voz desdenhosa. "Preciso comer agora, arrumar minhas coisas, afinal a segunda-feira está chegando!

Sábado e domingo voaram! Fui ao cinema, ao teatro, jantei fora nem deu tempo de aproveitar bem esses dois dias, verdade!"

"Fez tudo isso e não aproveitou?" Estranha Alberto.

"A gente só aproveita de verdade o final de semana se tem tempo pra fazer tudo o que quiser e se conseguir dormir muito!"

"Tem razão, mas foi pra tanto lugar nem me chamou, hein, Luciano? Que puta mancada!"

Luciano não ouve o amigo e começa a empurrá-lo pelo braço tentando colocá-lo para fora de sua casa.

"Calma, calma, calma!" Alberto breca e segura as suas mãos. "Preciso ir ao banheiro primeiro. "

"Não vai não!" Impacienta-se Luciano. "Aqui virou posto de gasolina agora? E lá ao menos pra usar, a galera gasta uma graninha antes!"

"Pare de chatice, Luciano, ando indo muito ao banheiro ultimamente. "

"Tomando muita cerveja, seu coxinha?"

"Pior que não. " Responde Alberto atônito, aparentando estar muito apertado.

"Meu pai dizia que quando se fica velho, dá vontade de fazer xixi no meio do xixi. "

"Nunca imaginei como isso funciona. " Luciano olha para o alto, pensativo.

"Não estou velho! E homem dá mijão, não xixi!"

"Ah, cansei, Alberto, vá embora!

Alberto fica com ar de sério e coloca-se na frente de Luciano: "Pare!" Grita com autoridade. "Tentei evitar, mas não tem jeito, Luciano! Tenho uma notícia boa e outra ruim pra você. "

Luciano assusta-se, põe a mão no peito e diz: "Ai meu Deus, odeio isso! Não é piada não?"

Alberto acena com a cabeça negativamente.

"Vai a boa primeiro. " Luciano pede com o semblante bem preocupado.

"Depois que eu disser posso ir ao banheiro?"

"Desembucha logo, criatura!"

"Está bem. " Alberto concorda, um tanto a contragosto. "Eu falei com o dono da sua casa aqui, o seu Augusto, como você me pediu..."

Luciano coloca mais álcool em suas mãos com um ar de nojo: "Aquele velho que tem pelo na orelha? Que nojo! Por que os velhos não cortam os pelos da orelha e do nariz? Eca!"

Alberto:

"Deixe-me continuar, é serio! Ele disse que não tem perdão, você não pagou o aluguel, então vai ter que sair daqui dentro de 24 horas!"

Luciano fica branco. "Sério?"

"Sim" Prossegue com a má notícia. "Ele ficou muito irritado com o fato de você ter passado álcool depois de cumprimentá-lo!"

Nesse instante, Luciano que estava passando álcool nas mãos novamente, trava-as. "E então eu tenho apenas um dia, Alberto? Como vou arranjar mudança? Como vou arranjar um lugar? E meus vizinhos? E meus amigos de peito grande e perna fina da academia? E os caras do sacolão? E o menino da farmácia?" Questiona, afinando a voz sem se dar conta. "Quero dizer," Engrossando a voz novamente. "E o meu brother da farmácia?"

Há alguns instantes de silêncio.

"Mas, peraí! Peraí!" Grita cada vez mais alto Luciano. "PERAÍ! Essa é a notícia boa?"

Alberto acena com a cabeça positivamente.

Luciano grita: "Então qual é a ruim?"

Alberto responde envergonhado e de cabeça baixa. "Pois é... Esqueci de te avisar ontem..."

Luciano, revoltado, pega o policial pelo colarinho e grita: "O quê? O quê? Eu vou te matar, eu VOU TE MATAR!"

Alberto, um pouco assustado e sem reação, solta a voz: "CALMA! CALMA! CALMA!"

Luciano continua a estrangulá-lo.

Alberto então se solta e berra usando toda a força dos seus pulmões, assustando Luciano: "PUTA QUE PARIU, DÁ PRA VOCÊ SE ACALMAR, CARALHO?"

Luciano fica paralisado. Alberto, ainda nervoso, finge que vai bater no amigo e este se encolhe.

"Acalme-se, o senhor quis dizer? Fale o português correto. Não sabe nem falar. " Corrige Luciano, tentando sair por cima da situação.

"Ah tá, ah tá!! Professor Pasquali!"

"E agora, o que eu vou fazer, o que vou fazer?" Lamenta Luciano, voltando a si. "Perdi tudo no divórcio! Minha advogada e minha ex tiraram até minhas cuecas. " Ele começa a chorar.

"Uma mulher, sua ex-esposa, e uma advogada, também MULHER, tiraram até suas cuecas? E não para fazer sexo? Estou surpreso!" Diz o policial de maneira expansiva. "Quem mandou se casar mesmo sendo via...".

Luciano olha feio para Alberto, que interrompe o a frase antes de terminá-la.

Alberto fica com a boca aberta, mexe-a em falso algumas vezes, então resolve mudar de assunto. "Sabe que eu tava na padaria outro dia..."

Luciano interrompe-o:

"Policial na padaria? Nããããããão, jura? Comendo o quê? Alguém saberia dizer?"

Alberto prossegue. "Deixa eu lhe falar: o confeiteiro que faz as coxinhas me disse..."

Luciano balança a cabeça em tom desaprovador.

"Ah, não, ele não era confeiteiro... o que ele era mesmo? Ah, sim... foi um marronzinho!"

"Nossa, como alguém vira marronzinho?" Luciano faz cara de nojo.

"Ele era meu amigo de escola! Aliás eu tinha vários amigos!"

"Tinha?" Luciano ironiza.

"Um amigo meu cabulava aula pra jogar bola, sabia? Virou um jogador super famoso. Outro cabulava aula de educação física pra assistir aula de física virou pesquisador da USP. Esse amigo marronzinho dedava para diretora que os dois acima cabulavam aula" "Ah, vá embora daqui, seu traste!" Luciano se irrita.

Alberto insiste. "Deixa eu continuar, criatura! O confeiteiro tem um primo que conseguiu o Bolsa-suicída!

"Bolsa suicida?" Alberto mostra-se surpreso. "Como assim?"

"Sim, sim, foi aprovado junto com o Bolsa-família e o Bolsa-macumba, mas quase ninguém conhece. "

"Bolsa-macumba também?"

"Sim, sim! Estou estudando tudo de lei, vou prestar pra delegado!" Responde Alberto, todo orgulhoso.

"Como assim, criatura?" Luciano passa álcool nas mãos novamente. "Argh.... macumba... pinga e galinha preta... Como funciona isso?"

"É assim, se você tiver alguém que mora na sua casa que se mata, o governo paga seu aluguel porque você fica emocionalmente debilitado... "*País feliz é um país sem gente triste*. Inventaram esse slogan antes do *País rico é um país sem pobreza*, acredita?" Explica Alberto, fazendo cara de orgulhoso como se soubesse uma teoria muito difícil.

"Tipo, Pão de Açúcar, lugar de gente feliz?" Ironiza Luciano, ainda incrédulo.

"Sim! Tem que ser feliz! Já viu gente triste com tanta vontade de pagar caro? Pessoa depressiva não paga 10 reais num abacaxi. "

"Verdade. " Concorda Luciano.

"Sabia que um amigo meu, playboyzinho, não xaveca mais a mulherada nos clubes e baladas tops? Ele fica na boca do caixa do Pão de Açúcar! Se a gatinha comprar 30g de amora chilena por 15 reais, ele xaveca. Se uma tia mais jeitosa comprar 100 gramas de bolacha belga por 30 reais, ele xaveca. Ele diz que elas são mais felizes, então é muito mais fácil pegar. "

"Do quê você está falando, Alberto? Cale essa boca!"

"Calma, Luluzinho!"

Luciano diz num tom choroso; "E qual é o slogan do Bolsa-macumba? *País feliz é país que supera a urucubaca?*Não Precisa de Bolsa-macumba não! É só sair de roupa bonita e com um peguete rico e bonito que as amiga já fazem macumba pra você! Ainda mais se a mãe de santo for chique! Só colocar uma pombagira com vestidão branco com bordadinho hollister que as amiga traíra piram no terrero!"

"Boa ideia de marketing, sabia? Você tem dom pra isso!" Alberto elogia o amigo enquanto dá um tapinha em suas costas.

"Pare de me iludir com essas coisas de Bolsa. Como viverei na rua? Serei despejado!"

"Não estou mentindo, existe sim o Bolsa suicida ! Só alguém que mora contigo se matar. " Insiste o policial.

"Eu moro sozinho! Então você vai vir morar aqui comigo e se matar? Não vou limpar não!" Luciano ironiza e passa álcool nas mãos mais uma vez.

"É sério, sim, Luluzinho! Deixa eu te mostrar aqui na Internet. Eu tenho 4G, sabia?"

Alberto mostra o celular e Luciano começa a ler em voz alta: "*O governo federal, através da portaria número 34090, unifica todos os programas sociais. Eles serão divididos na vertente econômica com o Bolsa-família, a vertente espiritual com o Bolsa-macumba, a vertente emocional com o Bolsa-suicida e a vertente física com a Bolsa-lipo*. Nossa, quanta besteira, gente. " Assombra-se Luciano. "E eu achando que meus impostos iam pra pagar altíssimos salários, políticos corruptos, obras superfaturadas, estádios da Copa e os jogos da próxima olimpíada. Que absurdo isso!"

"É só a gente achar algum suicida. " Propõe Alberto.

"Achar um suicida? Argh, que nojo! Um monte de sangue espalhado ou aquela coisa nojenta pendurada numa corda! Não vou limpar, né?

"Pare de viadagem, quer minha ajuda ou não?"

"Mas quem? Como? Serei despejado hoje!"

"A qualquer momento!" Completa Alberto.

"Obrigado pela ajuda!"

"O Nico!"Grita Lilica, abrindo a porta da casa. "Você sumiu, hein?" Diz Lilica para Alberto.

Alberto abre a boca para responder, mas Lilica completa: "Sumiu porque te bloqueei no face, hahahaha. "

"Nossa! Como você é ruim!" Lamenta o policial.

"Não é porque eu curti seu status que você devia puxar assunto no bate-papo, seu sem noção!" Diz Lilica, dando pouca importância ao policial.

Alberto retruca: "Você nem visualizou! Mandei a mensagem todo alegre, aí fui tomar banho, assisti à copa, olimpíada, BBB e nada!"

"Dá licença!" Interrompe Luciano: "O que você está fazendo aqui, Lilica?"

"Eu estava de passagem e ouvi a conversa. "

"Passando? Foram suas escutas!"

"Ai, meu querido, você nem tomou seu whey ainda! Não conseguiu comer sua coxinha. Quem não fica uma fera quando está com fome?"

"Sabia que tinha coxinha. " Alberto balança a cabeça enquanto encara Luciano com desaprovação.

"Calem-se, calem-se, calem-se!" Grita Luciano de maneira estridente.

Lilica e Alberto falam juntos: "Calma, porra! Sem chilique!"

Há cinco segundos de silêncio, todos entreolham-se, desconfiados:

Lilica diz a seguir: "Não conhecem o Nico? O cara que vive na praça? Ele tentou se matar várias vezes, mas dizem que ele não conseguiu porque lhe faltaram recursos. "

"Como assim, faltavam recursos?" Luciano faz cara de surpreso.

"Se matar é pra gente fashion, baby, precisa de comprimidos, navalhas, armas. " Lilica esclarece.

"E se jogar na frente de um caminhão, pular da ponte não vale, Lilica?" Pergunta Luciano.

"Eca! Claro que não, como pergunta isso? Pensei que você tivesse berço!" Exclama Lilica "Nico é um suicida de classe! Quer que ele seja enterrado como indigente! Que morra sem fazer uma carta colocando a culpa dos problemas dele em todos os outros, como um suicida que se preze? Que morra sem fingir que o problema não era falta de sexo?"

"Falta de sexo?" – Espanta-se Luciano.

"Sempre a culpa é a falta de sexo!" Exclama com revolta Lilica com uma cara de triste e balançando a cabeça negativamente, dando a entender que passa por um período de "seca". " Quer que eu chame-o pra morar contigo, meu docinho?" Lilica passando o indicador no queixo de Luciano.

"Isso é loucura, é loucura!" Luciano está atônito e caminha em direção oposta aos amigos.

"Tem alguma sugestão melhor, Luluzinho?" Questiona Alberto.

Luciano se cala.

"Bom, já dei meu recado, agora vendi 18 horas da minha folga pro governo e preciso pagar. Falando nisso, eu precisava de um conselho. "- Diz Alberto.

Todos olham para o lado fingindo que não ouvem. Alguns segundos se passam em total silêncio na sala.

"Preciso de um conselho!" Insiste Alberto. "Já ouviu o ditado: o maior problema de ter um problema é que o problema é seu?" – Ironiza Luciano.

"Nossa, Luluzinho, acabei de te ajudar, véio. " – Lamenta Alberto.

"Odeio esse povo que ajuda e já fica jogando na cara!" Pragueja Luciano de maneira chiliquenta. "Parece meu irmão que pegava minhas roupas e dizia 'eu te emprestei minha blusa 5 anos atrás. Não vai me emprestar sua calça agora, seu ingrato'?"

"Conselho de alguém, você disse?" Pergunta Lilica, olhando para Alberto.

Alberto olha e ignora-a. "Posso ir ao banheiro agora, Luluzito?".

"Saia daqui!" Grita Luciano muito impaciente.

Alberto vai em direção à porta de saída mostrando-se contrariado colocando a mão na virilha. "Tchau gente! Vou dar um mijão em seu muro. " Alberto sai da casa, mas antes olha para trás e faz sinal de Lelé para Lilica e mostra a língua para Luciano.

"Tchau tenente Silva! Nome brega, hein?" Ironiza Luciano vira-se para Lilica. "Mas por qual razão esse Nico quer morrer?"

"Não sei, ele é meio zureta. " – Lilica diz num tom de voz expansivo.

"Peraí, se ele é zureta você é o quê?" – Assusta-se Luciano.

"Ele espalha por aí que comeu cocada, que não pode comer cocada, cocada é ruim, que quer morrer por isso. "

"Nossa! Que doido gente... Não vou colocar maluco aqui dentro de casa não... Deus me livre! Tenho medo de gente maluca... E se eu acordar no meio da noite e ele estiver lá no meu quarto, olhando-me enquanto eu estiver dormindo?" Luciano apavora-se.

"Você acha maluco quem lhe observa dormindo?" Lilica faz cara de culpada.

"Você me olha enquanto eu durmo?"

"Bobinho. " Responde Lilica com um sorriso irônico. "Como assim, só olhar?"

Luciano fica meio confuso como se estivesse tentando entender a resposta de Lilica, mas ele resolve voltar ao assunto. " Mas como você conheceu ele... esse tal de Nico?"

"Sim, ele estava no mesmo... . hospí... spa que eu... . "

"Spa?" Assusta-se Luciano. "E deu certo?" Medindo com o olhar a silhueta voluptuosa de Lilica.

"Fique tranquilo meu amor. " Avança para cima de Luciano. "Eu sei lidar com o Nico, conheço-o... é uma flor de pessoa, tão inofensivo quanto você. "

"Eu sou INOFENSIVO?" Grita muito nervoso. "INOFENSIVO? NUNCA CHAME UM HOMEM DE INOFENSIVO!"

"Ué, mas é, não é?" Fala de um jeito calmo enquanto olha diretamente para o bilau de Luciano.

Luciano balança os ombros como se pouco se importasse – Mas eu estou cuidando disso. . quero dizer... hanhan. " Pigarreando.

"Eu sei, meu amor. " Responde Lilica, fazendo cara de solícita. "Quer falar sobre isso?"

Luciano fica quieto, senta, fica pensativo e responde de maneira chorosa. " Não. "

Lilica suspira aliviada. "Ufa, que bom, eu também não queria. "

"Sabe que eu aprendi nesse... hospí... spa... com o Nico?" – Diz Lilica, enquanto pega Luciano por trás.

"O quê?" Questiona tentando se desvencilhar sem muita determinação.

"Que pra superar nossos traumas temos que enfrentá-los de frente. Eu juro que uma noite comigo..." Diz num tom sedutor esfregado suas mãos em Luciano. "Uma noite, uma manhã e uma tarde... e você iria aprender a gostar de gostar de... . . gostar de..."

"Gostar de quê?" Já nervoso.

"De mim..." Responde antes de roubar um beijo, apertar o bilau de Luciano e sair correndo.

Colocando as duas mãos sobre as suas partes íntimas, mostra-se confuso. Já Lilica faz sinal de que o bilau de Luciano tem dois dedinhos apenas.

"O que é isso, sua louca?" Grita totalmente desarmado.

"Por que ficou rabicundo, meu amor? É um ósculo inocente!"

"Rabicundo, não! Rabicundo, não!" Luciano corre até o seu celular e começa a digitar. "Como escreve rabicundo?"

Lilica não responde.

"E ósculos?"

"É ósculo! Ósculo! Ai, querido, deixe estar... Vou me embora pra Parságada... ah... seus ovos acabaram e sua pia continua vazando. "

"Como vc sab..."

Lilica o interrompe – "Ai, querido, eu estava tão feliz hoje pela manhã, não sei por qual razão resolvi ouvir seu chamado e vir aqui. "

"Ouviu meu chamado?" Luciano fica pasmo.

Lilica fala sozinha como se não notasse Luciano. "Nós mulheres não deveríamos fazer nada quando estamos felizes. Principalmente comer. Não devíamos nem nos mexer! Como dizem os homens, em time que está ganhando não se mexe!"

"Do que está falando, sua louca?"

"Vai pensar na minha proposta?" Lilica pisca e olha para o bilau de Luciano novamente, faz um sinal com a mão de que o seu órgão sexual é pequeno.

"Não sei... sabe que eu quero o melhor pra você... não sei se vou pensar. " Dissimula o rapaz.

"Não sabe?" Demonstra confusão.

"Sim, uma mulher sem pistas é sempre uma mulher feliz. E eu quero você muito feliz, Lilica!"

"Nossa! Você sabe tudo sobre as mulheres!" Exclama, realmente admirada. "Deve ser porque você praticamente é uma. " Diz fazendo novamente sinal com sua mão de que ele tem bilau pequeno. "Adeus!" Despede-se em tom dramático. "Ainda me chamarás!"

Lilica sai da casa com passos largos e lentos.

Luciano olha para os lados e fala para si mesmo: " Ai, nenhuma mulher por perto. Enfim a sós, posso relaxar". Ele solta a barriga e coça o saco. "Que coisa mais louca, um maluco suicida morando comigo? Mas é isso ou eu morando com ele na rua, né? Será que vai demorar pra ele aparecer? Posso ser despejado a qualquer instante!"

Lilica grita do lado de fora. "Já estou trazendo ele!"

"Eta, assombração! Não posso sussurrar nada que ela ouve por causa dessas malditas escutas. Não foi embora ainda?" Berra para ser ouvido.

"Estou indo, bobinho!"

Luciano volta a falar sozinho: "Ai, meu Deus, estou tão aflito, o que eu faço?"

"Leia um livro!" Grita novamente Lilica do lado de fora.

"Eu, ler um livro? Não quero me chatear mais! Gente fina não lê livro, querida! Gente fina vê foto de famosos!"

A campainha da casa de Luciano toca repetidas vezes. Luciano,nervoso, grita: " Calma, calma! Quem é?"

"É a Dra. Cris. "– Responde, do lado de fora.

"Dra. Cris? Tenho dinheiro não!"

"Vim trazer a procuração do recurso do seu divórcio!"

"Na minha casa minha advogada? Delivery? Sou vip assim? Trouxe pizza também? Habibs não, pelo amor de Deus! Chega só em 28 minutos senão você se arrepende!"

"Vai abrir ou não?" Questiona Cris, com impaciência.

"Se eu abrir vai me custar alguma coisa?"

"Abra logo, querido, o relógio está andando!" Adverte Cris num tom ameaçador.

"Ai, ela pode estar cobrando a consulta, melhor eu abrir!" Luciano fala sozinho com receio. "Vai saber se ela tem testemunhas e existe alguma lei obrigando-me a pagar!"

Luciano abre a porta e fica em frente à advogada por alguns segundos. Ele impede a sua entrada com o corpo e pouco se preocupa em cumprimentá-la ou demonstrar qualquer simpatia.

"Olá, senhor Luciano. Vai me convidar pra entrar?"

"Está bem, entre. – Ele sai da frente e Cris vai entrando – Hoje é um péssimo dia, mas pode se sentar. Eu não cobro!"

Cris analisa o ambiente, dá uma olhada no sofá e resolve ficar em pé. "Falando nisso, estão nos honorários que eu deveria trazer em sua casa as procurações. "

"Eu sabia que você ia arranjar um jeito de me cobrar! Não vou pagar não!

"Tem algo documentado que não combinamos isso? Como sua advogada eu sempre lhe aconselhei a ter tudo por escrito!"

"Preciso documentar até meus acordos contigo?"

"O que sou?"

"Mulher?" – Luciano franze a testa, confuso.

"Não, sua anta, sou uma advogada!"

"Está certo. " Conforma-se Luciano. "Desde quando adianta ter algum acordo escrito com alguma mulher, elas sempre ganham qualquer discussão. "

"Deixe-me lhe mostrar. " Cris bate com sua bolsa no sofá, fazendo cara de nojo, antes de se sentar. Luciano aproveita-se do tique de Cris e passa álcool em gel nas mãos. Ela abre uma bolsa, tira papéis, Bíblia, algemas, camisinha, e finalmente, tira um contrato.

"Você carrega o contrato assim com você?" Luciano mostra-se curioso.

"Estou sempre preparada!"

"Nossa! E essa bolsa?" Luciano olha para os pertences de Cris. "Caiu o quê aí dentro, toda suja! Use outra, só porque é da Prada?"

"Eu... usar outra?" Responde a mulher sentindo-se ofendida. "Jamais! Prefiro morrera que as pessoas não saberem as lojas que eu já estive!

Luciano continua analisando os pertences dentro da bolsa da mulher e outros que ela tirou: "Algemas... uma Bíblia.... Bíblia?" Ele para por alguns instantes, pensativo. "Posso lhe fazer uma pergunta?"

"Quer processar alguma Igreja? Já lhe adianto, não vai ser fácil, lobby é muito forte; quanto você doou? Foi pra Universal? Cura gay? Não funcionou contigo? Vai processar o Feliciano?"

"Não... Não!" Luciano enrola-se. "Não é nada disso! Só quero fazer uma pergunta!"

"Entendi. Meu tempo e honorários são preciosos. Sabe que a segunda pergunta vai lhe custar, já lhe dei uma. "

"Que uma?" Luciano mostra-se confuso.

"Com essa foram duas, perdeu a chance!"

"Larga mão de ser sovina, mulher!"

"Quanto preconceito! É o meu trabalho, tenho que zelar pelo dinheiro dos clientes. "

"Dos clientes?"

"Mas é claro! Se não cobro por tudo viro psicóloga. Se os psicólogos não forem mais pagos pra ouvirem as banalidades das pessoas, o que eles vão fazer? Não está gravando isso, está?" Cris olha para um lado e para o outro desconfiada. "Eu já fui contratada pela associação dos psicólogos para entrar com processos contra o sindicato dos cabeleireiros, dos dentistas, dos cobradores, das manicures, justamente por isso, sabia? Até a sociedade protetora dos animais os psicólogos queriam processar! Queriam saber se havia alguma brecha na lei pra evitar que os cachorros se transformassem nos substitutos dos namorados para as donas, Pobrezinhos... Sabia que com a desculpa de que cachorro tem amor sincero, os bichinhos andam sendo massacrados com tanta abobrinha que são obrigados a ouvir? Sem contar os abraços apertados e beijos molhados!"

Luciano faz uma cara triste e constata conformado. "Bem que minha mãe falava pra eu ser advogado ou médico, mas eu tinha que ouvir o chamado do coração e fazer o que gostava! Quanta besteira! Ela tinha que ter me obrigado a fazer algo que dava dinheiro! Como fui acreditar que *precisava de um trabalho que eu gostasse.* Trabalho sempre é chato! Sempre é trabalho! Legal é final de semana, com dinheiro! Engenharia seria uma boa... Ah, alunos de engenharia, os primeiros a serem convidados pras festas das outras faculdades! Que faz a falta de uma mulher!"

"Assine aqui" Cris estica o braço dando uma folha de papel a Luciano.

"O que é isso?"

"Procuração pro recurso do seu divórcio! O que mais poderia ser? Vim pra isso aqui ou achou que era pra outra coisa?" Pisca maliciosamente para Luciano.

"Ai, saia de mim!" Retruca com nojo o rapaz.

"Querido, você agora está divorciado, esqueceu-se que pode fazer sexo? – Explica a advogada, num tom professoral.

"Eu era casado, esqueceu?"

"Bobinho, desde quando casado faz sexo? Você poderia escolher: fazer sexo ou se casar. Escolheu se casar! Mas entendo-o, a pressão da sociedade para alguém como você é complicada mesmo. "

"Estou solteiro por opção!" Responde nervoso.

"Só ser for por opção das mulheres, queridinho. Quero dizer..." Cris mede Luciano e desmunheca a mão dando a entender que ele é pouco afeito às mulheres.

"Pra alguém religiosa você fala muita besteira!" Retruca Luciano. "Se fosse uma religiosa de verdade jamais você diria tais maldades, só as faria escondido e criticaria quem agisse igual!" Grita muito bravo com o dedo em riste para Cris.

"Religiosa, eu?" Coloca a mão no peito mostrando-se confusa.

Luciano continua falando sem prestar atenção na sua reação. "Odeio gente que fala o que pensa, prefiro quem faz o que fala!"

"Por que diz que sou religiosa, criatura? Como irei ter alma se eu não posso me dar a tal luxo nessa minha profissão"

"E essa bíblia em sua bolsa?"

"Você pensou isso por causa da Bíblia?" Ri enquanto balança a cabeça negativamente. "Veja bem, eu já lhe disse, um advogado deve estar sempre preparado!"

"Pra quê? Pra dar uma livrada de 900 páginas na cabeça de algum testemunha de Jeová que bate em sua porta às 7 da manhã do domingo?"

"Não, queridinho, para morte. "

"Está doente, querida, vai morrer?" Fecha sua expressão demonstrando estar preocupado.

"Não, não. Mas posso morrer a qualquer momento e nesse caso, vai saber, eu posso ser julgada no céu! Não me custa nada tentar achar alguma brecha na lei pra não ir pro inferno. " Explica, apontando para a sua Bíblia. " Sempre preparada, lembra-se? Você deveria fazer o mesmo, sabia? Li aqui que gente como você vai pro inferno direto. "

"E diz a serpente para Adão. "

"Sabe que perdeu mais um bem pra sua ex... a Bárbara... ou como você a chama... Barbie, que meigo. "

"Perdi o quê?" Apavora-se Luciano

"Seu carro! Quem mandou colocar no nome dela?" Repreende-o sem qualquer sentimentalismo. "Troooouxa" Diz lentamente, afinando a voz. "Se ainda tivesse feito isso pra dar uns pegas nela. Mas nem pra isso, obviamente. Ela agora é a Barbie mais cara da loja onde ela trabalha. "

"Ela está trabalhando numa loja?" Mostra-se curioso.

"Comprou uma loja de brinquedos, acredita? E com o seu dinheiro!"

"Jura? Que vaca! E por que a Barbie é cara? Por acaso virou garota de programa?"

– Não, benzinho... quero dizer, não sei, será? – Franze os olhos – Mas ela abriu uma loja de brinquedos e você a chama de Barbie! Não é doce? Agora ela vende a Barbie sereia por 50 reais que vem com uma estrela do mar, Barbie médica com o estereoscópico por 80 reais e tem a Barbie, sua ex! Essa vem com seu carro, sua casa, sua loja e é a mais cara de todas!".

"Nossa! Como você é engraçada, doutora Cris! Você sabe muito bem que estou quebrado! Eu tenho um dia pra sair daqui, fui despejado..."

"Sério? Recebeu a notificação?" Ela demonstra interesse.

"Sim, mas eu não a vi. Meu amigo recebeu por mim. " Luciano passa álcool em gel nas suas mãos.

"Então o proprietário daqui já deve ter advogado... que pena!" Cris bafeja irritada. "Quero dizer, desculpe-me, como é triste pra você, muito horrível. " A advogada tenta disfarçar tentando demonstrar empatia, sem muito sucesso.

"Eu ouvi um plano maluco de um amigo! Você como minha advogada poderia me acon..." Luciano trava com medo de levar outro prejuízo. "Você vai cobrar pela pergunta?"

"Você tem como pagar?" Questiona olhando para as unhas e demonstrando total desinteresse.

"Claro que não. "

"Pergunte o que quiser, eu posso responder se me interessar. "

"Ele disse o seguinte: Se alguém que mora comigo se matar eu recebo o Bolsa-suicídio, ou seja, o governo federal paga meu aluguel. Ele falou sério? Até parece que existe isso!"

Cris se levanta, caminha, analisa Luciano e crava: "Mas arranjaram alguém?"

"É sério isso então?" Mostra-se surpreso.

"Genial esse seu amigo! Ele tem advogado?

Luciano se cala, atônito.

"– Ele é advogado?" Completa, Cris.

"Não, policial. "

"Argh!" Cris coloca a língua para fora e passa o álcool em gel de Luciano nas mãos.

"Uma vizinha disse que conhece um sujeito suicida e que ele pode morar aqui comigo ainda hoje, olha que horror!"

"Por 30 % do valor da Bolsa, eu preparo toda papelada. "

"Como assim? Não!"

"Você vai precisar! Precisa de agilidade e está me devendo honorários. "

Luciano para e pensa: "Estou lhe devendo muito?".

Cris tira um papel da bolsa e mostra a fatura.

"Vish!" Luciano fica estupefato.

"Com esse corpinho prostituição não é uma opção para você!"

"Mas então é verdade esse tal de Bolsa-suicídio? Que coisa mais absurda!"

"Absurda? País rico é um país sem pobreza!"

"Lá vem com esse papo!" Luciano mostra-se impaciente.

"País feliz é um país sem tristeza. Antes desse programa milhares, milhões de pessoas com tristeza profunda ficavam mais tristes ao saberem que deixariam seus entes queridos apenas culpados pelo suicídio. Agora com esse programa, os suicidas podem, além de deixarem as pessoas próximas culpadas com a sua morte, deixam-nas culpadas pelo ganho do benefício!

Luciano analisa bem sua advogada e diz: "Você está sendo cínica, né?"

"Eu? Nããããão! Um dos fundamentos da OAB é a consciência social. "

"Ai que horror! Eu acho é que esses suicidas vão ficar uns vagabundos e deixar de procurar ajuda! Vão ficar em casa comendo sorvete direto do pote, fuçando no facebook daquela vaca que está saindo com o ex e depois vão se matar na maior folga! Bando de preguiçosos! Muito cômodo pros suicidas! Eles não vão atrás de se animar, sair e se divertir! Folgados! Preferem morrer. Bolsa-esmola, isso sim!"

"Que discurso reaça! Comendo muita coxinha?" Cris retruca.

"Você que é uma comuna da esquerda caviar! Mortadeeeeela" – Luciano ironiza.

"Sou qualquer coisa, querido, 30% ou me verá no tribunal, só que não do seu lado dessa vez. " Cris reage com indiferença.

"Eu? Jamais! Nunca irei aceitar viver com um louco! Que horror! Ainda morador de rua, deve ser todo sujo! Arghhh!" Luciano passa álcoolem gel nas mãos pela enésima vez.

Toca a campainha.

"Ah é hoje, é hoje!" O rapaz impacienta-se.

Luciano abre a porta, é sua vizinha Lilica. Ela já vai entrando como se fosse a dona da casa.

"Nossa! Como é estranho entrar na sua casa assim, tocando a campainha!" Diz a Lilica, olhando a sua volta num tom de estranhamento.

"Como assim?" Luciano não entende.

"Trouxe o Nico comigo, ele pode entrar?" Sua vizinha diz toda animada.

"O louco?" Luciano sussurra.

"Siiiiim..." Responde Lilica fazendo caretas e imitando lelé com a mão direita em volta da orelha.

Luciano passa álcool nas mãos.

"Deixe ele entrar, tem outro jeito?"

Nico entra. Ele é bonito, razoavelmente penteado, carregando uma mala velha, mas jeitosa. Era um mendigo, sem dúvida, porém muito estiloso. Luciano, encantado, sorri de orelha a orelha, sem se dar conta.

"Você é o Senhor Luciano?" Questiona Nico num tom condescendente.

"Sim, sim! Mas pode me chamar como quiser! Quero dizer, de Luciano. " O dono da casa levanta os ombros e pisca repetidas vezes e totalmente seduzido.

"Fico muito agradecido pelo convite de viver aqui, nesta casa.

Nico abraça Luciano.

"Que perfume bom, qual é?" Luciano questiona Nico de maneira surreal, já que se trata de um morador de rua.

Lilica percebe o climão entre os dois e, cinicamente, interrompe a linda cena: "Ele poderá viver aqui ou não?"

Luciano olha fixamente pra Nico e não ouve.

Lilica grita: "Ele vai viver aqui ou não, Luciano?"

"Sim, sim, claro!"

Lilica puxa Luciano de lado e sussurra: Gostou dele? Bem gatinho, não é?"

"Sim. " Responde numa voz afetada para depois disfarçar, engrossando –a: "Sim, sim... Até que ele é elegante. Morava na rua mesmo?"

"Morava. " Responde Lilica olhando para Nico que agora ouve a conversa. "Mas ele é um morador limpinho! Está cheio de gente que vive na rua, passando até frio assim, sabia? Não vê as piriguetes, coitadas? Mas fico feliz que você mudou de ideia rápido, ou melhor, que ele pode morar aqui!"

"Sim, não é uma má ideia ele morar aqui. " Responde Luciano enquanto Lilica encara o vizinho com um sorriso irônico.

"Por um *pequeno* tempo?" Questiona Lilica pigarreando.

"Sim, por um tempinho. "

"Mas você não havia dito que não queria de jeito nenhum?" Provoca Lilica.

"Quem é você, por acaso, minha biógrafa?"

Lilica cochicha: "Está a fim dele? Não se esqueça, ele precisa morrer. "

Enquanto isso, Cris e Nico cumprimentam-se de longe. Ela começa a medi-lo da cabeça aos pés.

" Eu a fim dele?" Fala alto a ponto de todos ouvirem. "Eu a fim dele?" Disfarça cochichando. "Eu sou macho! Era casado, esqueceu?"

Lilica retruca: "Freddy Mercury também foi, querido! Bom, a vida é sua, pega e não se apega! Não faça como eu que não pego e me apego. " Lilica diz num tom dramático enquanto encara Luciano.

"Pegar?Tá louca? Tá me chamando de viado?"

"Tem preconceito?" Lilica encara Luciano de maneira agressiva.

Luciano tentando disfarçar: "Não, não, veja bem, nada contra, cada um na sua. Tenho muitos amigos que são, mas... cada um na su... . "

Lilica o interrompe gritando e apontando para baixo: " Olha uma barata!!!"

"Ahhhhhhhhhhhh... mata!"Luciano solta um berro enquanto pula para cima do sofá. "Mata! Mata!"

"Nenhuma biba passa no teste da barata, honey. " Ensina Lilica com cinismo.

"Sem graça você!" Diz Luciano enquanto desce do sofá.

Lilica volta ao assunto principal: "Bom, agora que estão apresentados, sabe o que precisa fazer?" Ela pisca para Luciano com cumplicidade. "É muito duro pra eu fazer isso, mas é por amor! Preciso agora dar um jeito em meus problemas... e comprar o chocolate que tirei do seu armário. Adeus!"

"Hãããã?" Luciano questiona sem entender nada.

"Não é cocada, viu?" Diz olhando pra Nico que ao ouvir a palavra "cocada" tem um calafrio e faz cara de choro.

"Vou-me embora para Parságada!" Clama Lilica aos quatro ventos: " Mas antes vou ao Pão de Açúcar comprar seu chocolate e ver se conheço alguém! Ainda me chamarás!" Olha para Luciano enquanto sai fazendo pose épica e pisando duro.

"Você está bem? Parece aflito. " Luciano questiona Nico, assim que Lilica bate a porta.

Nico responde com voz chorosa. "Desculpe-me, é que a minha vida mudou muito depois que comi cocada... é muito triste. "

Luciano tenta passar normalidade, põe a mão no queixo fazendo pose intelectual. "Sim, sim... entendo... isso também já ocorreu comigo, muita gordura... pensou em ir ao Pão de Açúcar? Lá encontra uns gourmets ótimos! Sugar free!"

"Você também comeu?!!" Nico encara Luciano com agressividade.

Luciano percebe a reação do hóspede e fica com medo. "Não... comi não... não gosto não!"

"Desculpe-me. " Nico acalma-se. "Estou um tanto agressivo, passei por muito estresse ultimamente, sai do hospital direto pra cá. "

"O que ocorreu?"

"Tentei me matar, sabe? Procurei um método elegante e pouco doloroso, mas não deu certo..."

"E como foi? Se não se importa em responder. "

"Um amigo me disse que a forma mais legal de morrer atualmente é ir ao Paris 6. Fui lá então, fiquei horas na fila de espera, outras horas pra receber meu pedido, comi mal, aguentei um amigo postando fotos e selfs no instagran e ainda tive que pagar a conta. Mas tenho que ser justo, ao final de tudo eu morri. "

– "Jura? Morreu mesmo?" Reage Luciano com espanto.

"Sim... morri por 30 minutos. "

"30 minutos? Isso é possível?"

"Claro! Que os poderosos não nos deixem saber! Me levaram pro hospital público e fui declarado morto, mas depois viram que eu tinha plano de saúde Premium com direito ao Sírio Libanês, aí me ressuscitaram. "

Cris interfere na conversa: "Sírio Libanês? Conte-me mais de você; já fez um seguro de vida com um advogado? Testamento?"

"Dra. Cris! Não precisa ir embora?" Luciano censura sua advogada.

"Aqui está meu cartão," Cris estica o braço em direção ao de Nico. "Irei comprar umas "coisinhas" que vão precisar. " Faz sinal de aspas com as mãos olhando para Luciano. "Quero dizer, na verdade, você irá comprar. "

"O que vai comprar?" Luciano fala ao pé do ouvido da advogada.

"Vou preparar o terreno pra a *estada* dele aqui ser curta, seu burro! Temos que facilitar as coisas. "

"Facilitar? Como?"

"Você é tapado mesmo! Por isso que a Barbie levou tudo de você. Tchau!"

Cris sai.

Nico observa-a saindo e sorri: "Que advogada legal, essa!"

Luciano, irônico: "Sim, super bacana!"

Nico, subitamente, começa a tremer. "Estou tão nervoso, desculpe-me..." Nico pega um cigarro, depois olha para Luciano, envergonhado. "Desculpe-me o mau jeito, você é um anjo por me receber assim nem perguntei se eu poderia acendê-lo aqui. É que estou nervoso, mas já parei de fumar, não fumo mais. "

"Parou de fumar? Então por que pegou um?" Luciano questiona com raiva enquanto passa álcool nas mãos. "Desculpe-me, mas não gosto de fumantes!" Faz uma pequena pausa e fica com um semblante de invocado: "Nem de pedófilos, coxinhas e petistas. Não há nada pior que fumantes! Deveriam ser mandados lá pra aquele Estado Islâmico!"

"Eu sei, fumantes são desprezíveis mesmo. Deveriam ser proibidos de andarem nas faixas dos ciclistas! Mas eu parei de fumar quando eu tinha 10 anos, fique tranquilo. "

"10 anos!?" Assusta-se Luciano. "Quero dizer, com 10 anos?" Força naturalidade: "Entendo. "

"Sim. " Responde Nico, calmamente. "Eu era vampiro nessa época, aí minha mãe chamou meu pai e disse: *esse garoto está sugando sangue, temos que fazer algo, daqui a pouco ele vai começar a fumar!* Mal sabia ela que eu já fumava. " Nico ri com suas 'lembranças'.

"Então você era vampiro?" Luciano força credulidade.

"Não sou mais também, fique tranquilo, eu fui curado. "

"Curado? Vampiro curado?" Luciano questiona: "Já sei, por um pastor?"

"Não, bobinho! Pastores só curam gays! Eu fui curado pelo amor! Deixei de sugar sangue pra não transformar a pessoa que eu amava! Não assiste a filmes? Mas eu não brilhava no sol e nem cheguei guardar minha virgindade até o casamento. "

– "Já se casou, Nico?"

"Sim, mas a pessoa já mudou de sexo. "

"Mudou de sexo? " Luciano está cada vez mais estupefato. "E o cigarro, por qual razão carrega se não fuma mais?"

"Pra me lembrar de minha mãezinha..." Nico fecha o rosto subitamente. " Isso me ajuda a não me arrepender de ter nascido, sabe?"

"Nossa, querido, você é bem baixo astral mesmo! Pensei que fosse só cocada seu problema. "

Nico olha-o fixamente sem responder.

"Desculpe-me, não toco mais nesse assunto. "

Nico com voz de choro: " Você não entendeu a gravidade do problema... Eu sempre me arrependi de ter nascido... porque nasci, porque nasci... ?" O rapaz gagueja. "Nananassci dia 23 de dezembro!" Ele começa a chorar. "Mmuito perto do Natal, sempre ganhava apenas um presente!"

"Sério? Sinto muito! Mas você acha que isso é problema? E eu que nasci dia 12 de junho? Não ganhava nenhum! Achavam que se dessem de aniversário eu iria pensar que era namoro, se desse de namoro tinha que dar de aniversário. Aí não me davam nem parabéns! Agora só recebo pelo face e olhe lá! Ainda mandam 'inbox' pra nenhum peguete deles pensarem que o parabéns é do dia dos namorados. "

Nico cala-se por um instante, aproxima-se, coloca a mão no ombro de Luciano e diz emocionado: " Dá um abraço?"

Luciano meio reticente o abraça. Enquanto isso, Nico vê uma faca na mesa, pega-a e mostra para Luciano. "Posso ajudar com o jantar, preciso fazer algo para agradecê-lo!"

Luciano assusta-se e solta-o. " Não! Não se incomode, eu mesmo faço! Vou lhe mostrar o seu quarto, venha por aqui. "

Luciano leva Nico até outro cômodo. O hóspede logo começa a desfazer a mala e arrumar suas coisas, mas ele não faz isso de maneira normal: com uma fita métrica mede tudo. De acordo com as 'medições' Nico sorri ou faz cara de choro.

Enquanto isso, na cozinha, Luciano olha para faca desconfiado. "Deixar ele preparar? Nunca! Já pensou ele colocando veneno na minha comida?"

Nesse instante, Alberto abre a porta, entra na casa sorrateiramente e analisa Luciano, que está de costas e não percebe a entrada do policial. "O lóki está aí?"

"Nossa! Que susto, Alberto!"

"Falando sozinho?"

"Nunca falo sozinho, apresento opiniões pra mim mesmo!"

"Ah, sim... cuidado, loucura é contagiosa, Luluzinho!"

"Agora todo mundo entra sem avisar! Isso é invasão de domicílio, maltrapilho!" Luciano passa álcool nas mãos.

"Amanhã pode ser que não seja mais seu domicílio!" Alberto provoca.

"Como fui acreditar nessa sua história, meu Deus!"

"Está fazendo a janta?"

"Não, testando receitas pra um Buffet infantil que vou abrir. Claro que estou!"

"O lóki vai comer com você?"

"Claro, eu tenho educação!"

"Comer sua comida? Então ele é loki mesmo!"

"Ai, como tu é bobo, Alberto. Aliás, faça cara de bobo pra mim. " Luciano aponta para o rosto de Alberto e antes de qualquer reação por parte do policial, grita: " Assim mesmo! Hahahaha... igualzinho... faz muito bem cara de bobo! Agora faz cara de brega? Ahhhhhh! Perfeito!".

"Loucura é contagiosa mesmo!" O policial balança a cabeça negativamente.

"O que você quer aqui, seu brega? Fazer xixi, mijão, de novo?".

"Ah, pare de ficar tirando onda do modo como eu me visto, pra um policial eu vivo bem arrumadinho".

"Já se olhou no espelho? Ah, não! Você é PM! Qual único policial que se olha no espelho? Policial civil! Hahahahaha..."

"Quanta piada sem graça, Luluzinho. É ótimo quando só quem conta a piada ri! Nós somos amigos, já rimos muito juntos, não devia tirar onda de mim assim. "

"Eu rio de você, não COM VOCÊ, entenda isso, Alberto!"

"Mas então, onde está o tal do Nico?"

"Como diria um filósofo grego: "Só sei que nada sei. "Responde Luciano.

"Puta que pariu, o Lula é um filósofo grego?".

"Quer falar de política aqui, hein? Você veio ver a falta de água a mando do governador? Falta educação? Polícia na rua! Faltam hospitais? Vou aumentar o policiamento! Falta água? Aumentei o efetivo da PM na Cantareira!" Responde Luciano com outras indagações.

"Ah, você é maior poser! Se diz toda socialista e coloca senha em seu wi-fi!".

"E você que coloca escreve seu nome nas suas meias, parece criança catarrenta de recreio!".

"Do que a gente está falando mesmo?"

"Da sua cara de bobo?"

"Ah, sim! Do lóki! Ele tem que morrer hoje, esqueceu?"

"Não, não esqueci!" Luciano treme agoniado.

Alberto propõe com seu jeito malandrão: "Deixa-me falar com ele. "

"Pra quê?"

"Uai, preciso instigar o rapaiz a morrer. "

"E como um PM faz isso? Ele vai se matar com uma facada nas costas e depois vai ser encontrado com meio quilo de maconha no bolso?"

"Como você está amargo, Luluzinho! Meio quilo é caro, viu, está por fora! E sim, temos prática em fazer pessoas se matarem. " Alberto faz uma pausa. "Por vontade própria, obviamente! Onde ele está?"

"No quarto dele. " Responde com naturalidade.

"Quarto dele?" Espanta-se Alberto. "Já é dele? Unnnn... tá namoraaaaaanduuuuuu..."

"Cala a boca! Parece aquelas criancinhas, tá namoranduuu. "

Alberto abre a porta do quarto de Nico e dá uma espiada. "Hunnn, entendi!" Olha para trás em direção a Luciano. "Ele é ajeitado!"

Enquanto entra no quarto, Alberto fala alto com Luciano para o Nico ouvir, sacaneando seu amigo: "Eu não vou falar pra esse tal de Nico ficar com você se ele não for..." Interrompe. "Olá! tudo bem? Eu sou o Alberto e você deve ser o Nico, correto?

"É policial?" Nico questiona, fazendo cara de interessado.

"Não, não, estou indo para uma festa a fantasia e sabe como é, homem de uniforme atiça a mulherada! Vê os bombeiros? Tudo fubangueiro e são objeto de desejo! Apesar de que não sei se é só pelo uniforme ou pelo nome 'bombeiro'. Vai ver que elas associam a..."

Nico o interrompe. "O senhor mora aqui?"

"Chame-me de Alberto! Nada de senhor!" O policial responde sorrindo. "Não, não moro... –" Alberto repara no relógio de Nico: "Nossa! Mas que relógio bonito você tem... unnn... e que roupas legais..." Ele começa a gritar e olhar em direção à sala onde está Luciano: "Você é elegante de verdade! Sabe se vestir! Tem educação!"

"Que isso, obrigado! É moda das ruas. " Nico mostra-se lisonjeado.

"Literalmente das ruas! Você não tem família, Nico?"

"Não tenho mais contato com eles. "

Alberto pega um bloquinho e começa a fazer anotações como se fizesse um interrogatório. "Interessante... Muito interessante... E suas coisas? Me falaram que você tem problema de depressão e tal... . triste isso... pra quem iria deixar seus bens caso morresse?".

"Não me preocupo com bens materiais. Ficaria pra quem pegasse primeiro. "

"Não se preocupa com bens materiais? Então você é rico?!" Alberto fica quieto por um instante e murmura sozinho: "Dra. Cris pode saber disso!"

"Pouco me importa o dinheiro, eu queria ser feliz, Alberto. "

" Quer ser feliz, então é rico!Interessante... quero dizer... muito triste ouvir isso de alguém tão jovem, refinado. "

Luciano diz por detrás da porta, dirigindo-se a Alberto: "E diz a serpente para Adão!"

Alberto se vira para a porta e faz um sinal de raiva com a mão cerrada. Depois volta-se para Nico com um sorriso amável: "Sabe eu admiro você. "

"Admira?" – Nico fica surpreso.

"Claro! Vive na rua, não tem família, quero dizer, sua família não quer vê-lo, tem depressão, problemas com... cocada, né? Ninguém lhe ama, não tem emprego... Tem dinheiro e não é feliz, já viu isso? Nem olhar pra vitrines e saber que pode ter tudo lhe anima? Nem saber que pode comprar um amor sincero? Todos esses problemas e mesmo assim você continua a viver? Aguenta seguir em frente, se levanta todo dia! Olha, eu já teria me enforcado há muito tempo! Eu teria me matado no primeiro dia! Eu lhe admiro muitíssimo!"

"Obrigado, amigo. " Responde de maneira afetuosa. "Posso lhe chamar de amigo? Nunca ouvi palavras tão doces!"

"Claro! Ouço muito isso! Nunca ouviu a expressão *um policial é sempre seu melhor amigo*?"

"Nunca ouvi, não... mas e você, já tentou?"

"Tentei o quê?" Pergunta Alberto.

Nico se levanta da cama e encara Alberto com cara de louco: "Se matar?"

"Mas é claaaaaaro! E olha que minha vida não tem um décimo da tristeza da sua, viu? Pra que viver? Muita burrice!"

"Não acha tão triste, mesmo sendo policial?"

"Eu lhe disse que era uma fantasia. "

Nico apenas o encara com cara de 'eu não sou bobo'. "Pedir comida de graça deve ser tão duro, tão triste! Deve dar vontade de morrer. " Diz o hóspede demonstrando empatia pelo policial.

"O quê? Hã? Sim, sim, claro! E sempre comida frita e gordurosa. E ninguém sabe se cuspiram no prato! Comer besteiras acaba sendo uma autocompensação pelo trabalho duro. "

"E ser tão odiado pelas pessoas da rua. " Completa Nico.

"É mesmo. "

"E ganhar mal, ser mal treinado, poder morrer com um tiro a qualquer momento e ninguém ir ao seu funeral. "

Alberto, fechando a cara: "Sim. "

"E ter que fazer dezenas de bicos pra completar o salário, nunca ter folga! E ainda não ter carteira assinada! O que nem conta pra aposentadoria, nem deixa pensão aos filhos!"

Alberto começa a ficar com cara de deprimido enquanto Nico prossegue: "E só pararem pra falar com você quando querem reclamar de algo, com o dedo em riste, e nunca elogiam seu serviço ou sequer lhe dão um bom dia".

"Sim, sim, você me entende. " Alberto abaixa o olhar melancolicamente.

"Tira bandidos da rua, gatos da árvore, separa brigas de casais e ninguém lhe dá caixinha de natal! Lixeiro ganha, flanelinha ganha, cambista ganha, até ator de teatro!" Nico grita revoltado.

Alberto emocionado: "Um dia, um companheiro meu da PM estava se afogando e o povo descobriu que era policial, sabe o que jogaram pra salvá-lo? Outro PM!"

"Eu entendo-o!" Emenda Nico: "E ao chegar à sua casa, sua mulher não deixa o filho brincar com sua arma, dizendo que é perigoso!"

"Você lê minha mente!"

"Sem contar que seus pais prefeririam que você fosse juiz de futebol, político, banqueiro, vilão de novela, Black Block, até ator, menos policial!"

"É verdade! É verdade!" Completa: "Meu pai tem minha foto na sua carteira ao do lado de uma camisinha! Sempre achei que ele faz isso pra não cometer o mesmo erro!"

"Está vendo? Não somos tão diferentes!" Diz Nico.

Alberto grita antes de abraçar e balançar Nico com força: "OBRIGADO PELO APOIO! NINGUÉM ME AMA! NINGUÉM ME AMA!" O policial começa a chorar copiosamente.

Nico dá tapinhas nas costas de Alberto retribuindo o abraço: "Isso, chora, chora, põe pra fora. "

"Obrigado por me ouvir. "Agradece enquanto deixa catarro na camiseta de Nico: "Agora eu vou... vou... procurar uns penhascos por aí! Buá, buá, buá!"

Alberto abre a porta e sai do quarto correndo: "Nããããããããão, nããããããão!"

Luciano o vê e se assusta: "O que foi, criatura?"

"Descobri que tenho depressão!" Responde o policial.

Nico grita lá de dentro do quarto: "Antes de achar que é deprimido e culpar só o trabalho, pense se você simplesmente não vive cercado por idiotas! Isso deprime qualquer um!"

Luciano ouve o hóspede e ri com ironia: "Idiotas? Só se o Alberto vive numa casa cheia de espelhos. "

"Maldoso!" Alberto defende-se,chorando. "Tenho que ir!" O policial sai correndo e bate a porta, gritos ouvem-se do lado de fora: "Mamãezinha! Juro que estudo, juro! Por que não me ama? Ei, você na rua, me ame, por favor! Sou policial, mas também sei amar!"

"Nossa!" Surpreende-se Luciano: "Esse aí tem duas caras, mesmo! Pena que nenhuma delas é bonita".

Luciano vê o horário em seu celular, logo tropeça e o derruba. Ele fica de quatro no chão para pegá-lo.

Dra. Cris aparece e já vai entrando na casa sem bater: "Caiu, Luciano?"

Luciano olha para trás, ainda no chão: "Não, estou farejando o caminho! Até você chega entrando assim? Minha casa virou o quê? Maracanã em dia de Copa sendo invadido por aquele bando de chileno horroroso e suado! Argh!" Luciano levanta-se e passa álcool em gel nas mãos.

"Quer que eu saia? Ainda me deve, está lembrado?"

"Pode ficar à vontade, doutora! Sinta-se em casa, sua linda! Poderosa! O que seria do mundo sem os advogados!"

Alguns segundos de silêncio.

"O que está imaginando, Luciano?"

"Nada de mais, apenas um lugar ensolarado, um arco-íris ao fundo, uma roda com várias pessoas de mãos dadas cantando alegremente!".

"Não somos tão ruins. " Argumenta Cris. "Somos seres super saudáveis, pra frente! Já viu advogado morrer de enfarte? Somos flexíveis, não confunda com interesseiros, é diferente! Notou que o que mais tem é advogado velhinho?".

"Claro, vocês vivem muito, o diabo tem medo de concorrência, né, honey?"

Cris dá de ombros sem se abalar com a cutucada: "Já jantou?".

"Por que a pergunta, doutora?".

"Não está malhando? Seu jantar deve ser igual ao dos livros do Harry Potter, tem várias sequências. " Alfineta, medindo o corpo de Luciano.

"Feliz dia do gordo pra você também. "

"Gorda, eu?" Estranha Cris passando a mão no corpo, orgulhosa.

"O olho, querida, o olho. "

"Hã! Andar desfilando não faz perder caloria, lindinha. " Diz Cris.

"Olha minha barriga, não está perfeita?" Luciano levanta a camisa e mostra muitos pneuzinhos. "

"Não, querido. Nem um pouco. "

"Eu pedi sua opinião, não para discordar de mim, doutora. "

Cris ignora Luciano e começa a tirar varias coisas de uma sacola e começa adistribuir pela casa: arma, faca, gilete, comprimidos, corda.

"Que é isso?"

"Maconha, nunca viu?"

"Pra quê?"

"Não sabia que ela é psicótica?" Explica Cris. Vou espalhar pela casa pro seu convidado! Deixa a pessoa com mania de perseguição. "

"Como você sabe disso? Pergunta curioso.

"Como assim, como eu sei? Hein?" Cris encara Luciano. "Está insinuando o quê com isso?" Ela começa a gritar.

"Calma, doutora! Desculpa! Desculpa!"

"Eu desculpo! Eu desculpo!" Diz com voz chorosa: "Pensando melhor, eu quem devo me desculpar! Desculpe-me, por favor!".

"Tá bom, tá bom! Todo mundo ficando louco..."Responde Luciano. "Mas se o Alberto vir isso vai me prender".

"Fala que o Nico está com glaucoma, dor nos olhos, pra isso é permitido. " Diz a advogada, recompondo-se.

"É permitido?" Luciano estranha.

"Nos Estados Unidos é. "

"Nos Estados Unidos não é ilegal maconha, doutora?"

"Bobinho, só é ilegal pra quem gosta dela. "

"Hun... nossa! Depois os portugueses que são burros... daqui a pouco a gente copia a ideia. "

"Mas se o Nico começar a gostar, polícia nele!" Aconselha a advogada com o dedo em riste.

Doutora Cris começa a deixar outros objetos espalhados pela casa, DVDs, livros, CDs, cocada. Ele está no quarto?" Pergunta Cris com uma cocada na mão.

"Está, por quê?"

"Quando ele sair, deixe essa cocada no quarto dele. "

"Que louca você, doutora!" Luciano mexe nos objetos: além da corda, gilete, comprimidos, estilete e cocada. Havia também um CD da Legião Urbana, 'Vento no litoral: 24 versões', 'The cure: voz e violão', DVD 'Marley e Eu', livro 'A culpa é das estrelas', DVD 'Vanilla Sky'. "Vanilla Sky, Cris? Como é esse filme?"

"É do Tom Cruise; da época que o coitadinho queria ganhar um Oscar, e agora, desencanou. No filme, ele é rico, lindo, famoso, maravilhoso e se mata no final. Imagine esse Nico, então: pobre, ferrado, sem família, vivendo de favor com você?"

"Ai! E essas cordas, gilete, comprimidos, que horror... uma arma... como conseguiu uma arma? Deixa pra lá, nem precisa responder. " Luciano remexe em tudo com a ponta dos dedos num misto de nojo e medo.

"Ou isso ou a rua, benzinho. Agora preciso falar com ele. Nico precisa de uma advogada pra preparar... você sabe..."

Lilica entra na casa sem tocar a campainha e já interrompe a conversa: "O Nico já tem advogado, querida. "

"Nossa, olha só!" Cris encara Lilica, abre um sorriso e fala de maneira expansiva e cínica: "Quem é você? Que corpão, como é elegante!"

"Elegante é você! E que cabelo bonito, como é magrinha!"

As duas encaram-se, eretas, de frente uma para a outra, como se fossem para um duelo.

Alberto também aparece e já vai entrando: "E aí, seu viadinho!" Bate no ombro de Luciano que estava de costas.

"Fala seu trapo humano! Já voltou? Está mais animadinho. Falou com a mamãezinha, fresquinho?"

Enquanto isso, as mulheres continuam a se encarar e sorrir cinicamente uma para outra.

Lilica apresenta-se para Cris: "Eu sou a vizinha do Luciano, Lilica, prazer conhecê-la. Nossa queria ser magra como você. Vou fritar na academia!"

"Que é isso! Obrigada! Eu sou a advogada dele, Cris, o prazer é todo meu... queria eu é ter esse seu corpo! Vou bombar na academia!"

Lilica cochicha: "Vaca. "

Cris cochicha – Baranga. "

Na sala ainda, Alberto diz para Luciano: "E você? Está dodoizinho porque vai sair daqui, mocinha?". "Mesmo na rua serei mais elegante e requintado do que você, seu brega!" Responde Luciano.

No mesmo instante, Alberto sorri para Luciano: "Vem aqui, amigão!"Alberto abraça Luciano dando um leve soco na barriga do amigo, os dois riem: "Seu cuzão!"

"Seu imprestável!" Luciano pega álcool em gel e passa no cotovelo, nas mãos, apenas para fazer um charme. A amizade entre os dois era verdadeira.

Lilica vê a cena e comenta para Luciano: "E como vai com o Nico?"

"Ele é louco mesmo, estou com medo. " Luciano cochicha.

"Mas ele tem classe, não tem? Não foi fácil achar um..." Lilica solta um... pigarro, como se mostrasse arrependimento do que iria dizer, "... suicida..." Ela suspira. "Ninguém sabe a dor que o amor por um homem pode trazer!"

"Hã? Do que está falando?".

Cris interrompe: "Nem me fale, viu? Cansei dos homens; só não viro sapatão porque não sei cantar. "

"Cantar?" Surpreende-se Lilica.

"Sim... conhece alguma cantora que não é sapata?"

"Ainda sente a dor pelo ricaço que te largou?" Alberto questiona Lilica.

Cris anima-se: "Ricaço? Ele tem advogado?"

Alberto continua a conversa com Lilica, ignorando Cris: "Fiquei sabendo que ele ficou mais rico ainda! Fez um seguro de sua casa e depois de um terremoto, ele recebeu uma fortuna!"

"Terremoto?" Cris continua metendo o dedo na conversa.

Alberto esclarece-a: "Lá na Itália! Em sua casa na Itália, Cris!"

Cris faz cara de pensativa: "Nossa, conheço gente que ganhou muito com seguro de vida, seguro de incêndio, seguro invalidez. Dê-me o telefone desse ricaço, preciso saber como ele fez pra conseguir simular um terremoto".

Alberto olha feio pra Cris.

"Eu já o esqueci" Diz Lilica para Alberto. "Mas não foi fácil, tive que encontrar um novo amor. " Ela encara Luciano.

"Mas que ocorreu com esse ricaço? Ele está solteiro ainda?" Interessa-se Cris.

Lilica responde nitidamente incomodada com a concorrência: "Não, querida! Não está! Engraçado que estava tudo bem entre nós, viajávamos pra Toscana, Paris, Ilhas Fiji, favela da rocinha... "

Cris interrompe: "Favela da rocinha?"

"Sabe como é, rico sempre tem esses programas pra conscientizar-se socialmente, tipo Luciano Huck. " Esclarece Lilica.

"Mas como ele largou um pedaço... pedaçãããão de mulher como você?" Provoca Cris.

"Culpa do meu sogro!" Lilica suspira. "O pai dele, um solteirão convicto, estava morrendo; chamou o Francesco, meu ex, para lhe dizer: 'Filho, eu nunca me casei e essa foi minha ruína; levei muito tempo pra perceber que você, um filho acidental, foi meu maior bem... mas eu nunca tive uma mulher ao meu lado... não cometa esse erro... case-se com uma mulher especial' Aí, Francesco me contou isso e eu fiquei nas nuvens, achei que ia casar-me com ele. "

"Casar com você?" Cris dá de ombros. "Esse tal de Francesco tinha baixa-estima?"

Lilica continua sem se importar com o comentário maldoso de Cris. "Mas aí ele me disse que o seu pai completou: 'Antes de se casar, você precisa testar a mulher para ter certeza de que será uma boa parceira. ' Não é que aquele desgraçado do Francesco tinha outras duas piriguetes, essas vadias que são iguais a um urso polar, nunca sentem frio, sabe? Até no inverno estão mostrando a marquinha do biquini no meio da rua! Francesco então deu cem mil reais pra cada uma de nós três. "

"Cem mil reais?" Cris fica boquiaberta. "Francesco do quê?" Pergunta com celular na mão pra registrar o nome.

Lilica prossegue: "Aí, a piriga morena fez várias loucuras de amor com o dinheiro: outdoor, propaganda na revista dizendo que o amava, jogou rosas de um helicóptero. Tudo do mais brega! A outra piriga, que era loira, investiu na bolsa de valores e dobrou o dinheiro, repassando-lhe os lucros. "

"A loira fez isso?" Luciano interrompe a vizinha com um ar de estranhamento.

"Eu também nunca entendi. " Responde Lilica. "Mas ouvi falar que o governo federal criou um tal de Bolsa-consultor financeiro, ela deve ter usado isso. Agora, como ela teve essa ideia é um mistério insolúvel, tipo quem matou John Kennedy ou por que as mulheres preferem os cachorrões. "

"Mas o que você fez com os cem mil, afinal?" Irrita-se Cris.

"Eu fiz o que faço melhor. " Responde Lilica, enigmática.

"Comprou chocolates com todo o dinheiro pra comer debaixo das cobertas?" Provoca Cris.

Lilica olha feio para a advogada.

"Montou uma rede de espionagem na casa dele?" Questiona Luciano.

"Sim! Montei uma van toda equipada em frente à casa dele pra ficarmos sempre juntinhos e próximos. E claro, uma rede de câmeras e escutas na sua casa! Você me entende mesmo, Luciano! Sempre soube que somos almas gêmeas!"

Alberto entra na conversa com cara de dúvida: "Mas o Francesco não morava aqui do outro lado da rua, na mansão rosinha?".

"Quem é você? O GPS man? Meu biógrafo?" Lilica, claramente irritada, pergunta.

"Mas com quem o ricaço ficou, afinal? Quero dizer... com você não foi, obviamente. " Questiona a curiosa Cris, medindo Lilica com desdém.

"Com quem ele ficou? Com a loira, claro!" Responde Luciano. "Eu acho..." Falou com um semblante de dúvida. "Afinal, com quem ele ficou, Lilica?"

"Como vocês são ingênuos..." Lilica responde com uma voz baixa e frágil. Ela dá dois tímidos passos à frente e responde colocando as mãos no rosto: "Ele ficou com... com a que tinha o rabo maior, claro!".

Cris olha para bunda de Lilica meio confusa: "Maior ou mais bonito? Por que o seu é beeeem grande! Deve também ser todo furado de celulite, com certeza! Na praia deve ser um horror!".

Lilica olha para Cris com ódio: "Está me chamando de gorda?".

Luciano puxa Lilica e diz: "Não liga, você é maior que isso!"

Alberto completa: "Muuuuito maior! E o dia que arranjar um homem, teoricamente..." Olhando para Luciano. "Ele saberá que quanto maior você tiver, terá mais de você pra amar! Vai ser um amor quase infinito!"

"Enquanto isso na pia da casa de vocês... quanta louça!" – Responde Lilica, com desdém.

"Sabe o que cairia bem? Você do terraço do meu prédio!" Diz Cris a Lilica.

"Você não gosta mesmo de mim, né?" Responde Lilica pausadamente num tom meio triste. "Morre que passa!"

Cris, irônica: "Deve ser duro mesmo ter seu amor com outra. A pessoa fica amarrrrgaaaa".

Alberto sussurra: "Muito sadismo ser gentil com masoquistas, viu! Essa briga não vai terminar nunca!".

"Sim. " Responde Lilica sem se abalar. "Mas não há nada melhor em saber que você é muito mais linda que a nova namorada do seu ex!"

"Hã! E você é?" Cris questiona com ironia.

"Claro que não!" Reponde Lilica. "Aquela vaca é modelo, magra, tem MBI no Estados Unidos, ajudou no tratado de paz entre Israel e Palestina e ainda, tem uma ONG pra cachorrinhos de rua. Todo mundo considera-a o máximo. " azendo voz de que está imitando os outros ao dar sua opinião sobre a tal moça. "Ódio!"

"Homens cafajestes! Recentemente, eu sofri uma desilusão amorosa ortográfica. " - Diz Cris.

"Ortográfica?" Alberto fica confuso.

"Sim. O cara me manda um whats app escrevendo 'ansioso para me ver' com c e 'há dez anos' com a, aí, não dá!"

"Sofri muito sozinha com essa desilusão, sabe..." - Lilica ainda fala de Francesco, cabisbaixa.

"Sozinha? Desde quando mulher sofre sozinha sem meter o pau no cara pra todo mundo? Só se você estava sem crédito no celular, presa numa ilha... Alberto faz uma pausa e fala devagar: "Internada num SPA?"

"Vocês estão caçoando da minha enorme dor..." Lilica lamenta de maneira trágica.

"É mesmo, gente!" Diz Alberto. "Namorar é coisa séria! Eu, por exemplo, tive que deixar de ser tão engraçado pra poder namorar. Outro dia chamei pra sair uma dessas mina de academia e levei rosas, acredita que ela comeu falando as rosas pois disse que tinha mais proteína que batata doce?"

"Jura? Nossa!" Responde Luciano com ironia. "Você é um bobo, Alberto, agora só é engraçadinho com as outras mulheres, não é? Eu gosto de homens sensíveis como o Lulu. "

"Sensíveis até demais." Responde Alberto olhando para Luciano. "Chegam até a chorar quando assistem ao pôr do sol. "

"Ah, nem venha!" Luciano responde na defensiva. "Foi lindo aquele pôr do sol! Você chorou também! Mentiu afirmando que o sol irritou seus lindos olhos azuis! E olha que seus olhos são castanhos, seu pilantrão!".

"Mas sabe, eu entendo bem de cafajestes! Sempre tive um 'fraco' por eles..." Diz Cris.

Luciano fala de forma irônica: "Nããããããão!!! Mulher com um 'fraco' por cafajestes? Isso eu nunca vi!"

Alberto puxa o Luciano pelo braço com um sorriso aberto: "Hahahahahah... . nunca me esqueço de seu conselho quando lhe procurei pelo meu problema: *Luciano, tô saindo com uma menina e ela grudou no meu pé! Deixei de atender às suas ligações, sumi e mesmo assim, ela não me deixa em paz, o que eu faço?"*

Luciano continua: "Aí, eu lhe aconselhei o óbvio: não seja burro, Alberto, comece a tratá-la bem!"

Alberto completa: "Tiro e queda: ela sumiu rapidinho! Nunca mais apareceu! Você é um gênio!"

"Ah! Nem todas as mulheres são assim!" Indigna-se Cris. "Eu, por exemplo, mudei! Estou saindo com um cara que é um doce, um amorzinho, um docinho de coco! Não posso falar cocada, né?" Questiona olhando para os lados, procurando Nico que não está ouvindo a conversa. "Então, esse homem de classe me leva aos melhores restaurantes, sempre abre a porta do carro, levanta-se quando eu vou ao toalete, me dá rosas, presentinhos. Acreditam que ele levou mais de um mês pra me dar um simples selinho? E ainda pediu permissão! E só depois de seis meses fomos ao motel?"

Luciano, Alberto e Lilica demonstram total falta de interesse. Lilica pronuncia-se: "Nossa que interessante, amiga!"

Cris continua pouco se importando com a reação deles: "Um puuuuuuuta de um motel! Suíte presidencial! Piscina com cachoeira em plena crise hídrica! Acredita que ele jogou rosas por todos os lados, pediu o melhor champagne, jogou perfume em todo ambiente, e só depois de me beijar delicadamente, sem me babar... argh... ele disse bem docemente: *Vou colocar meu pênis em você, tudo bem?*"

Lilica interrompe atônita: "Pênis? Nossa... pênis, como assim? Quem fala dessa forma?".

Cris esclarece calmamente: "Ele tinha pênis, oras. Não sabe o que é? É tipo de um pau... só que mole".

"Eu te entendo!" Diz Lilica. "Agora eu também estou a fim de um cara lindo, sensual, educado, elegante, boa família, inteligente, sensível".

"Ai querida, um cara perfeito assim até que existe, não vou mentir pra você, mas geralmente está a fim de outro cara. " Responde Cris.

Luciano fica irritado, mas não responde.

Cris completa: "Eu continuo saindo com ele, mas dou chance pra outros. Uma advogada sempre deve estar preparada. "

"Outros?" Espanta-se Lilica. "No meu coração sempre caberá mais um! Você mesmo é uma..." Ela trava a língua. "Moça que gosta de variar..."

"E qual o problema, machista?" Argumenta Cris. "Homem pode e mulher não? Aquela que não tiver pecado...".

Alberto interrompe-a: "Atire a primeira pedra?"

"Não!" Exclama Cris. "Deixe o celular na mão do namorado por cinco minutos! Se as pessoas tomassem essa atitude, eu já estaria milionária com os honorários!

Lilica diz para Cris: "Que homem vai lhe aguentar, me diga?"

"Tem razão. Pior que você tem razão..." Responde Cris, aparentemente desarmando-se. "É triste ser advogada, sabia? Você olha pros casais beijando-se, todos apaixonados e pensa: sabem de nada, inocentes'. Em breve estarão digladiando-se até pelo filtro de água de barro e pela bacia do cachorro!"

"Boa desculpa pra ninguém lhe querer. " Diz Lilica com cinismo.

"Desculpa?" Espanta-se Cris. "Uns namoram, outros ficam. Já você..." Faz uma pausa enquanto mede Lilica dos pés à cabeça. "Bom, você tem saúde, muita saúde! Isso que importa. "

"Pouco importa o que você diz, pra mim não há nada melhor do que se apaixonar. " Responde Lilica suspirando.

Alberto completa olhando para Luciano: "Acho que um amigo meu está se apaixonando, sabe? Se ele pedisse meu conselho, eu diria: PARA!"

"Eu entendo-o. " Diz Cris. "Sempre digo aos meus clientes, nunca mandem seus cônjuges se fo... três pontinhos. "

"Por quê? Dá processo de calúnia?" Questiona Lilica, irritada com Cris.

"Também!" Responde Cris de bate pronto. "É muito melhor mandar e até incentivar o ex a se apaixonar! No final, dá na mesma, todo mundo se fode! Então, quando sugerem para que eu me apaixone, sempre digo que prefiro minha parte em dinheiro!"

"Meu Deus, só pensa em dinheiro!" Lilica reage inconformada.

"Convenhamos, Lilica: é muito melhor sofrer em Paris, numa balada, usando Channel e com um monte de anéis de ouro!" Argumenta Luciano.

"Isso mesmo!" Completa Cris. "Preciso pensar em dinheiro! Não me preocupo com o que pensam de mim! Se você passa a vida toda sem ninguém que o deteste, há algum problema grave com você. "

"O problema é quando todos o detestam, né querida?" Alfineta Lilica.

Alberto puxa Luciano: "Vai dar namoro entre essas duas, viu?".

"Tem razão..." Responde tristemente Cris à Lilica, aparentemente desarmada. "Eu tenho trauma de infância também... Lembro-me da minha mãe quando íamos ao mercado; sempre que eu pedia algo, ela respondia: 'na volta a gente compra. ' E ela nunca comprava! Nunca! Deve ser por isso que penso tanto em dinheiro!".

"É sempre culpa das mães!" Comenta Alberto. "Os pais citados estão certos-coitados! Se elas ficassem felizes só ao fazer sexo como eles, mas nããããããão! Querem bolsas novas, roupas novas, sapatos novos! Olhe pra mim, estamos no final de fevereiro, mês com apenas 28 dias, e já estou devendo. Imagine o mês com 31 dias!

Isso que dá ter mulher. "- Seu machista!" – Inconforma-se Lilica. "E vocês, homens bobos com seus carrões!"

E mês com 31 dias e feriado, então?" Completa Alberto. "Imagina, hein? Enquanto estamos trabalhando deixamos de gastar; não precisamos levar ninguém pra passear! Mas aí, chega final de semana e ferrou! Passear – palavra codificada das mulheres pra gastar! Sem contar que ainda temos que aturá-las elogiando um tal de Cristian Grey! Passam a vida toda reclamando dos homens, detonando os maridos e piram num cara que as enche de porrada e presentes. "

"NOSSA! NOSSA!" Grita Lilica.

"O que foi?" Pergunta Alberto enquanto todos olham para Lilica.

"Esse assunto fez eu me lembrar de que tenho uma conta pra pagar. "

Todos param, olham em sua direção esperando que parta, mas Lilica permanece parada, pensativa.

Alguns instantes de silêncio até Cris impacientar-se: "Não ia sair para pagar a tal conta?"

"Eu sair?" Lilica ri. "Não, não, eu só me lembrei mesmo... Mas nenhum homem resiste a uma lingerie sensual!" A vizinha de Luciano muda de assunto, de uma hora para outra.

"Mas não bege. Puta coisa broxante!" Reclama Alberto. "Você vai na maior empolgação e a mulher com lingerie bege!"

"Eu comprei um soutien preto de arrasar pro meu *pau mole*" Revela Cris.

"Pra que soutien?" Pergunta Alberto enquanto mede o busto de Cris. "Você nem tem peito!"

Lilica diz para Alberto: "Hã! E você que usa cueca e não tem pinto?"

Todos entreolham-se como se pensassem 'como ela sabe'?

Luciano quebra o silêncio: "Nunca discuta com mulheres, elas tem 500 gigas de memória e vão jogar na sua cara algo que você fez em 1995"

"É mesmo!" Diz alberto olhando para Lilica. "Ainda mais naquela tarde chuvosa, na casa da sua sogra, em cima da máquina de lavar antiga que não parava de tremer, tremer e tremer, não é mesmo?".

Lilica finge não ouvir. Ela parece envergonhada, fica cabisbaixa.

Nico sai do quarto um tanto despenteado e sonolento. Vê Lilica e diz com uma voz doce e baixa: "Eu sei como é ter um trauma, eu a entendo. "

"Você que é o Nico? Muito prazer! Sou a doutora Cris, advogada. Faço tudo, desde contratos, seguros, testamentos..."

Alberto completa: "Babá, programas, massagem".

Cris olha feio para Alberto: "Cuidado, seu coxinha. Eu tenho testemunhas!"

Nico começa a falar alheio à conversa paralela entre Cris e Alberto: "Quando eu tinha 17 anos, meu pai me mandou estudar na Europa, foi horrível! Paris, especialização em Berlim, noites e mais noites com aqueles colegas cosmopolitas do mundo inteiro. Croissants, vinhos, trufas brancas. Eu só queria voltar pra minha casa, ter o amor dos meus pais. "

"Pra morar perto desse bando de pobre?" Cris faz cara de nojo e decepção; passa o álcool em gel de Luciano nas mãos.

Nico prossegue sem se abalar: "Então eu pedi pra meu pai conseguir um avião para mim a fim de vê-los com maior rapidez e frequência; meu pai o comprou... mas antes..." Nico titubeia para falar, demonstrando tratar-se de uma lembrança dolorosa. "... antes disso, ele negociou com o dono... ele sempre fazia isso! SEMPRE!" Grita com irritação. "Ele pedia desconto pro dono do haras, pedia porcentagem maior de propina da Petrobrás, pedia desconto na pamonha de Piracicaba. Aí, o dono do avião, que era também piloto, disse: *fui piloto da esquadrilha da fumaça; se eu voar fazendo minhas manobras mais radicais e o senhor não gritar de medo, faço o desconto pro senhor.* "

"Cara, seu pai deve ser bom. " Diz Alberto. "Posso pedir pra ele negociar com meu tenente pra ele não descontar minhas folgas?"

Nico sem olhar para o lado, prossegue; "Pois é... Meu pai conseguiu o desconto... Depois me contaram... Ele não gritou em nenhum momento... Não teve medo em nenhum instante. "

"Ele não gritou?" Pergunta Cris. "Essas pessoas, de mão fechada e corajosas, são péssimos clientes! Mas por que isso é triste?"

"Ele não gritou nem quando o piloto fez uma pirueta e eu cai do avião. " Responde Nico com dor no coração. "Eu estava junto deles!"

"E como você sobreviveu, rapaiz?" Pergunta Alberto intrigado.

"Cai em cima de uma rave, foi minha sorte..." Responde Nico com naturalidade.

"Como assim?" Cris questiona, estupefata: "Por que não morreria caindo numa rave?"

"Porque fui direto pra festa para poder esquecer. " Diz Nico.

"Mas como você sobreviveu, isso que queremos saber!" Impacienta-se Alberto.

Nico faz alguns instantes de silêncio e diz com voz baixa: "Se eu disser, vocês não irão acreditar. "

"Eu irei sim, pode dizer. " Responde Alberto.

"Não, vão pensar que sou louco?" Desconfia Nico.

"Magiiiiinaaaaaaaa... . " Responde Alberto. "Ninguém vai, não é?" Questiona olhando para todos que mexem a cabeça negativamente, de maneira bem cínica.

Cris, Alberto, Luciano e Lilica: "Não, não, nunca!"

"Eu abri o paraquedas que levava comigo. " Responde Nico.

"Paraquedas? Ah, conte outra rapaiz!" Irrita-se Alberto.

"Sim!" Nico abre um sorriso. Seus olhos brilham: "Sempre quando pego um voo, eu levo um! Falavam que eu era louco, acreditem. Eu, louco! Que burros! Mas imaginem se todos levassem paraquedas em voos comerciais? Ninguém morreria em acidentes! Não sei por qual motivo não existe essa lei!"

"Ótima ideia!" Cris exclama com os braços abertos de maneira expansiva. "Cabe processo, sabia? Vou até procurar algumas vítimas de desastres aéreos!"

"Acho tão lindo o modo como fala, Nico..." Suspira Lilica. "Você não tem ninguém... não namora?"

"Cocada..." Diz Nico de maneira errática. "Como irei cuidar de alguém... uma dama como você, se sou um vagabundo?"

"Unnnn... que lindo! Não é lindo, Luciano?" Encanta-se Lilica. "Que mais uma mulher quer do que um vagabundo pra mudar, criticar, ficar no pé na exata hora que ele se senta para assistir TV e lembrá-lo:. Arruma o chuveiro, compra frango, liga pra minha tia! Muito lindo!"

Cris balança a cabeça positivamente: "Tem razão a gordinha".

"Que tá fazendo atrás de mim!?" Lilica fala alto e muito irritada com Alberto, que está bem próximo a ela.

Alberto, constrangido: "Eu? Nada, nada!"

Lilica retruca: "Ora! Então dê lugar a outro!"

"Nossa! Você é muito lelé, mulher!! Grita Alberto para Lilica.

Cris vira-se para Nico: "Vamos até seu quarto, querido, vamos conversar melhor sobre sua segurança jurídica, testamento..."

"Tudo bem. " Concorda Nico.

Cris pisca para os outros e sai andando com o hóspede, levando consigo gilete, cocadas, corda, DVDs e afins.

Luciano aconselha Nico: "Cuidado! Quem puxa o saco, puxa tudo, inclusive o tapete!!

"Shiu, shiu. " Lilica censura Luciano. "Ela só está fazendo o trabalho dela!"

Luciano olha para a porta do quarto onde eles acabam de entrar. Ele está aflito.

"Olha, quanta cocada Cris trouxe: branca, preta, queimada!" Luciano lamenta.

"Ela precisa, querido. Você tem sorte de ter amigos que querem tanto seu bem. " Lilica consola-o.

Alberto completa: "Eu também gostei do Nico! Só ele me entende! Sem contar que tem classe de verdade, ao contrário de alguns... Mas ele quer partir deste mundo, Luciano. Você não pode fazer nada, vai ser bom pra você e bom pra ele. "

Lilica encara Alberto. "Ficou amigo dele? Ele lhe disse se prefere ser enterrado ou cremado?"

"Não, mas vou perguntar!" Alberto anima-se. "Bem que o Luciano poderia fazer um altar aqui com as cinzas dele ou jogar pela casa em sua homenagem. "

"Ai! Que mórbido!" Luciano reage passando álcool nas mãos.

"Mórbido, nada!" Reage Alberto. "Melhor do que enterrá-lo como indigente!"

"Indigente? Não, jamais! Jamais!" Exclama Luciano. "Não somos frios como a Dra. Cris! Ela fica falando mal do pobrezinho!"

"Isso é verdade!" Concorda Alberto. "Quem fala mal do outro pra você, fala mal de você pra todo mundo. "

"Desapega, desapega!" Grita Lilica para Luciano. "Querido, eu já lhe disse, não faça como eu que não pego nem me apego! Posso resolver seu problema em cinco minutos. "Ela coloca a mão perto da virilha de Luciano e sugere irem para o seu quarto. "

"Faz isso não, Lilica. " Opina Alberto. "O Luluzinho não quer assistir a nenhum filme com você agora, ele está se sentindo culpado pelo louco aí. "

"Que filme, seu burro! Ela não quer assistir a filme algum comigo, não!" Irrita-se Luciano.

"Cara, eu sei!" Responde Alberto. "Filme é modo de dizer, é só uma... como se diz..."

Lilica interrompe-o, impaciente: "Metáfora..."

"Isso mesmo!" Exclama o policial.

"Se esse plano louco der certo, tenho que pensar num jeito de pagar minhas contas; só falta cortarem minha luz. " Preocupa-se Luciano.

"Você não pagou a conta, querido?" Pergunta Lilica.

"Não! Não!" Responde cínico. "Paguei, mas pedi pra cortarem a luz; eu adoro viver no escuro. "

"Mulherada pira à luz de velas, super romântico, cara. Tá aprendendo!" Diz Alberto.

"Alberto, cale a boca!" Grita Luciano. "Melhor ficar quieto e as pessoas desconfiarem que você é mané, do que abrir a boca e todos terem a certeza disso!"

"Puxa, Nico... . não fala assim comigo. Não vou apresentar mais minha irmã pra você. " Lamenta Alberto.

Lilica reage espantada: "Como assim? Ele lhe pediu pra apresentar a sua irmã?"

"Não pedi nada, ele que quer que eu fique com ela!" Esclarece Luciano.

"Sempre achei muito gay esses caras querendo ficar com a irmã do amigo. As meninas, querendo ou não, têm a cara do irmão. " Diz Lilica.

Alberto volta para Lilica: "Está certa! Mas achei que seria uma boa transição pra ele, ficar com uma mulher com cara de homem, sabe?"

Lilica com cara de nojo: "Nossa! Com a sua cara, a coitada deve ser uma ogra!"

"Uma o quê?" Invoca-se Alberto.

"Monstra!" Exclama Lilica.

"Não fala assim da minha irmã, sua biruta! Ela não é dada como você." – Reage Alberto.

Lilica mostra desdém: "Ok, ok... não vou baixar o nível com gente como você. Se eu me rebaixar, você ganha pela experiência. "

(Enquanto isso, dentro do quarto onde estão Cris e Nico, este começa a assinar alguns papéis).

"Vocês me cansam..." Reclama Luciano. "Vou pedir uma pizza bem gorda... Quero dizer, um vegetariano... Melhor ainda, vou fazer como as musas: esperar o sono pra matar a fome... Mas antes, vou aparar minha barba e bagunçar meu cabelo. Dá um trabalho enorme parecer desleixado!"

"Dá né?" Concorda Alberto.

"Você tenta?" Estranha Luciano.

"Claro! A mulherada pira. " Diz o policial.

"Então está sendo bem sucedido até demais! Maltrapilho!" Caçoa Luciano. "Ai, ai... Esperando ansiosamente voltar a moda dos mauricinhos!"

"Ai, querido... eu adoro homens que me façam rir, sabia?" Diz Lilica, colocando o dedo indicador no queixo de Luciano. "Mas abro uma exceção pra você!"

Luciano dá de ombros e sai indo em direção ao seu quarto.

Lilica grita; "Depois preciso falar com você um assunto muitíssimo sério!".

Luciano para, fica petrificado, branco. "Como assim?"

"Depois eu lhe falo, não se preocupe, não. " Lilica faz charme.

"Como assim, não se preocupe?" Luciano revolta-se. "Nessa minha fase, você me diz: *preciso falar um assunto sério*. Quando alguém fala desse jeito, qualquer um começa a pensar em tudo de errado que já fez na vida!"

"Como você é dramático..." Lilica sorri com malícia. "Mas como assim, pensa em tudo que fez de errado na vida?" Ela faz uma voz sexy. "Não sabia desse seu lado bad boy. "

"Ah tá bom, tá bom! Desisto! Depois você fala!" Irrita-se Luciano. "Melhor concordar logo com gente como você, senão a discussão continua e a coisa não termina nunca!"

Ele dá as costas.

Lilica, indo atrás. "Aonde você vai? Acalme-se, honey!"

"Já disse, vou dormir!" Grita Luciano, irritado. "Não falou que falaria comigo depois?"

"Foi modo de dizer!" Argumenta Lilica. "Eu sabia que iria se morder de curiosidade! Afinal, todo mundo reage assim e eu poderia fazer charme!"

Luciano diz; "Homens são diferentes!"

Lilica nervosa: "Não gostei!"

"Calma, calma, não precisa ficar nervosa!" Luciano reage.

"Calma? Como assim? EU ESTOU CALMA, VOCÊ NÃO PRECISA PEDIR PRA EU FICAR CALMA!"

"Não faça isso, seu louco!" Alberto exclama com temor.

Nesse meio tempo, Lilica, muito descontrolada, atira vários objetos em Luciano: cocada, almofada, controle remoto etc.

"Não faça o quê?" Questiona Luciano, aflito, enquanto tenta se proteger das coisas atiradas por Lilica.

"Seu burro, não sabe que uma das regras de sobrevivência é jamais pedir pra uma mulher se acalmar?" Diz Alberto. "Tome, pegue. "

"Um chocolate?" Pergunta Luciano a Alberto.

"Sim!" Grita Alberto também desviando dos objetos lançados por Lilica. "Jogue de longe pra ela enquanto pede desculpas. É sua única chance de sobrevivência!"

Luciano segue o conselho do amigo, joga chocolates e grita com desespero; "Desculpa, desculpa! Desculpa!"

Luciano então corre para o quarto enquanto Lilica segue-o muito alterada.

Dentro do quarto onde estão Cris e Nico, o hóspede começa a se agitar e gritar desesperadamente. Ele sai do quarto seguido de Cris.

"Não, não!!! Não quero comer!" Nico diz muito aflito.

Cris coloca uma cocada na própria boca, mastiga na frente de Nico enquanto ele tenta fugir dela.

"Que foi, amigo?" Alberto preocupado pergunta a Nico.

"Oooolha! Eeeeella... cocada!!!!!! cocada!!!" Grita Nico apavorado apontando para Cris.

Cris pega a arma e finge atirar na cabeça, depois pega o estilete e faz um gesto como se fosse cortar os pulsos. Ela fica fazendo várias simulações de suicídio. Nico aponta para ela horrorizado, com medo. Alberto, entre os dois, tenta acalmar Nico e sempre quando se vira pra olhar Cris, esta disfarça agindo normalmente: "Acalme-se, querido! Eu sempre trato bem os meus clientes, mesmo depois de mortos! Irei ao cartório autenticar suas assinaturas do seguro de vida, testamento e afins. Obrigada pela transferência adiantada dos honorários em minha conta! Obrigada por garantir que eu receba mesmo após sua eventual morte! Ah... E não se esqueça de arranjar uma namorada, tá na idade... Viver sozinho... dependendo dos outros pra lhe tirar da rua... Sem ninguém, sua vida fica muito triste, viu? Tenha uma boa noite! E não se esqueça, qualquer problema que tiver, qualquer problema que surgir, qualquer um mesmo..." Cris olha para as papeladas já assinadas: "... se vira! Hahahahahahaha. "

Nico reage chorando e de forma frágil: "Não vou entrar mais em contato contigo! Não vou ligar! No máximo..." Ele gagueja: "... no máximo..." Tremendo e meio hesitante: "... vou lhe enviar um e-mail, sua feia! E nem vou mandar risadinhas no final da frase pra não perder a amizade!"

"Tenha uma boa morte!" Cris dá de ombros. "Porque a minha já está garantida!" Ela festeja: "Milionário buuuurrrro. " Fala sozinha afinando a voz.

Cris sai da casa de Luciano feliz e cantando, totalmente desafinada: "Jáááááá que você não está aqui! O que posso fazeeeeeeeeeeeer é cuiiiiiiiiiidar de mim!"

Alberto diz a Nico, que ainda abalado,observa Cris sair: "Nossa! Essa história de que você precisa de alguém, de que já está na idade de se casar, parece minha tia falando. As tias são tão cruéis..." Alberto faz cara de que está puxando algo da memória: "... Não existem seres mais maldosos do que elas: *Tá namorando, lindinho? Vai ter filho quando? Não pode demorar muito!*"

"Faça como eu, corte contato com a família..." Responde Nico. "Quero dizer, eles cortaram relações comigo. "

"Eu até cortaria..." Responde Alberto hesitante. "Mas a foda é que bolo de tia sempre será o melhor! Essas megeras!"

Nico parece não ouvir, entra em transe, agacha no chão segurando os joelhos. Ele olha fixamente para o vazio e começa a se mover repetidamente para frente e para trás.

Alberto mostra-se preocupado: "Que foi, amigo? Que foi?"

Nico não responde, permanece em transe.

"Não liga pra Cris! Ela é ruim mesmo! Nem a mãe deve gostar dela!" Alberto tenta ajudá-lo.

Nico não se mexe.

"Além disso, ela deve estar chapada, bêbada, não se leva a sério gente nesse estado! Não podemos ouvir o que dizem!" Insiste Alberto.

Nico se levanta abruptamente, fica sério, encara Alberto fixamente, coloca a palma da mão aberta no peito do policial e diz de maneira um tanto épica e protocolar: "Tudo que é dito quando se está bêbado, é o mesmo pensamento de quando se está sóbrio. " E volta a olhar fixo para frente como se estivesse em transe.

"Cara, se você não fosse tão deprê, ganharia muito dinheiro como psicólogo; manja tudo sobre as pessoas!" Constata Alberto antes de fazer uma pausa: "Como psicólogo! Até como cabeleireiro! Ou ainda, no lugar do Jô Soares, claro! Pergunta e responde pela pessoa! Já sabe o que ela pensa mesmo!"

Ao perceber a falta de reação do hóspede de Luciano, Alberto pensa em ter uma conversa mais séria: "Cara, preciso te contar uma coisa... Sobre essa história de lhe chamarem pra viver aqui. "

"Eu já sei. " Nico interrompe-o.

"Sabe?"

"Cocada! É o meu castigo por ter pecado! Não há salvação pra mim! Tudo deve acabar!" Nico levanta-se e vai em direção ao seu quarto.

"O que vai fazer? Aonde vai?" Alberto pergunta com desespero.

Nico pega um DVD: "Irei assistir Marley e eu. E vai ser legendado! Legendado! Legendado! Não sou como os outros! Quero ouvir a voz original dos atores! Assim, enquanto assisto, posso ouvir o disco solo do Radiohead!"

"Nãããããããããão, nãããããããããão, não faça isso, não faça isso! Por favor!" Alberto ajoelha-se e pega no pé de Nico evitando que este entre em seu quarto.

"Deixe-me ir, deixe-me ir, não posso mais prosseguir!"

"Então deixe-me ao menos eu lhe contar o final do filme, assim eu amenizo..."

Nico interpela-o: "O cachorrinho morre!"

"Já viu o filme?" Alberto surpreende-se.

"Tá vendo?" Grita Nico. "Eu sabia! TODOS MORREM! Todos que amamos morrem, sempre morrem! As pessoas que mais você ama morrerão! Seu pai, sua mãe, seu gatinho, seu amiguinho!"

"Mas... no filme..." Alberto gagueja.

"Cachorros sempre morrem cedo, são puros demais pra um mundo desse... . o amor deles é puro..." Diz Nico. "Basta dar comida, deixá-los defecar e levá-los pra passear! Não muito diferente de uma perua, basicamente, apenas colocando comida de luxo, hotéis de luxo pra defecar e roupas de luxo pra passear!"

"Do que está falando, Nico?"

Nico ignora o policial e fecha a porta.

"Nico!!! Nico!!! Nico!!!! Não faça nenhuma besteira!! As letras das músicas, você não entende inglês, entende?"

Nico, atrás da porta, fala bem alto: "Eu acesso o site 'Terra letras' do meu smartphone e leio as traduções!"

"Não, não!" Alberto grita enquanto esmurra a porta: "Nããããããão!!!!!

Luciano sai de seu quarto assustado, seguido pela Lilica com o cabelo totalmente bagunçado.

"Que foi criatura, qual a razão do desespero?" Questiona Luciano.

"Nico! O Nico! Ele vai morrer... " Alberto emociona-se.

"Você também gostou dele?" Luciano pergunta com voz delicada. "Quero dizer..." Engrossando a voz: "Ele é um cara bacana, né?"

"Muito bacana!" Concorda Alberto.

"Mas se ele quiser morrer... eu não gostaria..." Responde Luciano hesitante. "Eu gosto dele... quero dizer, ele é uma boa pessoa... e você quem deu a ideia. Eu não posso viver na rua... com ele" Luciano demonstra que não estava achando tão ruim essa ideia.

"Sim, eu dei a ideia. Mas não fui eu quem o encontrou, foi sua vizinha maluca! Vou investigar isso, vou nesse SPA onde a Lilica o conheceu! Vou procurar saber sobre essa história do seu trauma da cocada!" Alberto encara Lilica e toma um susto: "Nossa! Seu cabelo! O que fez com ele?"

"Dei um tapa no quarto do Lú. "– Responde Lilica.

"Deu um tapa ou uma surra?" Observa Luciano com ironia.

"Você deu uma surra no cabelo dela?"Alberto questiona espantado.

Luciano e Lilica entreolham-se.

"Eu lhe disse que ele não era muito esperto. " Diz Luciano a Lilica.

"Vocês saíram aos tapas daqui, foram até o quarto e quando pensei que iam para os beijos, como diziam os poetas 'filhos de Francisco', ela dá um tapa em seu cabelo?" Inconforma-se Alberto.

"E na maquiagem. " Completa Luciano fazendo cara feia para Lilica como se não gostasse da sua maquiagem.

"Nossa! Difícil lhe agradar, hein?" Diz Lilica. "Que homem não gosta de observar uma mulher se arrumando?"

"Olhe sua maquiagem! Só porque galinha pintadinha está na moda, não precisava se inspirar nela!" Ataca Luciano.

"Dá pra parar com esses assuntos? Estou falando de algo sério com vocês!" Adverte o policial.

Lilica, mostrando-se preocupada, puxa Alberto de lado; "Preciso falar com você sobre esse... esssspá..."

Luciano fica nitidamente incomodado com os cochichos: "Ô... não tô gostando nada disso! Falem na cara!"

"Estamos falando de você, honey. Por que iríamos falar na cara?" Responde Lilica na cara dura.

"Pode crer, irmão, quem inventou essa de que pra falar do outro tem que ser na cara?" Completa Alberto. "Gente burra! Aí, a pessoa deixa de dar as dicas e nunca mais teremos assunto."

Lilica balança a cabeça positivamente como se algo óbvio estivesse sendo dito. Ela e Alberto voltam a cochichar por alguns instantes. Luciano mostra-se ainda mais aborrecido.

"Jura????" Alberto, espantado, solta uma voz bem alta: "Está bem Lilica, vou resolver isso agora! Luciano, fique de olho no Nico, ele entrou no quarto pra ver uns filmes meio malucos aí, cara!"

"Qual dos filmes?" Pergunta Luciano com receio.

"Marley e eu!" Alberto responde com voz séria: "Negócio é sangue nos óio, véio!".

"É filme que homem põe pra namorada chorar e com isso, pode se aproveitar!" Observa Lilica. "Nico está com alguém? Não... Perigoso ele morrer se não tiver um ombro!"

Luciano, preocupado, encosta o ouvido na porta do quarto de Nico. Este, trancado, assiste ao filme com cara de depressivo.

"Pô, Lilica, você está a fim do cara e fica dando essas ideia?! Diz Alberto a respeito de Luciano. "Mas é burra pra caralho! Ainda sobe pro quarto dele só pra se maquiar".

"Deve ser por isso que minha vida sexual anda tão parada..." Lamenta a mulher: "... tão parada que até já apareceu protetor de tela."

"Eu estou lhe falando!" Diz Alberto.

"Você não sabe a dor de ouvir o barulho do SMS, você correr até seu celular e encontrar mensagem da operadora lhe oferecendo aquelas promoções!" Lamenta Lilica.

"Você corre quando ouve barulho de SMS?" Alberto deslumbra-se. "Vamos combinar! Quem manda SMS ainda? Ou é a operadora ou um veio de 37 anos que não sabe baixar o whats app!".

"Estou naquela fase que até a amiga mais feia está namorando, sabe? Veja você, meu amigo, mais feio e está namorando!"

Alberto faz cara de que não se abalou e alfineta: "Conhece o ditado? Quem muito se apega muito se fode?".

Lilica com pose de tristeza: "Desculpe-me, não quis ofendê-lo, mas na minha vida hoje, o único final feliz tem sido o final de semana!"

"Tem certeza de que é feliz?" Pergunta o policial. "Parece que você sempre volta dele com dois kilos a mais!"

" Você não está me ajudando!"– Reclama Lilica.

"Por que não tenta voltar pro seu ex? Porque parece que a única coisa que anda voltando pra você é a fome, hahahaha!" Caçoa Alberto.

"Vocês, homens, só querem meninas com bundinha redondinha e com silicone!" Reclama Lilica.

"Não é bem assim!" Retruca Alberto. "Não sei porque vocês, mulheres, reclamam tanto da gente! Nós, homens, sabemos como as mulheres são simples: só querem um homem que saiba elogiar sem ser grudento, seja carinhoso e pegue forte, banque sem ser machista, seja cavalheiro sem ser bundão. E claro, a qualidade mais básica: conseguir ler a mente de vocês. "

"Sorte que está chegando o dia do sexo..." Lilica suspira.

"Nossa! Anda tão enferrujada assim? Vai aproveitar?" Surpreende-se o policial sem disfarçar certa empolgação.

"Claro! É um ótimo consolo para quem se fode o ano inteiro. " Responde mostrando os dedos da mão.

"Já lhe disse, volte pro seu ex!" Repete Alberto.

"Ai, sai de mim!" Retruca Lilica. "Ficar com ex é igual tomar banho e usar a mesma roupa na frente das amigas, querido. E jamais uma mulher que se preze usa a mesma roupa, ainda mais na frente das amigas!"

"Bem sei, minha irmã quando volta de viagem de Miami com o namorado, nem mostra as fotos! Sai correndo pra invejar as amigas com as roupas que ganhou! Mas no seu caso, melhor usar roupa usada do que andar pelada, ainda mais com tudo caindo assim. " Ri Alberto.

Nesse instante, Luciano desiste de tentar ouvir algo pela porta do quarto de Nico que está fechada e vai para o seu, cabisbaixo.

Lilica olha para Alberto com raiva, depois olha para o corredor onde Luciano se dirigiu e começa a cochichar: "Você não ia investigar o... o... essspá?"

"É mesmo, estou indo! E você? Vai ficar aqui fazendo o quê?" Pergunta Alberto.

"Eu sempre estou por perto. "

Alberto com cara de censura: "Tá bom, eu vou embora. "

Alberto grita; “Estamos indo embora, Luciano! Tchau!”

Os dois saem da casa.

Uma hora depois, ouve-se um som de TV na escuridão. Ao fundo, risadas de Nico; de início, baixinhas, depois, um pouco mais altas. Luciano aparece em cena, vindo de seu quarto. Assustado, ele está com uma vassoura nas mãos, pois pensa que há um intruso na casa. Aos poucos, ele dá-se conta de que as risadas estão vindo do quarto de seu hóspede. Luciano, desconfiado, cola a orelha na sua porta ao ouvir mais uma risada, quase gargalhada; resolve entrar de sopetão e olha para a tela da televisão: Nico está vendo Pânico na TV.

Nico dá um pulo tentado disfarçar.

Luciano grita revoltado: “Mas o que está acontecendo aqui!?”

“Nada, nada!” Reage Nico.

“Mentira! Eu ouvi você gargalhando!”

“Eu não, eu não!” Nico nega.

Luciano olha novamente para a TV: “Está assistindo Pânico? E rindo ainda!”

Nico tentando disfarçar: “Eu não estava rindo, estava chorando! Esse tipo de humor é péssimo!”

“Mentira!” Grita Luciano. “Eu ouvi gargalhadas! Do Pânico? Tem que ser muito feliz pra achar graça nisso!” Luciano fixa os olhos em algo que Nico tenta esconder. “Que é isso embaixo de você?”

Luciano puxa uma revista em quadrinhos debaixo de Nico, é um gibi da Mônica.

“Um gibi da Mônica? Um gibi de humor! Seu canalha!!! Seu impostor!” Revolta-se. “Você é feliz! Você é feliz!!!! Como pode você ser feliz?” Grita enquanto começa a bater em Nico com a revistinha.

“Acalmese! Acalme-se!” Grita Nico fugindo das ‘porradinhas’: “Eu posso lhe explicar! Eu juro que não sou feliz, eu juro que não! Eu só estou tentando ficar feliz!”

“Seu mentiroso!” Reage Luciano. “Sua risada foi sincera! Não havia desespero nela! Calhorda! Explique-se! Agora!”

“Olha...” Nico endireita o corpo na cama: “Eu sei que você me recebeu porque lhe disseram que eu estava querendo morrer, mas eu precisava de um lugar pra morar, e depois da história com cocada...”,

“Cocada de novo? Ao menos não mentiu ao demonstrar sua loucura...” Lamenta-se Luciano.

“Quem não quer ser aceito?” Argumenta Nico.

“Aceito? Se você quisesse ser aceito, fingiria ser nerd! Os nerds tão pegando geral agora!”– Exclama Luciano.

"Infelizmente, não! – Responde Nico -Anos atrás eu era esportista, bombado, sociável, expansivo e ninguém me amava! Não pegava ninguém! Só dizia que pegava, tipo esses caras de academia, sabe?" Explica Nico mexendo as mãos suavemente. "Eu perdi a onda dos nerds! Mas ser deprimido é a nova tendência, é o hypster atual! São os novos caras da baixa Augusta! Camisa xadrez, óculos de aro grosso, all star coloridos, tudo isso já era! Já está over! Agora o legal é ser down!"

"Você é um falsário! Odeio gente feliz! Odeio gente feliz! Odeio o Pão de Açúcar!" Revolta-se Luciano.

"Por isso mesmo, todo mundo odeia gente feliz!" Explica-se Nico, muito preocupado. "Não conte pra ninguém que sou feliz, não conte pra ninguém que minhas postagens no facebook depressivas são fakes! O que as pessoas vão achar se descobrirem que na verdade sou feliz? Todos fingem ser tudo de bom na Internet, e isso tá caindo de moda! Mas eu sou feliz por natureza, infelizmente... Ser realmente deprê é muito cool hoje em dia, Luciano!".

"Tudo bem, tudo bem..." Luciano responde mostrando-se desiludido. Ele senta na cama parecendo meio conformado. "Mas e agora o que vou fazer?"

"Como assim?" Nico não compreende.

"Nada, nada..." Dissimula Luciano. "Você está certo, quero dizer, você é louco, mas tudo bem... Fico feliz que você não seja suicida de verdade... Posso ficar mais tranquilo. "

"Obrigado pela preocupação. " Sorri Nico. "Mas eu realmente quis morrer. Foi por causa..."

Luciano interrompe-o: "Já sei, já sei... Cocada. "

"Eu não quero ir pro inferno, sabe?" Responde Nico enquanto joga para longe uma navalha perto de sua cama.

"Inferno?" Luciano balança a cabeça negativamente. "Ai meu Deus, louco de tudo esse cara. Agora não vai querer morrer mais, não é?"

"Claro que não!" Responde Nico com brilho no olhar. "Ainda mais agora que tenho um amigo de verdade!" Nico encara Luciano com carinho. "Você é um cara sensível, inteligente e de muito bom coração. Obrigado por me receber e se preocupar comigo!"

"Você aaaaaaacha mesmo?" Responde Luciano abrindo seu coração.

"Claro!" Diz Nico com admiração. "Não é todo mundo que tem duas faculdades, namora uma modelo famosa, tem um super salário e é bacana assim! Tudo bem, você não se veste lá muito bem, mas isso pode ser remediado. Além disso, sempre admirei quem concorda com as pessoas só pra elas pararem de falar. Isso é ter muita classe e maturidade!"

"Sim, temos que rir de tudo que os idiotas falam, já que dar tiro ainda é crime, né? Mas peraí, eu com duas faculdades, namorando uma modelo, com super salário?"

"Não?" Estranha Nico. "A Lilica me disse que..."

Luciano interrompe-o decepcionado: "Ah sim, claro, claro, sou eu mesmo. Eu estava pensando em outra coisa. "

"Apesar da minha felicidade, eu ainda queria ter alguém, sabe? Ninguém pode ser feliz sozinho. " Suspira Nico.

"Está sozinho?" Luciano mostra-se interessado.

"Sim, é muito solitária a vida na rua. " Nico faz uma pausa enquanto olha para o nada, pensativo. "Vai me deixar ficar aqui, amigo?"

Luciano vê uma playboy no chão do quarto, pega-a para analisá-la de perto e mostra-se desiludido.

"Faz parte da minha terapia essa revista. " Esclarece Nico.

"Terapia?" Luciano nada entende, mas resolve não prosseguir com o questionamento por saber como o hóspede era um tanto zureta.

"Sim, terapia! Mas afinal, vou poder ficar aqui? Você me perdoa?"

Luciano suspira desanimado: "Em breve, não estarei mais aqui. "

Nico não acredita achando que é uma desculpa para que ele saia: "Quer que eu vá embora? Então tudo bem, eu vou! Achei que poderíamos nos dar muito bem. "

"Hoje mesmo devo partir daqui, não tenho nem mais como pagar o aluguel. " Responde Luciano, já conformando-se com seu destino.

"Mas pensei que você fosse bem de vida, Luciano. "

"É uma longa história. "

"Eu posso ajudá-lo, eu sou rico. " Nico propõe.

"Melhor não. Você é elegante, simpático. Já eu... eu sou..."

Nico interrompe-o: "Deprimido de verdade? Isso faz muito sucesso com as mulheres!"

"Mulheres? Pouco importa..." Luciano murmura.

A campainha toca:

"Deixe eu atender. " Luciano dirige-se à porta de entrada. É Lilica.

Ele diz bem grosso: "Você tocando a campainha?"

"Nossa! O que foi?" Reclama sua vizinha enquanto entra.

"Ele não vai se matar! Você se enganou! Ele é feliz... Tenho que me preocupar pra onde irei agora..." Acusa Luciano.

!Ah... então ele é feliz?" Lilica diz com cinismo: "Sinto muito, querido! Mas você pode morar comigo, minha casa vive vazia mesmo. "

"Nem você mora lá, né? Vive aqui na porta da minha casa. "

"Mas se você morar lá, ficarei mais por lá!" Lilica sorri. "E Nico, o que vai fazer com ele?"

Luciano suspira: "Minha sina é gostar de... Quem não é como eu..."

Lilica pega o rosto de Luciano com carinho: "Bobinho! Eu não o trouxe aqui porque ele é suicida, eu o trouxe aqui porque amo você de verdade e sei que não precisava de um suicida e sim, de..."

Alberto interrompe a conversa ao entrar abruptamente na casa de Luciano acompanhado de um sujeito alto e forte.

"Meu Deus! Aqui, virou a casa da mãe Joana!" Reclama Luciano. "Não toca, não avisa, já vai entrando! E quem é esse?"

"Preciso lhe contar uma coisa, Luluzinho. É sobre o Nico. " Alberto cochicha.

"Sim, eu já sei! Ele não é deprimido! Lilica me enganou. "

"Não é isso! – Diz Alberto – Descobri que ele realmente é loki, mas tem outra coisa. "

"Quem é esse?" Luciano permanece curioso com relação ao acompanhante de Alberto.

Nesse momento, Cris também aparece na porta: "Olá! Olá! Nossa! Quem é você?" Olhando admirada para o homem que veio com Alberto.

O homem responde; "Deixe apresentar-me a todos, eu sou Cristovão, mas vocês também podem me chamar de..."

Cris não o deixa terminar: "Unnn! Adoro! Sou Dra. Cris. Meu nome também começa com Cris... Cris... tovão... e diga-me, aquela BMW enorme lá fora é sua?"

"Infelizmente, não. " Responde o homem forte. "É do meu mensageiro. Tive que sair às pressas, então a peguei emprestada. Meu piloto foi almoçar e o meu carro estava atrás do helicóptero. "

"Jura? Entendo, entendo. " Cris faz pose, arruma o cabelo, abre o decote. "Tem empresa, então? Tem advogado pessoal, assessoria jurídica, cível, trabalhista, personal trainer, faxineira, esposa?"

"Essa pergunta veio a calhar sabia?" Diz Cristovão. "Estou abrindo seleção para uma nova equipe de advogados, apenas para uma das minhas empresas, a minha holding imobiliária. Nada de mais, apenas 1290 propriedades comerciais. Aqui está meu cartão, ligue-me para agendarmos uma visita. " O homem parece ter uma ideia: "Pensando bem, fui com a sua cara, pode pegar o contrato, estou precisando mesmo. "

"Ohhhhh... ohhhh..." Cris quase desmaia. "Você é alto, rico, bonito e solteiro?"

Cristovão responde: "Eu, nããão..."

Cris interrompe-o novamente: "Onde mora, querido?"

"Não tenho lugar fixo, mas nesses dias estou passando em meu iate. " Esclarece Cristovão.

"Oh! Oh, God! Não me diga que você..." Cris cochicha no ouvido dele: "... tem um pau de 20 cm pra mim?"

Cristovão reage revoltado; "Isso, não! Ah! Isso, não! Jamais! Eu não vou cortar metade do meu pinto!"

Alberto irrita-se e entra na conversa: "Dá licença! Dá licença! Nossa! Como você é impressionável, Cris!"

"Não sou, não! Meu Deus! Olhem, olhem!" Cris vira o pescoço para o lado de fora da porta. "Que carro branco lindo! É seu também?" Pergunta a Cristovão.

Cristovão olha para fora: "É apenas um táxi. "

De repente, Nico sai do seu quarto, olha para Cristovão e grita a plenos pulmões "COCADA, É VOCÊ? COCADA!"

"NICOLAS!!?" Grita Cristovão/ Cocada também.

"Como assim?" Luciano fica paralisado. "Então, Nicolas é... ?" Desmunheca a mão.

"Cocada?" Completa Cris. "Então foi essa cocada que ele comeu? Ó! O grandalhã é a menina da relação ainda? Que desperdício!"

Lilica diz a Luciano: "Eu tentei avisá-lo, honey! Por que você foi atrás desse aí, Alberto? Era só pra visitar o... espá..." Ela começa a estapear o policial no peito. "Eu não falei que queria arranjar alguém pro Luciano sair do armário?"

"Mas eu nem imaginava isso!" Defende-se Alberto.

"Mas como foi acontecer isso... o encontro de vocês?" Cris pergunta a Cristovão/Cocada.

Cristovão abre um sorriso e todos estão atentos à sua resposta: "Eu e minha ex-esposa..."

Cris interrompe-o: "Você também era casado? Eu não disse, gente?

"Sim. " Confirma Cristovão/Cocada.

"Depois o povo não sabe a razão da loucura da mulherada de hoje! Todos os homens são gays!" Completa Alberto.

"Como eu dizia..." Prossegue Cristovão/Cocada: "... eu e minha ex éramos muito amigos do Nicolas e da Betty, a ex dele. "

Lilica que interrompe, dessa vez – Você era casado com a Barbie e o Nico com a Betty Boop, Luciano?Ela ri. "Está vendo? Vocês têm experiência em..."

"Hã, hã..." Cristovão/Cocada pigarra para poder continuar. "Então, num dos vários jantares dos casais de amigos, estávamos relaxados, bebendo vinho, e já meio alto, eu disse: Olha gente, tem algo que eu sempre desejei fazer, mas morro de vergonha. Todos questionaram-me, aí, você sabe, depois de muita resistência, todo envergonhado, e com muito incentivo dos amigos, revelei: Eu sempre sonhei com a inversão de casais. Pra minha surpresa, todos adoraram a ideia e disseram que sempre pensavam o mesmo, mas morriam de vergonha também. A Betty, a linda ex-mulher do Nico, olhou para mim toda empolgada e confessou: Nossa, vamos detonar agora. Duas horas depois, eu sai do quarto, todo suado, cansado, esbaforido, mas satisfeito: Nossa! Há quanto tempo não sentia tanto prazer assim, foi incrível estar com você, querido! Agora vamos ver o que elas acharam, Nico?"

Há um silêncio constrangedor de alguns segundos.

"E desde então..." Cristovão/Cocada olha para Nico todo apaixonado.

Nico completa: "Elas estão juntas também! Quero dizer, a Betty agora é Betão. "

Luciano ouve horrorizado: "Não tenho sorte no amor mesmo!"

"Não tem só isso, meu amigo" Diz Alberto a Luciano. " No caminho, o oficial de justiça entregou sua ordem de despejo, tem que sair agora!"

"Dra. Cris me ajude!" Luciano dirige-se à sua advogada.

"Hã?" Cris faz-se de desentendida. "Querido, já tenho outros afazeres agora! Contratos com Nicolas, contrato com o... Cocada?" Questiona encarando o homem alto. "Falando nisso, querido Cristovão, eu consigo casamento gay para vocês! Pode ser no seu iate em águas internacionais! Ou em Paris, Sããããããão Francisco! Até posso colocar vocês na novela das 9!"

"Novela das 9?" Cristovão/Cocada não entende.

"Sim, sim. Pela cota de casais gay das novelas Globo!" Explica a advogada.

"Seria ótimo!" Sorri Cristovão/Cocada. "O que acha, Nicolas?"

"Cocada, meu amor! Claro que sim!" Responde Nico bem emocionado.

Alberto puxa a advogada de lado: "Que é isso, Cris, jogando contra?"

"Cale a boca! Acha que quero ser como você que reza pra chegar sexta-feira e quando chega não tem dinheiro nem pra almoçar no Habib`s?"

Luciano assiste a tudo, bem cabisbaixo.

"Parece que precisa arranjar outro lugar pra morar, querido!" Diz Cris a Luciano toda sorridente. "Eu já preparei seus papéis!"

"Que papéis?" Assusta-se Luciano.

"Papéis de despejo, bobinho... Aliás, já que não terá como me pagar eu já me adiantei e o contrato em branco que assinou servirá pra eu confiscar seus móveis! Hahahaha, hahahahahahhaaha..."

Lilica diz a Luciano: "Eu lhe disse, quando você está mal, sempre seu ex ou quem está a fim está bem! Pra eles sempre há Paris!"

Alberto puxa Lilica, confuso: "Por que tá fazendo isso? Quer humilhar o rapaz?"

"Desapeguei. " Responde a vizinha de Luciano.

"Desapegou?" Luciano pergunta a Lilica. "Como assim, então não me quer mais?" Mostra-se surpreso e com dor de cotovelo.

"Já superei, honey, já superei!" Responde Lilica enquanto pega na cintura de Cris. "Já iniciei aula de canto! Ana Carolina e Daniela Mercury que me aguardem! E não ponho a mão no fogo pela Ivete Sangalo!"

Cris sorri e também agarra na cintura de Lilica: "Sua gorda!"

Lilica responde abrindo um largo sorriso: "Sua vaca!"

Lilica observa Luciano meio tristonho e fala a Cris: "Podemos levar o Luciano pra morar conosco?"

"Triângulo amoroso?" Diz Cris. "Só se for você, a fome e o sono, minha gordinha! Nós nem somos lésbicas de verdade e ele então? Três e nenhum gostando de mulher?"

"Não somos?" Estranha Lilica. "Então, por que ficarmos juntas?"

"Negócios, meu bem. " Responde a advogada. "Entraremos com um processo contra o Estado alegando que ele não nos permite casar legalmente! Pediremos a criação do Bolsa-processo do governo por segregação às minorias!"

"Mas não trate com desdém o Luluzinho, ajude-o, por favor. " Lilica pede a Cris.

"Tem razão..." Responde Cris docemente encarando Luciano com compaixão. "Ele é uma ótima pessoa: sincera, amável, carinhosa, talvez, até mais que eu. "

"Vai ajudá-lo, então?" Alegra-se Lilica.

"Hã? O quê? Não estou lhe ouvindo. " Dissimula Cris.

Lilica olha para Luciano um tanto acanhada: "Parece que não tem sorte no amor nem nos negócios, honey. "

"Cale a boca!" Ordena Luciano, passa álcool em gel nas mãos, caminha em direção aos "amigos" e diz meio emocionado: "Vida, ó vida! Quando eu lhe disse que não dava pra minha situação piorar não era um desafio, era uma frase retórica... caralho! Caralho!"

Todos falam: "Dá pra se acalmar, porra????!"

"Tudo bem!" Responde Luciano antes de começar a chorar.

Todos olham a cena, sentem dó do rapaz e resolvem abraçá-lo. Cris aproveita-se da situação, pega a carteira de Luciano em seu bolso. Ela consegue dois reais em moedas para os honorários devidos.

É o fim.

Fim

3

O Hotel Para Animais

"Você pode facilmente perdoar uma criança por ter medo do escuro. Mas a real tragédia da vida é quando os adultos têm medo da luz". Platão.

Um sítio tranquilo, muito bem cuidado e não muito grande. Ficava a não mais que a vinte minutos da confusão e trânsito da capital. Em poucos anos o seu movimento explodiu: de três animais por semana, mais de trinta são deixados lá por pessoas que precisam viajar, passam por mudanças ou estão doentes.

Já são vinte e duas horas, luzes iluminam a bela, porém pequena piscina. Não venta, a noite é agradável e estrelada. O silêncio é apenas quebrado pelo canto das cigarras. Tudo muito monótono.

Marina, a zeladora do hotel está há alguns minutos em sua cama fuçando em seu celular, ela não quer adormecer: sabe que assim que sua consciência perder-se no sono profundo, logo a manhã chegará, e com ela todas as obrigações rotineiras diárias.

Marina sempre preferiu a noite. Apenas viu uma televisão pela primeira vez aos doze anos, logo, vislumbrar as estrelas era um dos seus maiores passatempos.

Mas este não era o verdadeiro motivo de Marina não gostar muito da luz do dia: Desde cedo via, ouvia e cheirava o que muitos não percebiam, talvez por isso ela tenha se adaptado tão bem ao trabalho com os animais, eles têm a fama de serem sensitivos. Marina guardara com carinho as palavras do avô, aparentemente a única pessoa que a compreendia:

– "Tudo o que temos, sempre chega a um lugar, bate em alguém precisando daquilo que o compreende e recolhe. De alguma maneira sempre seremos especiais, Marina".

E aquela noite não era uma noite qualquer. Aquela noite, mais que qualquer outra, serviria para confirmar o que Marina sempre pressentira: Ela sente um frio na espinha. Um vulto passa apressadamente por sua janela. Um cão aos seus pés levanta as orelhas. Marina levanta-se imediatamente e espia corajosamente pela janela, ela avista um rabo de cor ferrugem sumindo na escuridão. "Algum dos cachorros teria fugido do canil?" Mas não parecia ser um cachorro: o rabo que vira era mais grosso e pontudo. Mal ela terminou tal pensamento e um grito desesperado de um cão, vindo do sentido contrário de onde ela avistou tal vulto ecoa pela noite: Ele vinha justamente do canil onde os animais do hotel passavam a noite.

Marina coloca um roupão sobre o pijama, calça os seus chinelos e vai apressadamente em direção dos gritos incessantes. Quase na entrada do canil ela encontra Roberto, um dos veterinários do hotel, eles correm e abrem o portão, começando a checar as casinhas dos animais: todos os cachorros estão tremendo, muito assustados, bem escondidos ao fundo da habitação. Falta verificar apenas uma, Marina sente um arrepio. Ao chegar lá, ela vê muito sangue e nada do Labrador negro que fora deixado ali.

A noite seria longa. A procura, incessante.

Amanheceu. Todos os funcionários do hotel estão sentados no refeitório, estão cansados e com olheiras, eles observam Marina assoprar seu café fumegante.

– Pode ter sido o chupacabras. – Brinca Roberto – A maioria não reage, num misto de cansaço e indiferença. – Tem que ser algo muito ruim para fazer isso, mesmo vindo de um animal selvagem.

– Algo, alguém, quem sabe? – Diz Marina, olhando o nada.

– Quem faria algo tão ruim assim? Atacar animais enjaulados?

Marina suspira e fala pausadamente – Se soubéssemos as causas da maldade, poderíamos contê-la? Acho que não... Não funciona assim, sua vontade de destruição sempre encontrará uma desculpa qualquer. O paraíso, definitivamente, não está neste mundo.

– Nossa, Marina, logo cedo você vem com essas esquisitices. – Roberto mostra-se contrariado.

– É bom não vir com esses papos para os donos dos animais, Marina. – Preocupa-se Lilian, a dona do local. – Alguém vai ter de ficar na porta do canil durante a noite. Agora temos que nos preocupar em como daremos a notícia para dona do cachorro, e torcermos para não sermos processados.

– Hun – Marina balança a cabeça negativamente.

– Que foi Marina? – Preocupa-se Lilian.

– Se não descobrirmos o que ocorreu de verdade, isso irá se repetir. Além disso, não acha que devemos achar o que sobrou cão? – Marina pondera, com um olhar enigmático.

– Como assim o que sobrou? – Roberto puxa Marina pelos ombros, enquanto Lilian, ao lado demonstra irritação.

– O que ocorreu não foi normal, saibam disso. – Marina diz com olhar perdido.

– Foi coisa de algum animal selvagem, Marina! – Lilian irrita-se.

– Que abriu o portão do canil sem que nenhum cachorro mais valente tenha latido. – Diz Marina, estranhamente calma, enquanto todos os funcionários acompanham a conversa assustados.

– O que está sugerindo, Marina? – Roberto parece intrigado,

– Não sei, mas estou com medo. – Marina diz, encarando todos os funcionários.

– Mas você não tem medo de nada. – Diz Roberto, assustado.

– O que isso tem a ver, criatura? – Lilian fica aflita, pois sabe como todos os funcionários ouvem Marina. A proprietária do hotel também respeitava Marina, pois devia muito de seu sucesso ao trabalho de sua colaboradora.

– Nada, Lilian, nada. Não devemos nos preocupar. – responde Marina, tentando dissimular.

Lilian, confusa, tenta ser racional e é direta com a subordinada – Entre em contato com a família do cachorro, não dê detalhes pelo telefone, apenas diga que o cão está desaparecido.

– Há um cão desaparecido? – Um homem entra na sala e já se intromete no assunto.

– Quem é você? – Questiona Lilian.

– Sou irmão da dona do Sansão.

– Sansão? – Roberto entra na conversa.

– Sim, um labrador negro que entrou aqui antes de ontem.

Enquanto Marina encara o homem sem piscar, Lilian, Roberto, e o restante dos funcionários se entreolham. Há um silêncio incômodo: por uma desastrosa coincidência, um conhecido do cão desaparecido aparecera. Ninguém queria dizer qualquer palavra antes do posicionamento de Lilian.

– Qual o seu nome? – Indaga Lilian com seriedade.

– Todos me chamam de Zeba. – O homem responde com seriedade.

– Íamos agora mesmo comunicar a família do... Sansão. Infelizmente houve um incidente, e o cachorro de sua irmã está desaparecido. – Responde Lilian, abalada.

Zeba, estranhamente, não demonstra qualquer reação. E após alguns segundos ele encara Marina sem piscar – Se ele está sumido, eu estou aqui para ajudá-la a encontrá-lo.

– Ele está morto. – Diz Marina de forma direta.

Lilian bate na mesa levemente, demonstrando irritação. – Não sabemos disso, Marina!

– E você está aqui bem agora. – Afirma Marina, encarando Zeba.

Zeba não responde e mantem a mesma expressão, Roberto cochicha para Lilian. – Cada um reage de um jeito, né?

– Como ele morreu? – Questiona Zeba.

Lilian volta a tomar frente da conversa. – Não sabemos se morreu, mas talvez algum animal tenha descido o morro e invadido o canil e o levado.

– Eu quero descobrir o que ocorreu com ele – Impõe Zeba, ainda encarando Marina – Percebi que você tem algo em mente do que aconteceu. Qual é o seu nome?

– Eu sou Marina. – Ela responde um tanto desdenhosa, sem encará-lo – E qual o seu nome mesmo? – Questiona a zeladora, desconfiada.

– Eu já disse, pode me chamar de Zeba. – Diz ele – E você não respondeu o que tem em mente sobre o que ocorreu.

– Como Lilian disse, o cachorro pode ter sido morto por algum animal selvagem, e é da minha responsabilidade que isso tenha ocorrido – Marina diz de maneira protocolar.

– Não é de sua responsabilidade, Marina, é de nosso hotel. Independentemente do que ocorrer, daremos todo apoio, senhor Zeba – Diz Lilian, claramente preocupada.

– Entendo seu nervosismo – Zeba mostra-se estranhamente calmo. – Permita-me ver onde o Sansão estava.

– Leve-o lá, Marina – Diz Lilian. – Aceite minhas desculpas, senhor. Sei que nada pode confortá-lo nesta hora, mas saiba que isso nunca ocorreu e estamos aqui para fazer tudo ao nosso alcance.

– Não precisa dizer nada. – Diz Zeba.

– Como sua irmã reagirá? – Questiona Roberto.

– Ela não se importará. – Diz Zeba, para o espanto de todos.

Marina franze os olhos, aparentemente matutando algo. Zeba parece perceber sua reação. Antes que ele dissesse qualquer outra coisa, ela intima-o para segui-la – Vamos comigo até o canil.

Enquanto andam, Marina diz num tom seco – Você não parece muito aflito.

– O Sansão não irá reviver se eu começar a gritar e me lamentar. – Zeba responde sem encarar Marina – Em alguns anos os psicólogos ouvirão muitas queixas de pessoas cujas mães demonstravam mais amor aos animais que a eles.

– Talvez.

– Quem não quer um amor incondicional? Cachorros não reclamam. Basta dar comida a eles e pronto, são os seres mais fieis do mundo.

– Basta dar comida?

– É mais fácil amar quem não ameaça as pessoas. Andando por inúmeras cidades ao redor do mundo, já vi muitas vezes um bando de mendigos pedindo esmolas, e apenas um tipo é acudido pelas pessoas: os que estão com um cão ao lado. Certa vez, na França, vi um com um cartaz: 'eu sou mendigo e mereço sofrer pelos meus erros, já meu cachorro não'. As mulheres paravam aos montes e choravam. Eu vi aquilo e tive um estalo.

Marina faz uma longa pausa – Que estalo?

– Você sabe bem, que as pessoas odeiam umas as outras.

– Como eu sei bem?

– Não finja que não sabe do que falo, mulher.

– Explique.

– As pessoas até podem ter amigos, mas seus amigos são parte de seu grupo, por isso que aparentemente, por um tempo, estas prestam. Até que a inveja, a intriga e a pequenez se revelam, e de repente, seus amigos começam a ser seus inimigos. Tudo é um ponto de vista, por algum motivo, amigos, inimigos, tudo é uma questão de interesses e de tempo, no fundo todos se odeiam, apenas querem ser bajulados, e ser bajulado muitas vezes é jogar alguém para baixo para que se sintam melhores.

Marina não segue com o diálogo, e os dois andam juntos em silêncio por mais de duzentos metros até avistarem o local do canil, a zeladora mostra-se impaciente e triste, como se estivesse pressentindo algo.

Marina tinha uma natureza singular que sempre lhe trouxe problemas desde a infância: ela não conseguia guardar o que sentia dentro de si. Fora criada desde os quatro anos por uma doente avó materna, já que seus pais viviam no norte de Minas Gerais. Por algum motivo que ela nunca soube, eles deixaram-na para viver no interior de São Paulo.

Quando Marina tinha sete anos, mudou-se com os avôs e dois primos para outro sítio, e desde que lá chegaram sempre ocorreram situações muito estranhas: Logo na primeira noite, Marina testemunhou o cachorro da família ser atropelado. Assim que um parente abriu o portão do sítio, o cão saiu correndo, apavorado, logo sendo atropelado por uma Kombe branca. O bicho morreu após longos e sofridos minutos.

Após tal tragédia, cinco outros cães morreram num espaço de tempo de um ano. Na época, suspeitou-se que eles estavam sendo envenenados por algum vizinho.

Quando finalmente o sexto cão chegou por lá, este viveu por oito anos. Porém, repetidas vezes, Marina testemunhou o bichano brincando com o vento e latindo para cantos obscuros do sítio.

Mas isso nem de longe foi a única coisa estranha que por lá ocorria: após alguns poucos meses na casa, sua avó começou a ter repetidos derrames, e em mais de uma situação, pessoas que ali passavam a noite para auxiliá-la, testemunharam que seres de negro sufocaram-nas, não as deixando se mexer. Em um destes casos, tais aparições teriam dito para uma senhora que ali pernoitava – "Deixe a velha morrer" – Por isso que nenhuma pessoa ficava para ajudar sua avó por mais do que um par de meses, deixando tal tarefa, invariavelmente, para a pequena Marina.

Uma vez Marina, que dormia na sala junto com os primos, desejou mais privacidade, querendo um quarto só para ela. O avô não titubeou em lhe negar tal pedido com certa grosseria. Ela, chateada, reclamou com uma febril avó, que, aparentemente fora de si, também censurou a neta – Não! depois de velho seu avô começou a dormir com a luz acesa. Uma noite um círculo de fogo entrou no quarto dele. Não podemos permitir que você fique sozinha – Marina se rebelou: ela nunca se assustara com nada, sempre sentindo-se segura, o que aparentemente incomodava sua família.

Marina nunca escondeu ou se envergonhou desses fatos, o que sempre fez ser tratada com estranheza por todos. A relação de amor com os animais também cresceu nesta época, para ela, os bichinhos sempre foram mais sensitivos. Era como se eles fossem os únicos que a compreendessem. Marina nunca adormeceu sem ter um cão ou gato ao seu lado.

Por alguns anos ela falava daquilo que ela via e sentia, até que finalmente deu-se conta que as pessoas não lidavam bem com o que não pode ser visto, pois não pode ser facilmente catalogado ou compreendido. Involuntariamente Marina se calou.

Ela nunca compreendeu o temor das pessoas pela noite, pois apenas durante ela sentia-se em paz. Uma vez ela ouviu uma frase que a fez entender o sentimento dos outros em relação à escuridão, noção esta muito diferente da sua: "por causa da noite as pessoas anseiam e esperam pelo dia, e quando amanhece, alguns pensam que a luz está vencendo".

Marina tinha trinta e seis anos, estatura média, cabelos castanhos que nunca cresceram tanto quanto ela queria. A respeito de sua aparência, ela nunca se esqueceu de uma descrição feita por uma colega de escola, há mais de vinte anos -"A Marina lembra todas as meninas e não se parece com nenhuma". Desde aquele dia, Marina colocou em sua cabeça que tinha aparência comum. Para ela, sua capacidade de percepção do desconhecido era seu único diferencial.

– Chegamos ao canil- Diz Marina a um enigmático Zeba.

– Não tem nada aqui.

– Antes de limparmos achamos algum pelo negro e sangue. Sinto muito.

– Acho que sei o que ocorreu – Observa o homem

Antes que Marina dissesse algo, Zeba vê uma movimentação na trilha da mata logo em frente ao canil. – Você viu aquilo? – Questiona o homem já dirigindo-se para lá. Marina teme e titubeia. Zeba some de sua vista, quando ela finalmente decide ir atrás do homem, Marina ouve uma voz fina:

– Moça – Marina vira a cabeça e avista uma menina de não mais que oito ou nove anos de idade.

Marina se espanta ao avistar a criança. – Quem é você? Como veio parar aqui? Onde está a sua mãe?

– Eu moro aqui embaixo moça, no sítio ao lado. – A menina parecia em choque – Moça, moça... Um bicho do mato levou um cachorro daqui, eu vi agora!

– Bicho do mato, do que você está falando? O sítio do lado está abandonado – Marina procura Zeba com o olhar, sem sucesso.

– É verdade! O moço do antigo circo deixou os animais no sítio do meu vô e um deles fugiu.

Marina grita pela presença de Zeba – Zeba! Zeba! – Ele não responde.

– Como assim Zeba? Como ele é? – Questiona a menina.

Marina fica paralisada fitando os olhos da menina sem saber como responder. Ela não sabe como descrever o homem. Instintivamente ela olha para trás e grita novamente por ele – Zeba! – Marina se vira novamente para a criança, e percebe que ela estava de costas, partindo. – Espere menina, espere!

A menina dobra um das esquinas da propriedade e Marina perde a criança de vista. Dois segundos depois, ao cruzar tal local a passos lentos e desconfiados, Marina vê a criança muito mais afastada do que deveria. Um instante depois a menina some dentro da mata.

– O que foi? – Zeba, do nada, aparece por trás de Marina.

Marina assusta-se antes de encarar Zeba, para logo voltar a virar a cabeça procurando a criança.

– O que está olhando? – Zeba se espanta.

– Uma menina apareceu aqui.

– Uma menina?- Zeba a interrompe – Eu vi um bicho do mato levando mais um dos cães. Eu presenciei lá atrás, seguindo a trilha da clareira.

– Mas... Tem uma menina... É perigoso.

- Uma menina?

- Sim! Ela foi para lá, precisamos procurá-la e protegê-la! - Desespera-se Marina.

- Tudo bem - Zeba percebe a aflição de Marina. -Eu vou atrás dela, não se preocupe. Agora tente salvar o seu emprego, veja o que ocorreu no canil.

- Eu não estou preocupado com meu emprego! - Grita Marina.

- Você prefere proteger a criança aos cães? A menina e o bicho foram em direções opostas.

Marina titubeia - Claro que prefiro a criança! Não deveria só porque tenho um cão? - Marina duvida de si mesma. -Está bem! Tudo bem... Eu vou ao canil...

Marina corre atônita em direção da clareira para retornar ao canil - "O que teria ocorrido com os cachorros?" Apenas após alguns passos, ela se dá conta que poderia confrontar um animal selvagem. Ao seguir a trilha logo ela avista uma cena surreal: Um animal que nunca tinha visto devorava os restos de algo em meio a uma pelugem branca, provavelmente de um poodle. Corajosa, Marina ataca o animal que foge, deixando os restos mortais do pequeno cão.

Arrasada, Marina volta correndo à entrada do hotel. Logo ela ouve vozes vindas da piscina: Lilian, Roberto, e três outras colaboradoras estavam por lá, aparentemente investigando todo aquele rebuliço.

- O que está acontecendo? - Lilian logo questiona Marina, antes que esta chegasse até onde o grupo estava.

- Eu vou responder! - Grita Zeba, alguns passos atrás da zeladora, com um sorriso enigmático. - Eu vou lhes dizer, senão vocês não iriam acreditar - Todo o grupo fita os olhos em Zeba com muita atenção. - Não irá perguntar da criança, Marina? - Zeba encara a zeladora com ironia. - Parece que um circo clandestino foi fechado, e o dono trouxe os animais para um sítio aqui perto. Um desses animais selvagens atacou os cães daqui.

- Isso é sério? - Lilian espanta-se.

- Tem razão. Não é sério. É uma piada - Responde Zeba com um sorriso malicioso no rosto, enquanto vira-se para dar as costas e andar em sentido oposto de todo grupo. - Uma piada de Zeba ou Belzebu? - Seu tom de voz altera-se - Tudo foi obra do que você mais deseja, Marina, o senhor que confirma sua razão e a sua vaidade - Enquanto ele caminha, a olhos nus e bem abertos de todos, Zeba muda para a forma da menina, depois para de um animal selvagem, antes de sumir na mata.

Por algum motivo, todos viram a cabeça para Marina, esperando sua reação. Ela apenas ri, sem esconder seu tom de satisfação:

Ela tinha razão. E agora todos sabiam.

4

Além do princípio do prazer

A culpa que salva

O homem maduro senta-se no banco de uma praça, aquele final de tarde anunciava outra noite longa e escura. Crescia em seu horizonte uma lua de luz fraca e envergonhada. De forma suave, uma brisa um pouco mais forte bate, revolvendo seus cabelos e balançando, como em câmera lenta, as folhagens das árvores.

Só ele notava como o céu parecia fechar-se rapidamente.

Enquanto aquele vento mais frio, típico do final de tarde arrepiava sua pele, uma sensação melancólica toma conta de seu peito: era como se com a partida da luz, mais uma festa da qual ele não havia participado estivesse terminando. Enquanto o sol sumia em direção às trevas, ele sentiu um aperto dolorido e um nó em sua garganta, como se aquele momento que havia passado sem sua presença, se apagaria no infinito sem que tivesse presenciado.

Mais um instante que poderia ter sido único, de maneira efêmera se foi, na sádica roleta russa de seu destino. Como num vislumbre de felicidade apenas lhe apresentado para caçoar da sua impotência.

Sentado no banco, o homem maduro passou a reparar numa moça aparentando uns trinta e poucos anos. Ela caminhava na calçada, vindo em sua direção. A mulher sorri para ele. O homem maduro se apavora.

Sua boca seca. Seu coração dispara.

Teria ele de agir agora? Definitivamente ele não conseguia se expressar pessoalmente como queria, preferia por escrito, mas o fazia contrariado, *rabiscando* todas as letras no papel, e para sua revolta, como dá para imaginar, tudo ficava mais fácil. Ele sempre olhou para as palavras com tempo, meditando sobre os seus efeitos. "É menos doloroso, afinal, como ir em direção a alguém para ser julgado desta forma?". O homem maduro admite: sua mente é incapaz de criar rascunhos encarando um lindo rosto, é covardia, ele implora por um papel, por uma tela em branco para ilustrar a escuridão de sua alma. Deve ser para isso que servem as letras, aí deve estar a verdadeira razão de terem sido inventadas: elas foram criadas pelo homem primitivo para socorrer o ser que silencia momentos depois de ficarem calados diante uma discussão, como solução final para aqueles que vemos falando com o vento. As palavras no papel sempre foram o maior símbolo da dor de cotovelo causado por quem se expressa melhor.

O homem pensa: "Mas como, meu deus sádico, como você permite que alguém tenha bons argumentos diante de um perfeito par de olhos? Definitivamente não é justo! Não é justo". O homem maduro murmura com uma voz baixa e sofrida.

Mas o homem maduro pensa. Ele sempre foi bom em pensar, agora ele já sabe: a alegria daquela mulher deve-se porque tudo lhe é mais fácil, basta julgá-la friamente: Que problemas ela poderia ter? Ela jamais iria compreendê-lo. Mais cedo ou mais tarde ela iria afastá-lo. Melhor seria se poupar do sofrimento.

O homem maduro então espera.

Ele espera.

Até a moça ter suas costas vigiadas por ele.

Alívio.

O homem madura espera mais, até a luz finalmente dissipar-se completamente.

Total alívio.

A luz se foi. Está frio.

Então ele levanta-se, hesitante, sem vontade, com passos claudicantes e imprecisos. Caminha cabisbaixo, por nem tantas ruas agora escuras. O homem maduro sente frio, muito frio.

Ele, mais que perdido em seus pensamentos, mostra-se perdido a olhos vistos. Mas ninguém parece notá-lo. Ele não se vê. O homem se arrasta, mas sente que plana.

Ele não consegue fixar suas ideias em nada específico, tudo lhe trás dor. As pessoas ao seu redor lhe magoaram, nada faz sentido, tudo lhe parece inútil: Com a família não há mais ligação há anos, as mulheres nunca lhe deram atenção e reconhecimento, os amigos sempre o invejaram, nunca sendo de sua confiança.

De repente uma voz fraca lhe toca o coração. Ela se mostra sedutora e muito acolhedora, trazendo-lhe um estado de brusca paz e conforto: 'Busque sua morte'.

Fazia-lhe todo o sentido: Há tempos o maior aborrecimento era o despertar. A escuridão da inconsciência trazida pelas trevas lhe era sinônimo de frescor, num cotidiano abraço acolhedor. Abrir os olhos diante de um mundo confuso e barulhento só lhe criava tremores e conflitos. O que estava fora de si não era comportado dentro de seu ser. O mundo limitava-se a seu corpo. Tudo que precisava estava ali, em suas entranhas.

O homem irá preencher seu coração vazio com uma bala: ele irá inflamar o seu peito com um projétil. Um projétil que irá libertá-lo, acolhê-lo. Isso irá demonstrar para aqueles que o magoaram como deveriam ter agido de maneira diferente, enchendo-os de culpa por pouco se importaram em lhe dar o amor e o reconhecimento que tanto mereceu.

Aquela ideia, de maneira sonolenta, fixa-se em sua mente, quando uma menina de rua ousa intrometer-se em seus pensamentos tocando-o pelo braço: "Por favor, ajude-me a encontrar a minha mãe". O homem sequer para, querendo ignorá-la. Apenas vislumbrar a ideia do esforço físico e mental de sair do seu itinerário lhe causa pavor, provoca-lhe repulsa. Ele segue para sua casa, enquanto ouve súplicas cada vez mais distantes e desesperadas da criança.

Finalmente ele está em sua cama. As vozes da rua desaparecem, os passos apressados não são mais sentidos, os casais apaixonados e pessoas que celebram e gargalhavam, martelando seu coração, saem de sua vista. A sensação é de aconchego: ele olha fixamente para a arma ao lado de sua mão. A luz fraca de seu quarto a ilumina como numa ribalta. O homem sente-se compelido e fascinado a encarar de maneira hipnótica aquela sôfrega luz amarela que parece cada vez mais distante, como um brilho disperso na escuridão de seus pensamentos. O sono o ilude, embalando-o em quentes mantos e guiando-o em sua escuridão silenciosa e indolor.

O homem então abre os olhos: Ele se vê um ambiente diferente, bonito, e percebe uma estranha luz azulada no horizonte – Um sol com cor de horizonte – Ele fica intrigado. Ele também vê pessoas, muitas pessoas. Mas elas estão isoladas, cada qual, separadamente, ancorada em uma árvore, vislumbrando aquele estranho horizonte, sempre permeadas num semblante sorridente e distante, parecendo curtir um transe solo.

O homem está confuso, mas vê-se compelido e agir, a se mexer, a compreender: "Onde estou? Quem são eles? Por que sorriem?". O homem vai em direção a cada uma daquelas pessoas: ele fala, questiona, aponta, grita e gesticula. Todos apenas o encaram com o mesmo semblante indecifrável, mantendo o leve sorriso em seus lábios, permanecendo calados, como se o homem maduro não fizesse parte ou conhecesse o tácito acordo de apenas manter-se naquele mundo próprio de autossatisfação.

Elas, repetidamente, o ouviam caladas, então fechavam os olhos e adormeciam, sempre mantendo aquele sorriso mecânico em seus lábios.

O homem maduro encara uma mulher. De alguma forma ela parece diferente. Ela corre em volta de algo que parece visualizar no chão. O homem a observa, curioso. Percebendo que é vigiada, ela se deita em posição fetal. Ao dar-se conta que ela também irá adormecer, o homem corre em sua direção, pegando-a pelo braço. Ele quer explorar o lugar, quer respostas. "Venha comigo! Venha comigo!" – Ele grita, repetidamente – Ela se levanta, e como um bebê assustado, se vê compelida a usar, pela primeira vez, sua boca para falar. Ela sussurra, assustada, num tom desaprovador: "Vá sozinho, tudo é sozinho".

Todos os que estão à volta ouvem aquela voz, perplexos, como se um mandamento sagrado tivesse sido quebrado. Eles andam vagarosamente em direção dos dois. Uma discussão começa. Todos repreendem a mulher. Em poucos minutos uma celeuma é criada. Gritos, agressões, fogo, *morte*.

O homem maduro observa tudo, apavorado, confuso, até que apenas uma mulher sobrevive a toda aquela carnificina. Ela o vigia de longe. Ela tem o mesmo semblante calmo e sorridente que todos os habitantes daquela estranha terra tinham antes de todo aquele caos. Ela então se ancora na última árvore que ali sobrara, voltando a contemplar o infinito e a encarar aquele sol azul: Calma, calada, com expressão impávida.

O homem maduro desperta.

Foi um sonho? Um pesadelo?

Uma revelação.

A arma está em sua mão direita. Ele joga-a para longe. Ele sente culpa: "Teria eu sido a serpente daquele paraíso?".

O homem maduro se dá conta abruptamente que não andava pelo mundo como uma ovelha. Ele caminhava sobre um gelo fino, num estreito cabo em que olhar para baixo significava admitir a própria culpa diante de seu silêncio. Diante de suas palavras.

A culpa poderia ser sua.

O homem maduro percebe que não é maduro. Ele percebe que nem é um homem: Ele não saiu do útero de sua mãe.

Ele suspira, vira o rosto para o lado e agora abraça sua culpa com culpa, vendo-se compelido a encarar aquela súbita depressão de maneira diferente.

O ódio saiu de seu peito.

Então ele se lembra das pessoas do sonho, isoladas em seus tristes sorrisos solitários.

Ele se levanta.

"Vou procurar aquela menininha! Irei ajudá-la a achar sua mãe!". Ele nota sua roupa totalmente amarrotada, então se move para trocá-la. "Unh, aí está uma boa desculpa para puxar assunto com aquela linda moça da praça! Ajudar uma menininha! Espero encontrá-la! Vou procurá-la também... Nossa, como sou safado!". Ele ri. "Por que nunca pensei nesse tipo de coisa antes?".

5

A padaria

O sucesso dos antipáticos

Preciso de ajuda. Urgente. O problema é odiar gente. Não falo de mim. Falo dela. Explico.

Mudei de casa recentemente e resolvi flanar pelo bairro. Passeio de reconhecimento: as farmácias, os restaurantes, mercados, os possíveis locais de socialização, e a padaria... Ah, a padaria... Tudo aconteceu lá, na maldita padaria!

Mal sabia eu que minha vida mudaria para sempre!

Entrei lá curioso, sentindo cheiro de pão quente. A fome atiçou minha vontade de comprar. O frescor de estar numa vizinhança nova aflorou minha simpatia. Uma mulher, que logo descobri ser a dona do local, aproximou-se para me atender. É difícil explicar o que aconteceu a seguir. Senti no corpo o que um escravo deve ter vivenciado no Coliseu quando atirado aos leões: O meu sangue virou gelo. Meu coração falhou dois batimentos antes de começar uma galopada insana.

Isso porque rosto da mulher não exalava antipatia. Era uma máscara imóvel iluminada pelas trevas. Sua fala não era hostil, mas sim mecânica, cruel e sádica. Há lugares em que se desprezam o cliente, porém aquilo foi ódio ao simples fato de eu respirar.

Retirei o dinheiro da carteira, e para meu pavor, não tinha qualquer trocado. A senhora encarou-me com desprezo, então contou as notas lentamente, sem disfarçar seu desgosto, como se fosse uma policial a revistar um bandido que fora pego em flagrante. Sorri, tentei um "obrigado" sem conseguir qualquer comoção. Vi o sol do verão brilhando lá fora, e eu senti-me como um náufrago no mar glacial. Ela não disse nada, apenas olhou-me como uma barata que rondava seu habitat.

Não sou facilmente impressionável, já experimentei de tudo: da antipatia natural à boçalidade extrema, mas tive vontade chorar. O antipático natural é ainda um ser humano. E a antipatia revela, em princípio, um sofrimento interior capaz de me causar empatia. Para usar a letra da canção, no peito de um antipático também bate um coração.

Mas naquela padaria, o meu mundo entrou em colapso com aquele medonho e cruel iceberg. Eu cheirei meu sovaco: "estaria eu fedendo?" Soprei meu espelho: "estaria com mau hálito?" Encarei meu look: "estaria demasiadamente mal vestido?" Negativo. Estava eu impecável. Quase um lorde inglês andando pelas ruas tropicais.

Não dormi naquela noite. A minha senhora, preocupada com o meu estado, implorava por uma confissão. Para não a torturar mais, cedi, com voz sôfrega, logo nas primeiras horas da madrugada: "É a mulher da padaria. Perdoe-me pela fraqueza".

Então lhe contei: em 30 anos de vida e 25 de leitura, nunca sentira ódio assim. Ela escutou-me com ternura e murmurou palavras de amor: "Vamos ultrapassar isso juntos, estou ao seu lado!". E eu chorei em seu colo. E nos abraçamos longamente, com plena cumplicidade.

Nos dias seguintes, foi preciso elaborar o ocorrido, então resolvi recolher informação sobre aquele caso. Fizemos expedições a vizinhos, outras padarias, mercados, e claro, à agência funerária. O quebra-cabeça compunha-se. Mas que miserável quebra-cabeça! A criatura da padaria não havia passado por nenhum trauma: Era saudável, bem casada, com prole e um negócio de muito sucesso, tendo até filiais! Pasmei. De sucesso? Mas como? Ela até tinha netos com cachinhos dourados, belos cachorros brincalhões e uma casa com grade branca: uma autêntica vida propaganda de margarina.

Os vizinhos sorriam maliciosamente, como quem partilha o mistério de uma fraternidade secreta. "Mas você julga que é o único mal tratado que ainda volta para lá?" Não era. Também eles tinham olhado para o abismo fascinados e destroçados, como um expectador cobrindo levemente os olhos, dividido entre ver ou não uma sanguinária cena de um filme de terror.

Partilhei a experiência com amigos 'forasteiros'. Organizaram-se expedições. Eles chegavam com as suas carteiras recheadas e, minutos depois, saíam da padaria transtornados. "Prefiro não comentar", disse-me um, em meio a disfarçadas lágrimas.

Em setembro, pensamos organizar um congresso internacional com o título provisório: 'padaria tirada a limpo: misantropia, tática comercial reversa ou psicopatia?'.

Ah, e os pães de lá são duros e sem sal.

Mas voltamos lá sempre.

Anos antes, trabalhava eu em um escritório de publicidade. Trabalho ingrato, sem horários definidos. Fazia desde tarefas criativas, até serviços braçais, afinal de contas, ser publicitário é ter um daqueles empregos em que o 'faz tudo' é a definição do negócio.

Sábado, meio dia, não pensava em nada além de uma boa refeição: O que comeria? Decidi que iria comprar um pote de sorvete, cerejas, chocolate granulado e um licor! Iria ser um banquete compensatório para tanto cansaço semanal.

Dezenove horas, finalmente cheguei ao mercado: qual licor combinaria com meu sorvete escolhido? Foi difícil, mas escolhi creme de cassis. Cheguei ao caixa, todo feliz, simpático e aliviado por uma semana de trabalho que se encerrava. A moça encarou minhas compras, eu não sabia o que ela pensava, mas eu estava sorridente, poderia comer e descansar! Puxei assunto: "Será que esse licor vai ficar bom com o sorvete?".

Ela não me encara, apenas responde numa voz gélida e penetrante: "Não sei, eu não sou alcóolatra".

Ao chegar a minha casa dormi.

6

Novo na vizinhança

Querer dormir na hora de trabalhar.

Não ter o menor sono enquanto o mundo adormece.

Eis o meu problema, ainda mais agora que estou em território novo, com diferentes vizinhos e colchão.

Coisas de quem se muda para um apartamento.

Nunca tive problemas para dormir, sempre achei que era coisa de gente com consciência pesada. Trágico engano: quanto mais bem faço, mais decepções passaram a tirar-me a sonolência. O lado bom que isso deve me preparar para a paternidade. Mas não é deste assunto que trato aqui, o problema é o sexo.

Estava eu em mais uma luta contra pensamentos reparatórios que me afetam assim que deito. Quase meia noite, a coisa até que ia bem, nenhuma fresta de vento parecia atrapalhar minha posição fetal. Foi quando a situação mais irritante que pode ocorrer a um guerreiro do sono leve me abateu: vizinhos e seus, digamos, grunhidos:

"Ah... Ah... não! Vai! Vai! Não para, não para! Unnnnnn".

Quando a irritação atinge o seu ápice, silêncio. Quem já passou por isso sabe o quanto essa quietude é apenas um prelúdio para algo mais arrebatador: Daí que mora o maior dos perigos, pois tal paz repentina é só um engodo para verdadeira avalanche que aflige os pobres habitantes das metrópoles de paredes finas. Daí a poucos instantes iniciou-se com força total a segunda fase das interjeições: "Não, não, não, Nãoooooo!".

Fiquei em dúvida: Que diabo de sexo é esse em que a busca do orgasmo se propõe a uma negativa? Ou seria esse o objetivo? Talvez o novo modo de prazer da moda fosse o "não orgasmo"? Também notei que uma voz masculina se destacava. A outra, que não pude distinguir, parecia discreta e muito menos eufórica. Não pude deixar de imaginar a cena com certa inveja: Seria uma mulher com muitos dotes, devido a tamanho entusiasmo do rapaz? Poucos minutos depois, houve uma gritaria ainda mais orgástica, eufórica e infernal. Até que um som másculo soa a plenos pulmões: "Vai, Cristiano Ronaldo! Vai, porra!".

Fiquei confuso, muito confuso. Depois curioso. Seria Cristiano Ronaldo meu vizinho? Ou estaria o astro português evitando fazer barulhos para não ser notado, enquanto entretia meu vizinho? Seria ele também um craque entre quatro paredes?

Depois veio a minha cabeça uma hipótese mais plausível: o craque português deveria fazer parte das fantasias privadas do casal ao lado.

Sim, foi uma noite longa e infernal.

Logo cedo, ao abrir a porta para seguir ao trabalho, coincidentemente me deparo com meu vizinho: um jovem de no máximo 19 anos. Ele estava sonolento e com cara amassada. Assim como eu, aparentava vigor de um condenado seguindo à forca. Ao menos soube que ele saia da cama logo nas primeiras horas; minha bronca diminui. Curioso, enquanto ele estava com a porta de seu apartamento entreaberta, tento ver se vejo o famoso gajo por lá. Negativo.

Um pouco tímido, faço minha reclamação: "Poderia fazer menos barulho durante a noite? Gostaria muito de ter um sono tranquilo".

O rapaz me olha, um pouco corado, e responde envergonhado. "Você ouviu? Desculpe-me... Mil perdões, estava eu aqui jogando futebol no Playstation 4 e perdi a noção, é meu vício".

Fiquei confuso, atônito, zonzo.

Mas então a situação agravou-se ainda mais: de dentro do apartamento sai uma moça linda, vívida e deslumbrante. Com olhar sagaz e ombros erguidos, seu perfume invade o ambiente. Era talvez um pouco mais velha que o rapaz. Ele prossegue: "Passei a noite jogando com minha amiga, ela até acabou adormecendo na minha sala" (o horror, o horror!). Encarei o rapaz como se visse uma barata rastejando pela parede: Que diabos acontece com os jovens de hoje? O mundo está perdido!

Voltei para meu apartamento. Não conseguiria trabalhar, regressei à cama com a tristeza do mundo sobre os ombros. Chorei.

Adormeci como um anjo.

7

A única pessoa do mundo

"O tamanho do caos dá a medida do infinito. O oceano de um coração é o freio da própria virtude. A pequenez diante do amor, é a admissão da verdadeira finitude. E o medo só apavora quem verdadeiramente se rende a uma mulher desmesurável. "

A pessoa mais especial do mundo

O celular soa com Nirvana: "Come as you are, as you were, as I want you to be as a friend, as a friend, as and old enemy. Take your time, hurry up, the choice is yours, don't be late. Take a rest as a friend as and old memoria...".

Laura desperta preguiçosamente. Ao abrir os olhos nota que a luz do sol já invadia seu quarto, mas ela não se preocupa, era domingo, e até mesmo psicólogos dos mais prestigiosos não atendem pacientes neste dia. Mesmo amando seu trabalho, não ter que ouvir pessoas, sendo totalmente ignorada como um ser com desejos e angústias proprias é um alívio.

Lilian percebe que seu marido não está ao seu lado, provavelmente estaria lendo o jornal na sala ou saíra para comprar pão quente. Ela se levanta um tanto sonolenta para pegar um café na cozinha, no caminho, nota que o filho adolescente também não está em seu quarto, provavelmtnete saíra com o pai. Há um gostoso silêncio no ar, uma paz genuína. "Dá vontade de andar nua pela casa! Há quano tempo não faço isso". Ela pensa consigo mesma, enquanto sorri.

Uma hora se passa e nada dos dois voltarem, uma ponta de curiosidade brota em seu peito. "Onde eles teriam ido sem mim?". Mais uma vez ela se sentia excluída, fora assim por toda a sua vida. Por mais brilhante, amável e articulada, ninguém jamais pareceu notá-la.

Laura tenta ligar a TV, e apenas neste instante percbe não haver eletrecidade. Ela corre até a janela de seu apartamento e só então nota algo realmente instigante:

A rua estava totalmente deserta, apenas passarinhos cantavam nas árvores. "Isso é estranho". Laura permanece alguns minutos observando: ninguém aparece na rua. "Vou descer". Onze andares de escadaria e Laura encontra uma portaria vazia. "Onde está esse sujeito? Como irei sair daqui?". Laura fuça dentro da portaria e acha as chaves, ela começa a andar pelas ruas e logo uma sensação desesperadora toma conta do seu ser:

"Eu estou sozinha na cidade?". O telefone está fora do ar. Laura corre de volta ao seu prédio, bate em vários apartamentos de diferentes andares: ninguém atende. Ela então desce até a garagem, pega seu carro, tem algum trabalho para abrir a porta e começa a dirigir. Horas se passam, ninguém, absolutamente ninguém é visto na rua. Conhecidos e familiares não estão em suas casas. Rádios fora do ar. Um desespero toma conta de Laura: "O que não estou sabendo?".

Ela para em um posto de gasolina e subitamente encara uma câmera de vigilância. Laura a encara e grita, com desespero. "Por que eu? Por que eu? O que tenho de especial?". Sua voz ecoa no silêncio. De repente, uma questão lhe veio à cabeça. "Eu sempre quis ser única no mundo, observada por todos e agora sou. Agora eu sou...". Laura caminha com certo entusiasmo com a ideia de ter sido escolhida por qualquer motivo que ela não sabe qual. "Seria bom se todos no mundo estivessem aqui me observando atenamente, mas assim também não deve ser tão ruim".

Uma semana se passa, e tal entusiasmo parece uma ideia longínqua. O despertador toca novamente com Nirvana, e então ela se dá conta da ironia: Kurt Cobain se matara após não saber lidar com a fama. "O pior de querer ser especial e único no mundo é um dia conseguir", pensa com enorme angústia.

8

O casamento

A forca

Percebo estar em um palco e vejo várias pessoas a minha esquerda e direita. Um senhor de cabelos bem negros, óculos quadrados, testa brilhante e saliente devido à calvíce me encara por detrás de uma espécie de púlpito. Olho para trás e vejo um teatro antigo com luzes brancas e tristes no teto; daquelas que dão a sensação de se estar em um hospital. O lugar estava com todas as cadeiras lotadas. Havia também gente nas entradas, em pé, conversando e gesticulando.

"Está preparado?". Uma mulher de uns quarenta anos bate em meu ombro, com uma enigmática expressão no rosto.

"Animado?". Fico confuso.

A mulher se afasta, franzindo a testa. Um homem mais jovem que estava ao lado dela vem em minha direção. "Você a espantou, seu canalha!".

Eu nada respondo.

"Não dá para fugir do que escolheu para você, não vai escapar da forca!".

"De qual forca?". Eu não queria morrer.

"Você tá de brincadeira, seu safado?".

"Isso é pra mim?". Encaro aquele sujeito depois viro minha cabeça fitando novamente todo lugar. O rapaz se afasta e percebo que o negócio não cheirava bem.

Decido fugir.

Quando me preparo para dar o primeiro passo, o homem de testa brilhante me segura pelo braço. "Você não pode escapar, precisa se responsabilizar". Antes de eu discutir com aquele senhor, vejo uma linda e alta morena vir em minha direção: Ela estava toda maquiada e otimamente vestida. Eu fico hipnotizado. Quando ela se aproxima de mim, cochicha em meu ouvido:

"Por que está me encarando? Está aqui por causa da minha irmã. "

"Sua irmã? Quem é sua irmã, o que eu fiz para ela?".

A moça me encara com ódio, assim como todos que estão ao lado. Então eu percebo que havia feito algo muito grave e deveria ser castigado:

Eu estava preso ali, não tinha com partir. Fico apavorado, chegando a ouvir meu coração batendo no peito, desejoso de escapar antes de mim. O suor escorre pelo meu rosto.

Longos minutos se passam, com todos me vigiando atentamente. Até que finalmente algo muda, uma moça baixa, muito branca e com óculos grossos vem em minha direção. Quando ela se aproxima percebo que não era nada bela, e tinha um véu branco sobre a cabeça. Ela fica ao meu lado, e me fita de rabo de olho, com desdém. Dou-me conta do apavorante destino que me aguardava:

Era um casamento. O meu. Mas eu não sabia quem era aquela mulher nem aquelas pessoas! "O que eu vou fazer? Como posso sair daqui?". Penso aturdido.

Percebo que todos me encaram com olhares censuradores, como se imaginassem o que se passava em minha cabeça: "Agora terei que ir até o final, depois eu peço o divórcio!".

Aquele pensamento me acolheu por um tempo, até que vejo o brilho nos olhos do sujeito por trás do púlpito, Meu pensamento muda: "Vai saber isso é algum pecado mortal?". Não sabia o que fazer, não poderia continuar com aquilo. "E se não tiver divórcio aqui nesse lugar?".

Cai para trás, sem dó de me machucar.

Fingi desmaiar.

Fim.

9

O homem mais puro

"Se você quer encontrar o que é justo e verdadeiro, não tenha uma opinião formada".

O homem mais puro (idiota) do mundo

Miguel é um cara legal. Um cara bom, um cara puro.

Sério, ele é muito legal. Muito legal mesmo.

Você pode se achar uma pessoa bacana, mas não pode se comparar a Miguel.

Todos gostam de Miguel, não há como não amá-lo, afinal de contas, ele é um sujeito amigável, ajuda a todos e sempre recebe a todos com um sorriso puro de boas vindas.

Miguel está saindo da prisão seis meses antes da data por bom comportamento, (como já era de se imaginar). Ajudou muito também o fato de ter um ótimo advogado que lhe foi pago por um anjo oculto.

Miguel, cheio de culpa, não queria sair, ele fez de tudo, na medida do bom mocismo para permanecer enjaulado, mas acabou sendo liberado: não há como negar a sua natureza.

Sua história, tragicamente, ficou famosa, por isso mesmo que um batalhão de repórteres o aguardava em sua saída. Alguns querendo apenas sua palavra, muitos julgando-o com hostilidade.

Na porta da prisão, Miguel sai com sua expressão limpa e inocente, apesar da tragédia que lhe abatera, seu advogado, Wellington, tenta afastar os repórteres, Miguel protesta:

"Todos vieram aqui para falar comigo, doutor? Eles não podem ir embora sem que eu converse com eles".

"Não faça isso, Miguel, apenas irá atrair para si antipatia, como se quisesse aparecer!". O advogado desespera-se em meio a toda a muvuca. "E já lhe disse, não sou doutor".

Miguel fica confuso, não sabe a quem agradar. Ele trava a poucos metros da portaria. Policiais impacientes o encaram, outros aproveitam para pousar para as câmeras ao seu lado, com seus maldosos óculos escuros. Os repórteres, fotógrafos e cinegrafistas o cercam.

Mas como ele foi parar por lá, sendo um cara tão legal?

Não deve ser difícil imaginar como um sujeito bondoso possa ser preso, mas o que lhe ocorreu não é fácil de ser situado.

Dez anos atrás, Miguel era o protótipo do garoto legal da faculdade. Além de passar cola a todos, cismava de se entregar aos professores quando eles lhe perguntavam se havia feito algo.

"Fale baixo, Miguel, senão terei que lhe punir". Cochicha o professor de Literatura da faculdade de letras que Miguel cursava.

Certo dia Sara, uma charmosa morena com sardas e profundos olhos negros, parecia flanar pela USP. Estudante de direito do largo São Francisco, resolveu fazer literatura francesa como matéria optativa na Cidade Universitária.

Ela, claramente, parecia um peixe fora d`água. Apesar de usar algumas bijuterias estilo indiano, sua bolsa, pashimina e sapatos de ótimo gosto denotam uma mulher muito chique.

"Por favor, onde fica a FFLCH?". Questiona Sara, ainda dentro de seu híbrido Toyota Prius, para um grupo de três garotas.

As garotas encaram seu carro, depois medem Sara da cabeça aos pés, a ponto de se suspeitar que ela deveria ter perdido mais de dois quilos devido tamanha secada.

"FFLCH?". A mais baixa delas responde, numa voz fina e enjoada. "Não conheço não. "

"Não? Vim fazer curso de literatura. "

As meninas se entreolham: "FFLCH... não sei... seu GPS do IPhone não está lhe dizendo?" Responde outra garota, com certa ironia.

"Diz que é por aqui. "

"Não sabemos. " Respondem enquanto deixam de encará-la, dispensando-a.

Miguel que estava ao lado, plantando algumas mudas, ouviu tudo aquilo e aproxima-se de Sara.

"Olá, com licença".

Sara encara Miguel com simpatia.

"Desculpe-me abordá-la assim, mas eu acho que minhas amigas não entenderam o que você quis dizer. Elas estudam letras, mas como você disse FFLCH, talvez elas não tenham lhe entendido, aqui todo mundo chama de fêfeléxi. "

"Ah, sim! Já ouvi falar! Então a faculdade de letras fica na fêfeléxi?

"Sim!" Responde Miguel com um sorriso amistoso "Faculdade de filosofia letras e ciências humanas". Miguel faz uma voz cerimonial e arregala os olhos, brincando com o longo e formal nome da instituição.

Sara sorri com os olhos grudados no rapaz.

Foi um entendimento perfeito entre um homem e uma mulher. E pareceu ocorrer num piscar de olhos. A afinidade nasceu num momento singelo e único, e foi maior que qualquer outra até então. Foi claro para os dois que ali nascera uma relação especial e única, e o mais bonito disso foi que eles souberam reconhecer. Essa conversação espiritual entre almas que chamamos de amor.

Dois anos depois, Sara está com sua mãe, jantando no prestigioso e chique restaurante japonês Jun Sakamoto.

"Eu quero me casar com Miguel, mamãe".

"O quê?" A mãe engasga. "Mas minha filha, o Miguel é muito...".

"Muito o quê, mamãe? Fraco?".

"Eu iria dizer sem ambição, mas como você disse fraco, eu lhe digo: fraco".

"Ele é gentil, isso é muito diferente de ser fraco".

"E você irá sustentá-lo? O que ele vai fazer da vida? Ser professor de colégio? Você tem uma herança, você assumirá o escritório de advocacia de seu pai. "

"Não seja esnobe, mamãe, você não pode julgá-lo assim! Essa coisa de menina pobre com rapaz rico já passou. "

"Você pode me odiar, mas saiba que se hoje isso não parece importante para você, em pouco tempo será. Nenhuma mulher aguenta carregar alguém nas costas".

"Ele é muito talentoso, inteligente. "

"Quer fica com ele, fique, more junto, sei lá, mas não se case! Não faça essa besteira! Ainda mais com comunhão de bens! E não ouse engravidar!".

Alguns meses depois, Sara chega a seu apartamento em que mora com o marido Miguel. Após um dia duro de trabalho no prestigiado e bonito escritório de advocacia em que agora trabalha com seu pai, tudo que ela quer é tomar um bom vinho ao lado do amado, ter uma boa refeição e namorar um pouco antes de descansar. Mas ela não se surpreende ao ver três outras pessoas em sua sala de jantar, comendo e conversando com Miguel.

"Olá, meu amor. " Levanta-se Miguel para beijar Sara.

"Oi". Ela responde secamente, encarando as companhias com desconfiança.

"Estes são o Artur, a Helena e o Felipe. " Conheci os três na porta do mercado, começamos a conversar e já ficamos amigos! Acredita que eles vieram do norte de Minas há menos de três dias e ninguém daqui nem deu dicas da cidade?

Sara puxa Miguel discretamente e cochicha em seu ouvido. "São mendigos, Miguel! Quantas vezes trará estranhos para casa? Já lhe disse para ajudar de outra forma".

"São meus amigos, meu amor, não se preocupe. "

Sara fica incomodada, ao mesmo tempo sente culpa por tal sentimento. Ela se esforça para compensar as visitas, sendo, forçosamente agradável.

A noite termina.

"Deixe que eu lavo a louça, querida. " Diz Miguel.

"Vai demorar a ir para cama?" Pergunta uma exausta, mas desejosa esposa.

"Tenho que tirar as roupas da máquina, querida. "

"Faça isso amanhã, Miguel! Você trabalha em casa mesmo!".

Miguel fica triste com o tom de voz da esposa, mas disfarça. "Eu sei que não tenho um trabalho tão bom quanto o seu, mas fico muito feliz por você ser uma pessoa melhor que eu, querida. O mínimo que posso fazer é deixar tudo pronto. Logo, logo irei para cama. "

Ela se deita, pensamentos e lembranças rondam seu íntimo: "Seu marido é um anjo". "Miguel é um amor". "Você é a esposa do Miguel? Ele é o homem mais gentil e puro do mundo. " Não se passava um dia sem que ela não conhecesse novos admiradores de Miguel, mas o que parecia ser motivo de orgulho, hoje é de angústia.

Sara se sente culpada, não sabe mais o que fazer e pensar. Ao mesmo tempo, sabe que não está feliz. Ela sabe como é uma mulher de sorte. Miguel é um homem sensível, carinhoso e amado por todos por onde anda. Ela sabe que é amada, ao mesmo tempo, está triste por querer não dividir seu amor, triste por não sentir satisfeita.

E ainda havia Marcelo, um lindo, alto e bem sucedido advogado. De família há muito tempo amiga da sua, Sara sabe que caso se rendesse às suas investidas, estaria entrando numa estrada de via única, sem retorno.

Com o tempo tudo piorou com Miguel, Sara, logo descobrira que estava grávida e uma conversa com cara de briga não planejada ocorreu.

Ao sair para caminhar para um restaurante nas ruas onde moravam, nos jardins, Sara estava desesperada, aflita, com um nó no peito. Ao tentar falar algo sério com Miguel a respeito da gravidez, subitamente sua boca ficou seca. Logo, o que era comum em suas andanças com ele, ocorreu: Vários amigos e conhecidos cumprimentavam o afável rapaz de olhos gentis. Sempre quando Sara tentava puxar um assunto mais sério, esta era interrompida. Era como ser casada com um pop star sem as benesses financeiras de um, pelo contrário, apesar de Sara não ligar para o dinheiro, lhe incomodava o fato de reiteradas vezes, algo que ela comprara para sua casa ou para o marido, fosse repartido com algum desconhecido que enganava o ingênuo esposo.

"Pare de falar com essas pessoas, dê atenção a mim!" Grita Sara para o espanto de Miguel.

O rosto de Miguel congela e ambos param de andar, os amigos de Miguel à volta percebem o climão e se afastam. "Que foi meu amor?". Miguel toca o rosto de Sara com suas duas mãos enquanto abre um sorriso afável.

"Está vendo! Está vendo!" Ela fala alto, quase grita. "É isso que eu não aguento, fique bravo! Fique bravo!" Ela esmurra o peito de Miguel com as duas mãos.

"O que está acontecendo com você?". Miguel se assusta, enquanto afasta levemente seu corpo para trás.

"Eu não estou feliz, Miguel! Não estou feliz!" Grita em meio à primeira lágrima que cai em seu rosto corado.

"Não estou lhe entendendo". Finalmente Miguel percebe a seriedade da conversa.

"Eu não me sinto segura, eu não sinto que você pode me proteger. "

"Como assim, meu amor? Eu te amo, você sabe disso!"

"Eu sei, eu sei, mas este não é o problema. Você é maravilhoso... Esse é o problema, você é maravilhoso demais".

"Como assim, sou maravilhoso demais? Você que é, Sara! |Eu te amei assim que te vi". Ele tenta se aproximar da esposa, que recua ligeiramente e deixa de encará-lo.

"Não dá mais, não dá mais...".

"Como assim?". Miguel parece embasbacado, como se um raio lhe atingisse a cabeça. "Você não me ama mais?"

Sara não responde.

"Você não me ama mais?" Miguel a encara com um olhar de cortar o coração.

"Eu... sim... amo...".

"Então é isso que importa!" Miguel aproxima-se novamente, dessa vez, sem resistência de Sara.

"Não... você não entende... você não tem ambições, não me sinto... você é um amor, um anjo na vida de todos, mas é...".

"O quê? O que sou, Sara?".

"Não dá mais, Miguel".

"Diga-me o que sou".

Ela abaixa a cabeça novamente. "Não importa".

"Importa para mim".

"Você é uma pessoas maravilhosa, mas não está preparada para a vida, você é... você é fraco, sem ambição".

Miguel fica paralisado, enquanto Sara volta ao seu apartamento sem olhar para trás.

Doze anos se passam, parece muito, mas foi um piscar de olhos envoltos em decisões planejadas, nada intempestivas.

Casada com Marcelo, este criava seu filho com Miguel, também chamado de Marcelo. Sara administrava o escritório do pai, parando de advogar, o que lhe proporcionava muito mais tempo para si mesma. Ela ia até lá, no máximo três dias por semana durante algumas horas. Ganhando muito bem, todo dinheiro que ela recebia gastava consigo mesma, Marcelo que pagava por todas as despesas da casa.

Nunca mais o ex-marido a viu. Sara saiu do país para ter o filho, e três anos após seu nascimento, Miguel desconfiou que o menino era seu. Sara usou todas as suas energias legais para que este não se aproximasse, e nem ao menos confirmasse tais suspeitas. Bem sabendo do jeito de Miguel, Sara soube que logo este desistiria.

Mas as coisas pareceram mudar, ou ao menos, se desnudar. Sentimentos e acontecimentos há muito escondidos voltaram à tona com força. Sara toma ciência que não era o tempo que passava, mas ela.

Seu marido provavelmente tinha um caso, pois sempre viajava a negócios. As transas entre eles cada vez mais dispersavam-se. Eles tinham uma casa na Flórida, e o marido, cada vez mais ficava por lá por dizer que "odiava viver num país como o Brasil".

A vida de Miguel seguiu. Seu sorriso fácil e jeito afável permaneceram, na verdade, ficaram ainda mais característicos, porém, pelo seu caráter ingênuo, ninguém prestava atenção aos seus olhos, que apesar de permanecerem gentis, carregavam uma dor e tristeza profundas.

Ele agora vivia com Susan, uma mulher cinco anos mais velha. Ela tinha uma filha de quinze anos. Eles viviam num sítio da zona rural de Cotia, uma cidade a poucos quilômetros de São Paulo, lá plantavam frutas e verduras orgânicas para vender em feiras locais, já que a região era povoada por pessoas que compartilhavam o modo de vida do casal. Miguel também dava aulas de Português e Inglês numa escola pública, assim como ajudava a alfabetizar crianças e adolescentes carentes.

Sara e Miguel: duas vidas que tudo tinham para nunca mais se cruzarem. Mas nos últimos meses, cada vez mais pensavam um no outro. Daquelas coisas que volta e meia acontecem, afinal, quantas vezes não se procura um amigo ou amado, que o recebe com a frase: "estava pensando em você neste mesmo instante!".

Sara carregava-se de culpa, e temia, mas que uma reação negativa caso procurasse Miguel, que este a perdoasse de bate pronto, o que era característico de seu ser.

Já Miguel, sempre envolto em muitas pessoas que ajudava, (e que sempre o explorava, a ponto de sempre dar todo dinheiro em seu bolso para quem pedisse), sempre sentia um buraco em seu coração. Um espaço vazio que Sara ocupou assim que a conheceu, uma falta que apenas deu conta que existia quando começou a amá-la e que jamais fora preenchido novamente, pois, para sua sorte ou azar, tratava-se daquele raio do amor que cai na cabeça de poucas pessoas. Quantos procuram a sensação que mais lhe desconcertam ao lado de alguém e nunca em todo tempo esforço encontram? Miguel sabia disso, porém nunca permitiu-se sentir raiva: ele sempre fora grato por encontrar e sentir tal sentimento, negando-se a enterrá-lo em seu peito, pois sabia que a maioria das pessoas procura algo assim por toda a vida sem encontrar o verdadeiro amor.

Sara, mais pragmática e fria, como jurava ser característica de seu signo de capricórnio, talvez não desse conta do que Miguel sempre soubera: inteligência emocional nunca fora o seu forte. Na verdade, qualquer atenção demasiada dada ao seu coração sempre fora censurada e encarada como fraqueza. Ela chegou a procurar Miguel nas mídias sociais, sem sucesso, até que pedira para um assistente para que soubesse o seu paradeiro. Assim que ela soube o que ele fazia, como e com quem vivia, um sorriso triste moveu seu rosto, como se um filme de final previsível lhe viesse à cabeça. Ela não sabia se sentia inveja, alívio ou curiosidade pelo caminho que poderia ter trilhado ao lado do ex. Porém, a culpa por lhe censurar o convívio com um filho, cada vez menos parecido com o pai biológico a desesperava: Sara colocara o nome do menino de Marcelo, pois queria apagar Miguel de sua vida, queria que seu filho fosse a pessoa forte que não via em seu ex-marido. Hoje, desespera-se em enxergar um garoto cada dia mais parecido com o jeito do pai adotivo. Os olhos do filho, apesar de serem idênticos ao de Miguel, não carregavam ternura alguma, algo que desesperava Sara toda vez que o encarava. Observar o filho cada dia mais lhe era doído, pois pareciam acusar Sara de seus pecados, como se a pureza e a meiguice que não via nos olhos do pequeno Marcelo, fossem efeitos de sua crueldade; como se a falta de ternura dos seus olhos fossem efeitos de sua frieza.

Alguns dias depois, Sara abre alguns sites de notícias em seu celular, todas as páginas destacavam um crime hediondo: *Mãe e filha mortas. Padrasto sobrevive.* Como mulher nada afoita por histórias escabrosas, ela pouco dera atenção, até que, ao chegar a sua casa, seu marido, mesmo cada vez mais ausente, aguardava-a demonstrando estar um tanto aflito.

"Chegou a ver a notícia do crime envolvendo uma família, querida?".

"Cheguei a ver a chamada da matéria. Horrível, não é?".

Marcelo tenta ser cuidadoso, comportamento não muito característico de seu ser. "Sara, a família que morreu era do seu ex-marido".

Sara fica estupefata e corre para ler as notícias. Matérias e mais matérias especulavam o que havia acontecido.

Do portal do UOL, site menos afoito a um tom sensacionalista, Sara lê o acontecimento perturbador:

Mãe e filha são violentadas e assassinadas. Padrasto é poupado

(...) Miguel Zambrini, 32 anos, teria passado com seu veículo pela rodovia Raposo Tavares, quilômetro 32, altura de Cotia ao lado de sua companheira Susan Jones Smith, 37 anos e a filha desta, Camille Smith Araújo de 15 anos, quando avistaram dois homens caminhando no acostamento carregando malas e sacolas. O que ocorreu a partir daí, segundo o delegado da polícia civil, Paulo Felipe Freire, ainda é nebuloso: Miguel teria parado a contragosto da sua companheira. Os homens, mesmo desarmados, teriam obrigado Miguel a dirigir por uma estrada de terra onde o deixaram e levaram o carro com as duas mulheres. Ele teria andado pela estrada sem avistar ninguém para pedir socorro, quando, cerca de uma hora depois, um dos homens teria retornado com o carro de Miguel sem as mulheres. Ele, assustado, teria se escondido. Após caminhar por mais de duas horas, Miguel teria chegou à rodovia e acionado a polícia rodoviária. Após algumas horas de buscas, sua companheira e enteada foram encontradas mortas a poucos quilômetros de onde, supostamente Miguel havia sido deixado. Exames preliminares indicam que ambas as mulheres teriam sido violentadas. O delegado encarregado do caso, Paulo Felipe Freire, não tem explicação de como dois homens desarmados possam ter rendido uma família: "A minha primeira impressão é que tratava-se de uma família extremamente pacífica e afável, não adepta à violência. É uma verdadeira tragédia. " Segundo o delegado, apesar do relato estranho, Miguel não teria qualquer envolvimento com o crime.

Sara vai até o fim da página para ler os comentários dos leitores. Todos eram unânimes em seus julgamentos que giravam basicamente com a mesma revolta: "Como o cara foi rendido por dois sujeitos desarmados e deixou levarem duas mulheres? Ou o cara está envolvido, ou é um imbecil, idiota e frouxo".

Marcelo está atrás da esposa e dá dois leves tapinhas em suas costas: "Parece que aquele idiota deixou tudo acontecer e não fez nada. Como se casou com um sujeito assim?".

Sara se afasta do marido, com repulsa. "Como pode ser tão insensível!".

"Por que está tão brava comigo? Muitas pessoas acham que ele foi o autor!".

"Não seja ridículo, ele é incapaz de fazer mal a qualquer pessoa!".

"Eu sei bem disso, Sara! Que tipo de homem nem tenta descobrir que teve um filho?".

Ela corre para o seu quarto, atônita, e liga a TV para ter mais notícias. Todos os programas jornalísticos e policiais de fim de tarde dão enorme repercussão ao caso. Todos tentam, mas não conseguem segurar seus julgamentos: "Como alguém deixou toda essa desgraça com duas mulheres acontecer sem qualquer reação?".

Miguel aparece para ser entrevistado, o coração de Sara quase para em seu peito: "Os dois bandidos estavam desarmados, porque você saiu do carro e deixou as mulheres sozinhas?".

Sara entende logo de cara o que aqueles olhos caridosos diziam: ele parece confuso, em choque, como se não acreditasse que tamanha maldade fosse capaz de caber no peito do ser humano, como se lhe fosse alheia a consciência de que isso é da natureza humana: "Eu não sei". Miguel responde à repórter, que insiste, ele então gagueja: "Elas eram fortes... independentes... quando percebi o que ocorria, eu não consegui... era como se uma voz dissesse que eu não era capaz...". Seus olhos parecem fixar-se no nada, em estado de choque.

"Não diga isso!". Grita Sara com a TV. "Não diga isso, Miguel!". Sara começa a chorar e desespera-se. Ela começa a atirar objetos da casa na parede. As palavras de Miguel fulminam seu coração: "*era como se uma voz dissesse que eu não era capaz*".

Ela move-se em agir, nunca um dever pareceu ser tão urgente para ela: iria encontrar uma maneira de se responsabilizar pela defesa de Miguel. Mesmo que ele não estivesse sendo acusado de nada, era preciso que alguém com experiência legal o conduzisse de volta ao caminho seguro, pois era claro que seu ex-marido seguia direto ao abismo. "Miguel seria capaz de fazer algo? Ele teria esse lado selvagem?". Este pensamento, de alguma maneira a acolhe, e ela se deita, o sono toma conta de seu corpo, seus ombros doem, sua cabeça lateja, quando finalmente Sara parece estar próxima de adormecer, uma imagem perturbadora toma posse de sua mente: a mulher e a enteada de Miguel, mortas, violentadas e encontradas nuas pelo próprio ex-marido. "Como posso dormir sabendo que eu sou responsável por acabar com qualquer confiança que Miguel poderia ter? Se eu não fosse tão cruel com ele, elas estariam vivas".

Um mês se passa, Sara consegue que Miguel seja assessorado por um advogado de confiança, Wellington. Seu ex-esposo não desconfia que ela paga por seus serviços. O advogado mentira a pedido de Sara: ele procurou Miguel alegando que vira seu caso pela mídia e resolvera defendê-lo, sem quaisquer custos.

Mas o estrago estava feito: O julgamento popular a respeito do comportamento de Miguel diante da tragédia resvalou no equilíbrio das investigações: o delegado Paulo Felipe Freire tentou de todas as maneiras incriminar Miguel, seja por estar envolvido, ou por ser submisso. Diante da pressão da culpa, Miguel, convencido de que seu jeito fora responsável por tal tragédia, mentira em depoimento: ele queria ser preso, queria ser punido. Ele disse estar sobre efeito de maconha no dia, tanto diante do delegado, quanto em juízo. Ele foi preso.

Sara não resiste, e vai até à prisão visitar Miguel, com ela, a contragosto, vai seu filho Marcelo, filho que Miguel desconfiou ser seu, mas jamais conheceu.

Sara senta-se na sala de visitas, ela não sabe como reagir, não sabe o que falar, mas logo que vê Miguel caminhando, cabisbaixo em sua direção, tudo então parece clarear: ela o amava, sempre o amou. Ele a encara, com aqueles inconfundíveis olhos gentis, mas ele não sorri.

"Olá, Sara. Você veio me ver".

"Sim, sim... seu advogado disse que não recebeu visita de ninguém... quase não acreditei, você ajudou milhares de pessoas em sua vida, e agora ninguém está com você".

"Você acredita em mim?".

"É claro, é claro! Mas porque disse que estava drogado, não era verdade".

Miguel finalmente encara a criança ao lado de Sara, ela se dá conta.

"Miguel, este é Marcelo".

"Marcelo? Ele tem o mesmo nome do seu marido?".

Sara não havia ensaiado responder tal pergunta, ela se sente muito envergonhada.

Miguel aproxima-se de Sara e cochicha em seu ouvido, num tom triste e aliviado, e esse alívio dilacera o coração de Sara. "Então ele não é meu filho".

Ela fica petrificada, boquiaberta, seus olhos lacrimejam. "Ele é... seu...".

Marcelo parece entender e encara a mãe, assustado, Miguel a censura:

"Não diga isso, não diga isso, não destrua a vida dele. "

"Eu... Não sei o que lhe dizer. "

"Se eu tivesse feito, você me respeitaria?". Diz Miguel, com olhos fixos.

"Feito o quê, Miguel?".

"Se tivesse sido eu. "

"Não diga isso, eu lhe conheço!".

Miguel sai, e nunca mais vê Sara.

Poucos dias depois Miguel é solto por bom comportamento, apesar de fazer de tudo para lá ficar. Um pensamento está em sua cabeça: "Não tenho coragem de me matar, mas darei um jeito de sumir, ou voltar á prisão".

Sara se separa de Marcelo, sai do escritório de advocacia e passa a viver com seu filho com nova filosofia de vida. Seu filho agora é a lembrança viva do que Miguel poderia ser. Ela nunca mais o chamou de Marcelo, ou Júnior, mas além da imensa culpa, uma sensação sempre povoa seu corpo de maneira perturbadora: A excitação que lhe provocava em imaginar que o ex-marido seria capaz de tamanha selvageria.

Por algum motivo, cada vez mais Sara passou a pensar nele nesses últimos meses.

Marcelo que pagava por todas as despesas da casa.

Rica

Cara a chifra

Ele outra mulher e filha, todos hippies.

Ela pensa em procura-lo, ainda o ama,

Eles se revfem, e escapa que filho é dele. |Ele fica quieto, ele se afasta, posso ve-lo.

Não

Ele se cala

Por que se calou?

Ele sai de lá, estrada, assalto, roubam a família dele.

Todos dizem fraco.

Ele resolve acatar juiz para ser preso, dizendo que estava drogado

Ela paga advogado.

Metáfora dos fracos, mulheres homens sensíveis mas não quer, mulher dz evolução mulheres querem fortes, por isso detestam quem se submet e não se reproduz

10

Escolha seu anjo

Você que reza, enxerga um anjo? (os milagres não são magia)

Não falo aqui como um sacerdote, padre ou guru. Sou a última pessoa no mundo que quer e pode dizer a alguém como deve ou não levar sua vida. Apenas acho curioso observar esta singular faceta do meu, seu, nosso comportamento tão humano.

Então você, ser de fé, ateu ou agnóstico, pode continuar lendo essas linhas tranquilamente. Valerá a pena para você também, eu prometo.

Certo dia, dei-me conta que poderia colocar três pensamentos no mesmo baú:

"Mais vale uma única mão fraca que tenta apoiar, do que milhares de lábios vigorosos que rezam por alguém".

Não fosse esta uma frase de Madre Teresa de Calcutá, talvez eu pudesse ser acusado de ser um insensível humano sem fé.

O segundo pensamento é mais conhecido: "Ame o próximo como a si mesmo".

Creio que qualquer ser do mundo reconhece a nobreza de tal ideia, mas poucos se dão conta do seu verdadeiro sentido: Amar os pobres da África, ou rezar pelo parente doente que está distante é fácil, difícil mesmo é estender a mão ao sujeito do seu ladinho, ajudar o necessitado que cruza seu caminho ou apoiar verdadeiramente o desesperado que dorme no quarto ao lado.

O terceiro, um pouco menos conhecido, também é tirado da nobre fonte, e creio que é a frase mais humanista contida em qualquer escrito, seja religioso ou científico: "Vigiai, depois orai".

O leitor deve saber que isto também saiu da boca de Jesus, mas poucos se dão conta como isso funcionaria na prática: Verdadeiramente, o que é vigiar?

Usar seus sentidos, estar alerta, certo? Sim, mas não só isso. Para vigiarmos, devemos usar algo que ganhamos antes mesmo de darmos nosso primeiro grito ao surgimos para o mundo: Nosso cérebro. Apenas após vigiar, devemos orar, e o sentido implícito da oração nesta frase é: "Deus me ajude a ter forças para vigiar, ajude-me a manter a minha fé, minha força e minha determinação".

Para mim, não há nada mais humano do que isso.

Creio que essas três frases resumem o que deve ser a fé. Seja você religioso, ou uma pessoa que busca bons valores, independentemente de onde.

Mas de que fé estaríamos falando? O que é, e para que serve a fé?

Muitos têm boca para pedir milagres, mas se eles ocorrem, seria por mágica? Pare para pensar:

Suponhamos que Deus ouve suas preces, como elas na prática seriam atendidas?

Você pede prosperidade, logo, uma mala de dinheiro cairá do céu?

Você pede felicidade, então, acordará como um bobo ambulante, dando bom dia para as árvores?

Parece uma obviedade, mas pense seriamente, será que realmente é? Será que não se pensa assim?

Caso possa haver verdadeira beleza neste mundo, não haverá alguns poucos humanos capazes de ouvir tais pedidos na Terra? Aqueles que, mesmo com mãos fracas, tentam levantar alguém invés de tentar terceirizar o serviço para os céus?

Daí que vem o cerne de tudo que quero dizer: as pessoas identificam, são gratas e reconhecem os milagres pedidos? Duvido, e por um único motivo: o ser humano é egocêntrico demais para reconhecer o bem vindo de um próximo. Ele não quer dever nada a ninguém. Ele só pode ser grato a Deus, e a mais ninguém.

Virou senso comum, até moda dizer que um anjo não tem aquela feição clássica nórdica com louros cabelos encaracolados e olhos azuis. Como então eles seriam?

Hoje, cada um escolhe a imagem que seu anjo pessoal deve ter, afinal, aparência não é essência.

Mas está aí a questão: será que o que importa é a essência mesmo? No fundo, quantos anjos aparecem em sua vida e você os despreza?

Deve-se julgar a pessoa pelo que ela é, não pelo que aparenta (meus dedos coçam para me alongar sobre isso, mas vou me controlar).

Mas existe uma dúvida que martela a cabeça dos mais incrédulos: Se o anjo não pode ter aparência definida, como afinal ele deve ser? Mais importante do que isso, como ele deveria agir?

Tantos rezam e clamam por milagres, mas será que aqueles que rezam enxergam seus milagres, ou querem que estes milagres se manifestem da forma que imaginam?

Um anjo deve ter um espectro fantasmagórico? Deve agir como um ladrão na noite, aparecendo e desaparecendo sem nos darmos conta? Ou aparecer no corpo físico e depois desaparecer, como numa fantástica anedota de como tudo acontece de forma mágica quando temos fé?

Parece uma dúvida boba, mas não é: desta imagem que peço ao leitor mais sagaz formar na cabeça, pode-se compreender algo muito característico da natureza humana: Será que os milagres que recebemos, são reconhecidos?

Imagine a cena: eu rezo para que minhas dívidas acabem, que meus familiares encontrem a paz e com isso, eu encontre paz em meu coração, já que sou uma pessoa muito boa e só fico feliz com a felicidade alheia.

Com 7 bilhões de pessoas no mundo, qual atitude mais prática e produtiva para existir amor entre as pessoas? Um anjo descer do céu e fazer uma mágica milagrosa, ou, um verdadeiro anjo, de carne osso na Terra, fazer tal bem, criando união, amor e nos dando exemplos?

Para que isso ocorra, devemos concordar: enquanto alguém pede por um milagre, um outro alguém deve saber ouvir.

Se o leitor ainda está aí, segue-se a verdadeira e grande questão que devemos meditar: Quantos pedem, querem, usam sua voz para desejar e quantos poucos têm o dom de ouvir, abrir mão e usar seus músculos e suor para doar e para vigiar.

Creio que o verdadeiro anjo ouve e observa a dor de quem está do seu lado. Se há algum destino, carma, providência divina ou coincidência está aí: estender a mão para aquele que chora ao seu lado. Quem só se preocupa em pedir e desejar, nunca reconhecerá seus milagres pessoais e sempre será ingrato.

Enquanto quisermos pedir, seremos seres surdos aos milagres que batem nossa porta.

Uma pessoa amorosa habita nossa vida, trazendo amor, quiçá até ganhos materiais. Essa pessoa pode ser um pai, uma amiga, uma namorada, faxineiro, enfermeiro, médico, motorista, psicólogo ou professor.

Quem é capaz de reconhecer isso?

Seja sincero, você não tem um anjo pessoal em sua vida? Ou já teve e o desprezou lhe sendo ingrato?

Então, na próxima vez que rezar por um milagre, deixe claro a Deus que quer que o anjo tenha aparência que lhe é peculiar, assim como quer que ele deva deixar uma mala de dinheiro em sua porta, ou despejar amor e alegria magicamente em seu coração, tudo para que você não precise ser grato a ninguém, muito menos precisar interagir e criar raízes de amor em seu convívio.

Pedir é fácil difícil é ouvir.

Muitos filósofos mal humorados, quiçá mal amados, sempre reclamaram que o homem fraco criou a moralidade, como forma de se proteger daqueles mais fortes, inteligentes e capazes: uma bela mulher não pode roubar meu marido, senão ela irá para o inferno. O homem mais viril, não pode roubar minha colheita, senão ele irá para o inferno. Dessa noção de justiça e injustiça criaram-se as leis.

Ou seja, se você acha que não há justiça no mundo, deve abrir mão de desejar milagres e de sua moralidade, e apenas cultivar o lindo, narcisista e independente anjo loiro de olhos azuis dentro de si.

O verdadeiro milagre está aí, escancarado.

Ou, como diz o ditado: cavalo dado não se devia olhar os dentes. Mas todos olham, e não se dão nem conta que quando um cavalo é dado você deve ter a consciência de perceber o verdadeiro milagre: a vigilância resultante do suor de alguém que lhe deu.

11

Direita vs esquerda: Guia para uma discussão com bom senso e humor na Internet

Sérgio Atieh

Introdução

Um título tão grande como esse: "Direita vs esquerda: Guia para uma discussão com bom senso e humor na Internet" promete muito ao leitor, não é mesmo?

Não se anime muito, o maior desafio foi encaixar esse título na capa do livro de maneira satisfatória.

Ao menos podemos dizer que deu certo, para mim e principalmente para a editora, (essa corporação capitalista exploradora e maléfica segundo a esquerd, ou esse grupo de empreendedores sagazes, segundo a direita), e afinal, você o comprou!

Todos nós sabemos que um livro se compra pela capa e pelo título, logo, você terá que fazer valer seu investimento e lê-lo. Conforme-se, caro leitor.

Quebrado o gelo, vamos ao que interessa:

Seja sincero, você odeia as pessoas ou as ideias das pessoas?

Em São Paulo, não há torcida maior que a do Corinthians. No Rio de Janeiro, e em todo Brasil, a do Flamengo. Ambas são consideradas ativas e fanáticas.

E um fanático sempre é um chato.

Não por coincidência, são os times em que mais há os chamados "torcedores do contra. " Não há nada melhor do que vê-los perder.

Não é muito bonito admitir isso, mas somos humanos, e o olho gordo é uma de nossas características mais ímpares em relação ao restante do reino animal.

Um leão, ao disputar uma fêmea com outro macho, parte para briga, já os seres humanos preferem torcer para que ele seja brocha (e não tenha dinheiro para o Viagra). Não deixa de ser mais civilizado.

Até para seus amigos religiosos, repare bem, soa como um escapismo a busca da santidade e a sensação de alegria ao ver um time com torcida chata ser solenemente humilhado.

O mesmo pode-se dizer dos torcedores argentinos. Não que a torcida deles seja a maior, mas quem aguenta aquele grito famoso na copa do mundo, disputada no Brasil, de que "Maradona és mejor que Pelé?"

E os pagodeiros, funkeiros e afins? Meu Deus, só eles conseguem ser mais chatos que as suas próprias músicas!

Para ilustrar a ideia de maneira convincente, você deve se lembrar: não há maior fanático por alguém do que um pai ou uma mãe. Está aí a explicação da chatice extrema do sogro e da sogra.

Quantas pessoas são capazes de ficarem felizes quando o Flamengo, Corinthians e a Argentina ganham um título, mesmo quando, claramente, possuem o melhor time? Poucos; e o motivo é altamente compreensivo: muitos desses torcedores são chatos, muito chatos.

Qual paralelo disso com a política?

Sei que você já sacou, pois com certeza, é um leitor inteligente e astuto.

Se não, não se entristeça; assista o jogo do seu time e tente enxergar esse paralelo com a política; depois volte ao nosso guia.

É brincadeira, continue por aqui, a menos que precise namorar, lavar a louça para sua mulher ou tenha qualquer atividade mais importante.

Voltando ao que interessa:

Como respeitar as ideias de um cara que tem uma BMW, alto poder aquisitivo, e muitas vezes, passa sobre a faixa de pedestres sem pestanejar?

Ou ouvir alguém que acha essencial paralisar avenidas, fazer greves afetando milhões de pessoas em seu direito de ir e vir, ou que defenda os direitos legais dos condenados do mensalão?

É possível não detestar as pessoas a partir do seu ponto de vista, levando-se em conta somente o que realmente está sendo discutido?

Admitamos, é sempre um exercício muito difícil.

Via de regra, e tenho certeza de que, sendo sincero, até o leitor de direita concorda que os esquerdistas "típicos" são sujeitos mais "legais" (ou querem ser), afinal, eles se preocupam com os mais pobres, e pelo menos no discurso, são capazes de abrir mão de bens individuais.

Apesar de grande parte não acreditar em Deus, amam "profetas" que largam a vida de riquezas em direção à pobreza.

A chatice deles, geralmente, reside no discurso eterno de vitimização do indivíduo na sociedade, ou seja, esse indivíduo por si não tem força de iniciativa e responsabilidade diante do seu contexto social.

Um exemplo clássico disso é o conceito de que a criminalidade está associada à condição social. "Ele virou criminoso porque não estudou, não teve apoio econômico, blá, blá, blá".

Não é por menos, o quanto os esquerdistas odeiam os chamados "criminosos de colarinho branco ou loiras ricas homicidas" (Suzane Von Richthofen que o diga).

Um cara de direita "típico" geralmente é um chato: ele ganha bem e não há nada mais irritante alguém ganhando mais do que você, sejamos honestos. Principalmente, se ele(a) trabalha pouco, seja bonito(a) e/ou tenha um namorado(a) bonito(a)a.

O papo dele sempre gira sobre trabalho e, sejamos sinceros, quase ninguém gosta de trabalhar (por isso a obsessão que temos de ter uma profissão em que "façamos o que gostamos" como se trabalho não fosse labor e sim playground).

O cara de direita age como se quem não se dá bem é incapaz, vagabundo, preguiçoso ou burro. Para ele, apenas a iniciativa e o mérito podem definir o sucesso de alguém.

Veja nos Estados Unidos, por exemplo, o escândalo que foi para ser aprovado o plano de saúde pelo Obama. Para os yankes, o Estado bancar algo para "vagabundo" é questão muito séria.

Comparado ao exemplo das origens da criminalidade, para um sujeito de direita, alguém vira criminoso porque não levou umas boas palmadas do pai ou da mãe, não gosta de trabalhar e porque as leis são frouxas.

Resumidamente: o termo "vagabundo", certamente, foi inventado por um cara de direita.

Enquanto o sujeito de esquerda costuma idealizar demais o ser humano, tendendo a achá-lo melhor do que ele realmente é, o inverso ocorre com o de direita.

Porém, ambos acham-se "realistas".

Como chegar ao bom senso? Esses dois sujeitos podem conversar sem se odiar?

Sim, e o ápice de uma boa relação seria: "ele é de direita, mas é meu amigo", ou para não perder o trocadilho do início, "ele é corinthiano, é meu amigo, e fico feliz com a vitória do seu time quando fez por merecer. "

Afinal, caríssimo leitor, você só tem amigos que pensam como você?

Só namorou pessoas parecidas com você?

Ah, meu amigo, então perdeu muita emoção em sua vida. Não há nada mais emocionante do que essa tensão ou atração causada pela luta do convencimento pelas diferenças.

Viu como sou bonzinho e bem-intencionado? É por isso que resolvi escrever esse guia! Não tenho nenhuma opinião tendenciosa, sou totalmente imparcial em qualquer assunto mundial! Quer provas disso?

1. Nunca sequei o Corinthians, Flamengo ou Argentina, mesmo sendo brasileiro e são-paulino.

1. Trabalho bastante, ajudo os velhinhos, crianças, família, tenho diplomas, e mesmo assim estou solteiro. Confuso? Sim, faz todo sentido estar solteiro e ser bonzinho! As mulheres sempre dizem: "Você é perfeito demais, não há nada pra mudar, não tem graça um relacionamento assim. "

Convencido a seguir com o guia? Espero que sim. Afinal, quero ir para o céu, ou ao menos fazer valer a pena, (financeiramente falando), os meus diplomas (seria mais fácil se eu tivesse feito engenharia, não é?).

Objetivos deste guia

Não se matem, eleitores!

Estamos falando de políticos, não das suas amadas e santas mães!

E políticos não possuem má fama à toa, não é?

Eles não são seres injustiçados como os empresários nas novelas! Sempre vilões, sacanas e assediadores do amor alheio!

Tirando algum político elfo da luz, incapaz de uma briga, ser que deveria ser tudo, desde funcionário do DETRAN, genro oficial da união ou porteiro de entrada do paraíso, não político, quem mais vale a pena pelo seu grito de defesa como político e ser humano?

Ninguém, não é?

Então menos leitor, menos.

Fazer política é essencial, já amar políticos é uma tara muito estranha, pelo menos para mim.

O objetivo deste guia é:

Por um debate entre ideias, não entre pessoas.

Por mais que devamos admitir, discutir com pessoas é muito mais fácil, excitante e interessante; vamos nos conter!

Faça isso bêbado, num bar.

Já na Internet, versão humana para o zoológico, onde pessoas equilibradas usam palavras doces umas com as outras, seja um ser de luz; quem sabe sua Inteligência e bom-mocismo não transforme o mundo! Ou como dizia o poeta: ao menos o seu mundo! <3 ☺

Para um debate produtivo de ideias, é urgente deixar claro os conceitos das diferentes ideologias (direita e esquerda) para que a política torne-se mais racional e produtiva.

Antagonismo entre o que muitos pregam ser "esquerda" e "direita" ocorre em todo e qualquer país civilizado, mas no Brasil, ou usam-se ideologias gastas e antiquadas de ambos os lados, ou acredita-se que o "oponente" acredite em tais ideologias gastas.

Exemplos:

Quem é de direita não precisa ser um facista, ao contrário, deve detestar o controle do Estado.

Quem é de esquerda nem sempre é um comunista; muitos reconhecem os benefícios de se viver em uma sociedade de mercado.

Quem não pensa como você e defende outro ponto de vista, defende teorias que costumam dar certo quando têm uma oposição clara e bem definida.

Obviamente isso acontece em sociedades que, além de partidos com ideologias claras, prezam pela cidadania e respeito à democracia.

O esforço deste guia serve para que políticos aproveitadores e pessoas, que por ignorância ou falta de conhecimento, não criem um apartheid eleitoral no Brasil.

Não podemos caminhar para uma divisão burra e preconceituosa entre pessoas.

Nos Estados Unidos, nas eleições presidenciais, Sul e centro do país votam há décadas nos Republicanos. Estados ricos do Nordeste e Califórnia votam nos Democratas. E há várias eleições, poucos estados definem o presidente.

Pelo andar da carruagem, no Brasil, Norte e Nordeste votarão sistematicamente com a "chamada esquerda". Sul e Sudeste com "a chamada direita" (e muitas aspas para a direita e esquerda do Brasil).

As classes baixas de diferentes estados brasileiros tendendo para a "esquerda", classe média e alta desses mesmos estados para a "direita".

Há alguma razão para isso?

Sim, mas, certamente, não é função deste guia influenciar ou imaginar o que possa explicar esse movimento. O seu desejo é ajudar a não disseminar o ódio entre as duas correntes deixando mais claros os seus preceitos.

Numa democracia, após uma eleição, vencedores e vencidos devem ter seus direitos atendidos e preservados.

Não pode haver a ditadura da maioria sobre a minoria derrotada. Além disso, todas as reivindicações dentro de uma sociedade são legítimas e têm fundamentos quando respeitam preceitos democráticos.

Democracia existe para compor diferentes interesses de diferentes grupos de um país, o resto é discurso de gente aproveitadora.

Respeitar o diferente não é apenas respeitar um gay, negro, narigudo, intelectual ou juiz de futebol. Significa ouvir e garantir que o "outro" também tenha interesses válidos e justos.

As pessoas costumam se esquecer, mas muitos desses interesses cabem ao poder legislativo: quando elegemos um vereador, deputado estadual ou federal, mesmo quando o seu candidato do executivo tenha sido derrotado, ele defenderá seus interesses e, em muitos casos, sua posição ideológica.

Ou pelo menos deveria defender.

E por qual razão isso não ocorre?

Por uma série de motivos, dentre eles, o que move este guia: a falta de clareza quanto aos ideais de direita e de esquerda que deveriam mover os eleitores, e com isso, os partidos.

Não adianta fazer chilique, gritar, ter birras. Enquanto o senhor (a) não souber claramente o que quer, não existirão partidos políticos para salvá-lo.

Lembre-se, estamos falando de políticos, não do homem-aranha.

Quem é você? De direita ou de esquerda?

Existem países governados por partidos vistos, a grosso modo, como esquerdistas na França, Chile, Suécia e até nos Estados Unidos, este considerado a Meca do capitalismo selvagem para os esquerdistas.

Existem governos vistos, a grosso modo, direitistas em países como Reino Unido, Alemanha e até na Finlândia, que é um dos países escandinavos mais meigos e fofos, até na visão de um direitista.

E eu lhes garanto: nenhum dos governantes desses países incentiva a comer criancinhas, nem mesmo privadamente em seus palácios. Sabe-se também que não chutam cachorrinhos no meio da rua, no máximo, discordam em como tratar os bichanos: dormir com eles na cama ou deixá-los no quintal frio em uma noite de inverno.

No entanto, esquerda e direita desses países digladiam-se ideologicamente pelo poder e concordam em fazer isso utilizando-se de preceitos básicos de convivência e do bem público. O preceito básico é o pragmatismo, ou seja, as discussões precisam chegar a algum lugar, não é uma disputa de quem tem razão, é um diálogo para implementação e aperfeiçoamento de políticas públicas.

Como podemos chegar a esse nível de discussão no Brasil sem que os argumentos sempre caiam para baixo da cintura?

Como já disse, este guia é recheado de intenções dignas da Madre Tereza: diferenças políticas não deveriam significar desrespeito, aliás, muitos mudam de preferências políticas ao longo da vida.

E não falo de mudanças "ideológicas" de figuras como o Sarney, cuja bússola é se manter no poder. Falo do sujeito comum que consegue simpatizar-se com o Maluf, e dez anos depois, votar no Haddad, como numa versão viva da metamorfose ambulante de Raul Seixas.

Muitos mudam de verdades da visão política, outros nunca tiveram consistência em seus ideais, justamente por não haver consistência nos ideais políticos brasileiros.

Saúde, educação, segurança, paz, amor, elfos, fadas e um amor que goste de sua mãe todos querem, o problema é como chegar nesse nível, não é?

Já que somos brasileiros, não filandeses, precisamos esclarecer alguns pontos.

Acima de tudo, diferenças políticas devem render debates produtivos, não lutas dignas de torcidas organizadas.

Este guia fará a seguinte distinção:

- Esquerda= progressista
- Direita= liberal

E por qual razão faremos isso?

Porque no mundo inteiro considerado civilizado, ser liberal ou progressista não é um xingamento.

Caso no Brasil, as ideologias fossem identificadas dessa maneira, ideias da esquerda e da direita ficariam mais claras, e provavelmente, haveria menor radicalismo nas disputas.

Para isso, peço boa vontade do leitor mais acostumado com esses conceitos, isso porque designações como "de esquerda" ou "de direita" servem para alijar o "oponente" em uma discussão.

Um esquerdista não tem vergonha de sê-lo, mas ao ouvir que é "esquerdista", centenas de preconceitos vêm à tona: "filhote de Fidel", "órfão da União Soviética", "amigo de Hugo Chaves", "defensor de black blocks", "comedor de criancinhas", "espancador de filhotinhos de labrador da elite branca", etc.

Assim sendo, nós os designaremos de "progressistas", ou seja, alguém que defenda mudanças sócio-econômicas para superação das desigualdades e injustiças, e veja com simpatia um Estado maior e mais aparelhado para realizá-las. .

Um progressista, via de regra, defende impostos mais altos para empresas e cidadãos ricos.

Um direitista não se sente desonrado em ser designado assim, mas ao ouvir que é "de direita", muitos preconceitos vêm à tona: "filhote da ditadura", "seguidor do Jair Bolsonaro", "vendedor da cura gay do Feliciano", "comedor de criancinhas", "espancador de filhotinhos negros de labrador" e outros afins.

Então, os designaremos de "liberais": um sujeito que defenda eleições democráticas, liberdade de imprensa, direitos civis, de religião, livre-comércio, propriedade privada, e veja com extrema antipatia, quase ódio, um Estado grande impondo o que ele deve fazer. Para ele, o governo deve regular e tributar o mínimo possível o cidadão.

O Brasil tem uma tradição liberal, no seguinte sentido:, sabe-se que com uma economia forte, independente dos outros indicadores sociais, o partido que detem o poder possui grandes chances de se manter, mesmo que a educação, saúde e segurança públicas não estejam lá mil maravilhas. O fato das pessoas possuírem a mínima condição de pagar por esses serviços lhe trazem certo conformismo e/ou entusiasmo.

Um liberal é um conservador?

Tratam-se de duas visões políticas, em muitos pontos, antagônicas.

Para você que talvez não saiba, um conservador não é um reacionário: ele apenas pensa que alguns valores atemporais devem ser conservados como: família, igreja e comunidade.

Ele não quer "conservar" as coisas como estão, apenas proteger aquilo que para ele funciona.

Aí está o xis da questão, o que para ele funciona.

Dependendo desse ponto, ele pode ser um reacionário, isto é, um sujeito que quer manter as coisas como estão (inclusive o que dá errado).

Um bom conservador abomina tanto os aspectos individualistas do liberalismo quanto os aspectos estatistas de um progressista.

Ele também não crê em verdades universais: o que é bom para uma sociedade não é para outra.

Isso porque ele acredita no funcionamento das instituições atemporais (igreja, comunidade, família) como corpos que fazem mediações com a sociedade.

Para um conservador, as mudanças são vistas como um mal inevitável, diferentemente do liberalismo.

Mas não vamos misturar as coisas em nossa discussão.

Vamos manter nosso raciocínio entre liberais e progressistas, e mesmo que você identifique-se com alguns ideais de um liberal e outros de um conservador, não desanime, apenas acho que para fins práticos de discussão, é melhor ficarmos por aqui. Mais à frente voltaremos nesse assunto.

Então, para que o nível do diálogo se eleve, a discussão política do Brasil poderia ser entre liberais vs progressistas.

Acredite, há muitos caras legais e bem intencionados dos dois lados.

Eles sentam-se ao seu lado no cinema, comem nos mesmos restaurantes, respiram o mesmo ar e, acredite, também só querem um pouco de amor, assim como você!

E mesmo os caras "chatos" fazem parte do processo democrático.

Sim, ninguém é obrigado a ser legal, isso que em democracia chamamos de "respeitar as diferenças. "

Os caras chatos são tão úteis quanto qualquer outro, pois ser "legal" e "bem intencionado" não é uma obrigação democrática; respeitar as leis sim, logo, seus interesses e opiniões são tão válidos como de qualquer sujeito legal, bem-intencionado, vegetariano, que recicle o lixo ou ande de bike.

Capacidade de diálogo

O que mais vemos em brigas entre "vermelhos" e "azuis" na Internet?

Conversa de surdos.

Um escreve, escreve, escreve e não lê a resposta do outro.

Ou, na melhor das hipóteses, pinça uma ou outra frase do interlocutor para contra-atacar, geralmente alegando alguma vírgula fora do lugar, que o outro é preconceituoso, burro, feio, comedor de criancinhas (aquelas coisas ditas para alguém que ousa não pensar igual ao deus que vive dentro do nosso ego).

Brigas, ódio, rancor.

E o pior: inutilidade. Isso não leva a lugar algum.

E que eu saiba, todos vivem no mesmo país.

E por mais que alguns espalhem aos quatro ventos que vão sair daqui, que o "negócio é mudar de país", isso não passa de charminho de quem cansou de brincar no play e agora faz beicinho.

Por mais que concordemos que em muita coisa o país tenha evoluído, ainda temos níveis de educação, saúde, violência e corrupção pornográficos.

Então, sejamos pragmáticos, não emocionais.

Se você é um sujeito raivoso da Internet, vamos tratá-lo como um dependente químico. Repita comigo lentamente:

1. seu "oponente", assim como você, não quer viver num país que tenha pornográficos 50 mil homicídios ao ano.
1. seu "oponente", assim como você, deseja saúde e educação dignas. Sejam estas bancadas pelo poder público, ou então que todos tenham condições econômicas de procurá-las na rede privada.
1. Se você ler e não pensar, discutir e não ouvir, para que ler e discutir? Não há como entrar numa discussão de ideias sem pensar no argumento do outro. Parece óbvio, mas não é. O ódio por uma ideia pode até surgir, mas ela deve passar pelo seu cérebro e coraçãozinho antes. Pense: "será que essa pessoa tem razões que eu poderia enxergá-las? Pensar em seus argumentos faz de mim alguém de luz, como a Madre Tereza, Porteiro do paraíso ou o Ayrton Senna?"

Democraticamente, você não é obrigado a ler nada de ninguém, muito menos ser menos radical.

O "radical de ideais" também faz parte da sociedade. Porém, o fato de não poder mudá-lo, não significa que ele deva ser marginalizado e odiado, apenas deverá deixá-lo ficar, com suas ideias, em seu gueto, e cada vez mais, terá menos influência, já que o mundo sempre girará enquanto ele permanecerá lá, parado no tempo.

E quando falo radicalismo, não uso de conotação negativa; alguém pode ser radical quanto à defesa do direito ao aborto ou contra o aborto, mas ao se negar a discutir dentro de um nível elevado, o sujeito tende a ficar isolado, justamente pelo fato de que sua opinião, por mais justa que seja, nunca será a opinião de todos.

Você é autoritário?

Independente de suas intenções, você é autoritário se acha que suas boas intenções, por mais lindas que sejam, podem sobrepor-se ao desejo de uma minoria ou maioria. Mesmo que o desejo de minoria ou maioria seja muito ruim. Sinto muito, mas é a mais pura verdade.

*Logo, um progressista **pode** ser autoritário.*

Você é reacionário?

Partindo-se do princípio de que vivemos em um país com graves problemas econômicos, educacionais, de saúde e violência, se nada do que você lê ou ouve o faz pensar em algo que deva ser feito na prática, seja através das políticas públicas ou dos próprios indivíduos para superá-los, você é um reacionário.

*Logo, um liberal **pode** ser reacionário.*

Qual o princípio básico de uma discussão política sadia?

Saber que o progressista ou liberal não defenda uma ditadura, não se regozije com mortes sem um julgamento justo, não aceite comportamentos corruptos (principalmente dos partidos com que ele se simpatiza, pois cobrar dos outros é fácil, não é mesmo cara pálida?).

Em suma, apesar de ter outra visão de mundo, ele, assim como você, quer o melhor para o seu país, e essa intenção passa por uma sociedade realmente democrática.

E o que é uma sociedade realmente democrática?

Dentre outras coisas, uma sociedade deve ter eleições livres e que o peso desses votos seja igual entre todos os cidadãos, instituições fortes; executivo, legislativo e judiciários independentes, e que nenhuma decisão da maioria possa oprimir uma minoria.

Num país democrático há liberdade de expressão e de imprensa, por pior ou mais burras, feias, chatas ou bobinhas que sejam as suas opiniões.

Frases típicas de um progressista e de um liberal

Conheça a ti mesmo

A cada duas frases abaixo, aparentemente sem ligação entre si, escolha qual você mais se identifica.

Após esse exercício, típico de um quis da revista Capricho, some os pontos para descobrir quem você é! (o guia lhe oferece terapia por um preço muito baixo, está percebendo?)

1. É preciso ensinar a pescar o peixe e não apenas a esperá-lo vir à boca. (1)
   O povo só vai conseguir seus direitos no dia em que sair às ruas exigindo ações do poder público. (2)
2. Como pode existir tanta pobreza num mundo tão cheio de riqueza? (2)
   Se todos os homens são iguais perante a lei, como pode ter cotas raciais ou econômicas? (1)
3. Um homem, sem ambição para lutar pela sua sobrevivência, é um homem preguiçoso. (1)
   Desigualdades sociais e econômicas só podem ser diminuídas e/ou superadas com a ação ativa de um Estado reparador. (2)
4. A maioria dos homens nasce sem rancores, tendência à violência ou ambição desmedida. o que os levam a agirem contra a sociedade deve-se, na maioria das vezes, às desigualdades sociais, econômicas e à falta de estrutura familiar. (2)
   Minha obrigação é trabalhar e pagar meus impostos, se eu quiser fazer algo de bom ao meu próximo, faço caridade e/ou trabalho voluntário. (1)
5. Minha obrigação como cidadão é lutar por uma sociedade mais justa e igualitária, mesmo que para isso eu abra mão de ganhos econômicos em prol dos menos afortunados. (2)
   A maioria dos homens já nasce competitivos, rancorosos e com tendências à violência, seja por sua própria natureza ou porque deve disputar recursos materiais, amor e reconhecimento por outros homens. A única coisa que pode frear esse comportamento é o controle da família e/ou do Estado. (1)
6. O homem, via de regra, nasce pobre; o que garante sua sobrevivência e prosperidade é o trabalho de seus pais e dele próprio. Ele jamais deve esperar isso do seu próximo. (1)
   O homem nasce pobre porque ele herda do meio em que vive as desigualdades e injustiças; para que isso seja superado, a sociedade como um todo tem a maior responsabilidade. (2)
7. Não é possível existir total justiça social num mundo de desiguais; sempre haverá pessoas que serão um peso à sociedade por não terem vontade de produzir. (1)

Mesmo num mundo de homens desiguais, é imperativo um nível aceitável de justiça e igualdade social. Isso porque o homem chega à pobreza por ser esquecido, renegado e não ter tido sorte e oportunidades. (2)

8. A única maneira de se conseguir sustento e prosperidade é pelo trabalho árduo e suor do próprio rosto. (1)
   A principal maneira da sociedade obter justiça social, econômica e serviços básicos justos é com a conscientização de que os mais afortunados também são responsáveis pelos menos afortunados. (2)
9. Acho justo que as empresas paguem tributos maiores, somente se o Estado priorizar o bem social de sua população. (2)
   Raramente o Estado saberá otimizar suas contas melhor que o próprio indivíduo. Dessa maneira, é melhor que as empresas e os indivíduos queiram um Estado apenas regulador, não assistencialista e controlador. (1)
10. Um indivíduo livre é um indivíduo que pode fazer o que quiser sem prejudicar a terceiros, mesmo que isso prejudique a si mesmo. (1)
    Um indivíduo livre é um indivíduo que só pode fazer o que quiser, se isso não prejudicar o bem-comum que está acima dele mesmo. (2)
    Resultado da análise mais barata do mercado:

- de 10 a 14 pontos: Você é um liberal, parabéns! Agora vá trabalhar.
- de 16 a 20 pontos: Você é um progressista, viva! Agora vá protestar.

Leve essa informação ao seu psicólogo ou psiquiatra; certamente ele irá encarar você com um desdém desafiador, fazendo com que você se sinta compelido a continuar o tratamento por anos para mostrar o quanto ele estava errado (entendeu a razão da atitude desdenhosa dos psicólogos? Pura tática.).

E agora?

Em quem você costuma votar?

PT?

PSDB?

PMDB?

Ou, para você, não interessa o partido, apenas segue ideias ou pessoas?

Aí que mora o grande problema brasileiro.

Um partido político no Brasil *deveria* ter uma ideologia bem definida, mas isso não ocorre.

Seja por razões de "governabilidade", "oportunismo", ou por puro medo de ser taxado de "direita" ou de "esquerda".

Inesquecível a frase de Gilberto Kassab, quando questionado sobre qual orientação ideológica do novo partido fundado e presidido por ele, o PSD: "Não é de direita, nem de esquerda, nem de centro".

Em um país democrático é quase um acinte tal afirmação.

Se um partido, não é "parte" de algo, ou seja, se ele não escolhe certa conduta ideológica, o que ele é?

Se você gosta de um partido e não sabe direito o que ele pensa, não se sinta tão abandonado, esquecido e envergonhado como ocorreu após o Brasil levar 7x1 da Alemanha.

Você, eleitor e ser democrata inteligente, que lê este guia (há uma demonstração maior de sabedoria?) pode exigir de seu partido posições claras; esse é o nosso intuito aqui.

E se seu partido não pensa organizadamente, nada melhor do que você estabelecer suas ideias de maneira coerente para poder exigir uma melhor representação política.

O problema é: Como organizar minhas ideias?

Logo, logo, chegaremos lá, mas antes um alerta:

Com relação à direita, o maior temor de partidos ou defensores desse ideal é ser ligado à ditadura militar. E os opositores sabem disso, por isso sempre fazem essa acusação com o claro intuito de calar o debate e colocar o "oponente" na defensiva, algo totalmente autoritário.

Com relação à esquerda, o maior temor de partidos ou defensores desse ideal é ser ligado à falida e extinta União Soviética ou à ditadura cubana.

O mesmo pode ser dito, logo, darei um CTRL C + CTRL V:

E os opositores sabem disso, por isso sempre fazem essa acusação com o claro intuito de calar o debate e colocar o "oponente" na defensiva, algo totalmente autoritário.

Então vamos entrar num acordo: há a ditadura de direita e há a ditadura de esquerda, mas jamais você ouvirá falar em "ditadura liberal" ou "ditadura progressista".

O problema das pessoas é não saber discutir política. Para superar isso, conscientize-se:

Os maiores problemas no modo como é gerida a política do Brasil são o patrimonialismo, fisiologismo e partidos sem identidade ideológica.

Para começar, o que é patrimonialismo?

Um local onde não há distinções claras entre os limites do público e do privado.

Empresas ou pessoas que têm relações com o Estado sem que haja clara divisão entre os interesses privados e os interesses públicos, ou seja, políticos, grandes, médias e até pequenas empresas e indivíduos que se veem como donos do bem público.

Vamos levar esse exemplo ao dia a dia:

Quantas vezes você, um vizinho, amigo, parente disse "sou honesto, nunca peguei nada de ninguém", mas essa mesma pessoa:

1. Tem carteirinha de estudante falsa.
2. Já deu uma "lembrancinha" para algum agente público ou privado para obter alguma vantagem ou escapar de alguma punição.
3. Tentou comprar ou vender algum produto sem impostos.
4. Joga lixo na rua, pois acha que há pessoas pagas para limpar.
5. Desrespeita leis quando não vê nenhum agente do Estado para punir.
6. Faz algum "gato" na TV a cabo, água ou luz.
7. Cobra honestidade de desconhecidos, mas fecha o olho para deslizes de parentes por achar que "família é sagrada".

Pois é, então imagine: se você pensa ou age assim, certamente não saberá diferenciar o bem público do próprio bem, afinal de contas, se você está fazendo algo a seu favor ou da sua família, tudo é perdoado, não é mesmo?

Quem não ama a família e os amigos? Ser traíra? Jamais.

E é assim que tudo começa, como diria Michael Corleone: "tudo pela família. "

Saiba que a partir dessa lógica, um funcionário público, um vereador de alguma pequena cidade,ou mesmo um senador da república cometem atos de corrupção, logo, nunca encha a boca para se dizer honesto antes de passar pela prova de ser corrompido.

Está aí uma das grandes falhas do modo de ver nossas relações com o espaço público:

Não serão leis rígidas que irão regular ou punir nosso modo de agir. . Sempre existirão brechas, falhas e atalhos para a corrupção.

O que deve mudar é o nosso modo de separar o que é o público e o que é privado, e o exemplo vem do nosso dia-a-dia.

Não me preocupa o fato de quem critica esse tipo de falha, age da mesma maneira no seu cotidiano, tornando-se um "hipócrita".

Este guia, em nenhum momento, preocupa-se com a moralidade dos indivíduos, mas pretende chegar a um debate político mais saudável e produtivo, e para isso, é necessária a conscientização dos verdadeiros problemas para que seja possível unir os progressistas e os liberais contra práticas que realmente prejudicam a nossa sociedade.

Apesar de progressistas e liberais brigarem pelo poder, ambos abominam práticas nocivas à sociedade.

Um bom liberal ou um bom progressista combatem, de forma unida, os pontos que mais atrapalham o desenvolvimento do país, deixando o resto do debate livre para outras questões, muitas vezes, menores em que batem de frente.

O que é fisiologismo?

É um tipo de relação de poder político em que ações e decisões são tomadas por troca de favores e outros benefícios de interesses individuais, em detrimento do bem comum.

No caso brasileiro, fica muito nítido esse tipo de prática, assim sendo, o legislativo apoia projetos do executivo em troca de cargos em estatais e em ministérios no âmbito federal, ou em secretarias nos âmbitos estaduais e municipais.

Priorizam-se indicações políticas em detrimento às pessoas com comprovada excelência técnica para os cargos. O resultado disso tudo está aí em seu dia a dia, prezado leitor.

O fisiologismo também ocorre quando o poder executivo, em troca de apoio político, libera verbas para projetos de legisladores.

Não deixa de ser também uma forma de patrimonialismo, se pensarmos como os políticos que exercem essas funções públicas, sem ter competência, colocam em segundo plano o bem público.

Não é segredo para ninguém que cargos em prefeituras, órgãos estaduais, federais ou de grandes empresas controladas por todas as esferas públicas, além de pagarem muito bem, dão vários benefícios aos seus funcionários que os do setor privado não têm.

Afinal, quem não sonha em passar num concurso público?

Agora imaginou ser "nomeado". Coisa boa, não é?

Partidos sem identidade definida:

Daí, chegamos aos partidos sem ideologia definida.

Como é possível um partido político ser realmente progressista ou liberal se seus membros utilizam-se de práticas patrimonialistas e de fisiologismo?

Torna-se urgente que a população saiba, de maneira clara e definida, como quer o mundo: um arco-íris ao fundo de um bosque, onde pessoas cantem, de mãos dadas, músicas meigas (e não haja advogados, comedores de criancinhas ou editoras).

Infelizmente, não chegaremos lá sendo legais ou postando frases lindas do Chico Xavier no Facebook ou motivacionais do Ayrton Senna.

Fazer política é essencial. Triste, caro leitor, mas real.

Reivindicações, como melhorias na saúde e educação, perdem-se e mostram-se difusas quando misturadas com vozes como diminuição de impostos.

Um liberal exige menos impostos, com o intuito de ter mais dinheiro na mão das empresas e dele próprio. Para ele, esse é um ótimo caminho para o fortalecimento da economia e bem-estar social.

Já um progressista espera que haja otimização dos gastos públicos ou aumento dos impostos em prol de um país sem grandes desigualdades sociais. E o Estado é o grande agente disso.

A partir do momento que essas duas correntes majoritárias formarem-se e os seus ideais consolidarem-se, o caminho do centro, ou seja, um equilíbrio racional entre essas duas visões podem se solidificar.

Por que os partidos brasileiros não têm identidade ideológica?

Aparentemente, alguns partidos de extrema esquerda, como PSOL e PSTU têm sua identidade intacta, por mais absurda e irrealista que elas possam parecer em alguns aspectos, como "alcançar uma sociedade socialista". Digo aparentemente eles têm identidade intacta, porque esses partidos não tiveram chance de desempenhar papéis executivos significativos, aí que a coisa realmente se revelaria.

Mas e os outros partidos, por qual razão não têm?

Numa análise bem rasa, pois, além dos dois itens citados acima, patrimonialismo e fisiologismo, ambos usados, muitas vezes, em nome da "governabilidade", é preciso conseguir uma bancada legislativa capaz de aprovar seus projetos (o que é uma bela desculpa, levando-se em conta que um governo conta com ampla aprovação popular quando eleito). Para este guia, o maior problema é que os eleitores não sabem o que querem direito.

O que faz então os partidos não terem uma ideologia bem identificável pode ser explicado pelo fato do eleitor não ter essa ideologia bem definida (lá vem o chato do autor que vem bater nessa tecla de novo, né?).

Mas pense, não é cômodo para os partidos agirem dessa maneira?

Se o eleitor não sabe o que quer de maneira organizada, nem se ele é liberal ou progressista, logo, ele não tem coerência, então por qual razão cobrar isso dos políticos?

Insanidade das discussões na Internet

Em qualquer tema mais polêmico em que "progressistas" e "liberais" discutam (mesmo que eles não saibam que o são), tende-se, como já falamos anteriormente, a odiar as pessoas mais do que as ideias.

Associa-se a quem está discutindo estereótipos que já foram citados, daí, mesmo pessoas esclarecidas e com boas intenções acabam reforçando seus preconceitos.

Vamos analisar frases típicas de uma discussão:

Chegou a hora do exercício prático, o local em que você, querido e doce leitor, vai ter vários flashbacks de discussões que já teve nesse local em que tantos espalham muito amor e educação: a *Internet.*

Como exemplo, usarei trocas de floreios virtuais sobre cotas, bolsa família, investimentos em áreas sociais, em infra-estrutura, e por último, sobre a diminuição da maioridade penal.

Vamos começar pelas cotas raciais.

Frases de um típico liberal:

"Uma política dita inclusiva, não pode gerar exclusão. Quer dizer que aquele pobre rapaz branco que mora na favela, além de ter que competir com quem pode se preparar nas melhores escolas, ainda terá menos vagas? Isto se chama exclusão da pior espécie. "

"Como jogar nas costas de uma pequena parcela da população, (os jovens brancos atuais), os crimes cometidos por uma minoria de séculos atrás? É uma injustiça ainda maior!"

"Cotas são privilégios. Privilégios devem ser outorgados rigorosamente por merecimento e não pela cor da pele, raça, religião, sexo, posição social, idade ou condição econômica. "

"Cota universitária é de um assistencialismo eleitoreiro barato. Só serve para criar apartheid social, provocando divisão interna no Brasil. Sempre fui pobre e estudei com o suor do meu rosto, não graças à qualquer esmola populista. "

"A Única forma de consertar o problema educacional não é fazendo 'caridade', determinando cotas. É dando condições para que a população corra atrás de um ensino de qualidade, de forma que um aluno saia com seus 17 anos em condições de competir por uma vaga na faculdade, em pé de igualdade com qualquer outro cidadão (caso este sujeito tenha se preparado). "

Frases de um típico progressista:

"Existe igualdade entre brancos e negros? Se alguém larga numa corrida vinte posições atrás e já conta com um motor mais fraco, necessitando parar mais vezes pra abastecer, a tendência é ele ficar cada vez mais para trás! Os negros passaram séculos sendo explorados, como pode haver justiça?"

"É falácia dizer que os brancos de hoje pagariam com as cotas uma reparação ao crime dos nossos ancestrais contra os negros. Não é assim! Eles ainda usufruem dos benefícios, privilégios herdados, enquanto os negros ainda sofrem com todos os efeitos nefastos. "

"As cotas têm como objetivo colocar o negro e o índio na convivência acadêmica. Sejamos sinceros, eles raramente são vistos em universidades públicas, local em que deveria ser um espaço a ser dividido entre todos os brasileiros, e não aos que tiveram sorte de ser economicamente mais favorecidos. "

"O brasileiro, seja branco, negro ou miscigenado, diz a um negro: 'você que é complexado, o problema está na sua cabeça'. Ele coloca a culpa na própria vítima da exploração, sendo que todos sabem o quanto é vetado o seu acesso aos melhores cargos pela barreira educacional. "

"O negro sabe que é negro, conhece suas raízes, sabe como ele não é levado a sério, seja pela cor da sua pele ou pelos traços de seu rosto ou cabelo. Ele não se vê na TV, não vê um igual em postos-chave de comando em empresas, política ou serviços qualificados, nem bem remunerados. "

Sugestões para discussão sadia:

Tirar a capa da emoção, pré-conceito e sentimento de querer impor justiça ao ler todas as colocações acima, apesar de ser muito difícil.

Caso você tenha conseguido derrubar o argumento de qualquer um, não é uma tarefa simples,pois é preciso ter conhecimento do assunto e uma sensata reflexão.

Por isso que é uma discussão tão apaixonada e polêmica.

Todas as frases devem ser dotadas de uma boa dose de bom-senso e busca por uma sociedade justa, mesmo que uma ou outra possa se chocar com a lei.

A partir de agora, tenho certeza, o leitor irá discutrir, argumentar, corrigir e até se revoltar com algumas idéias lançadas pelo guia.

Mas está é a intenção!

Posto assim, como encontrar uma discussão construtiva?

Uma maneira seria que os partidos políticos deixassem claro em suas plataformas o que eles pregam: "Somos liberais, logo, para nós as cotas não são justas, vamos procurar outra solução. " Ou, "somos progressistas, e consideramos as cotas um instrumento essencial para reparação de injustiças. "

Ganhando um ou outro, todos saberão qual tipo de política tende a ser imposta, seja nas universidades, seja nas cotas impostas para o funcionalismo público.

Por outro lado, havendo representantes eleitos de ambos os lados no legislativo, teria espaço maior para negociação, e essas políticas, sendo implantadas ou não, tenderiam, após sérios debates, a produzir melhorias na óbvia desigualdade educacional que ocorre no país.

Isso só seria possível porque os eleitos de cada partido, com ideais definidos, teriam obrigação de implantar bandeiras defendidas por seus eleitores e deveriam ser cobrados por resultados práticos.

O caminho para o centro tenderia a ser inevitável, exemplo:

Um misto entre cotas sociais e raciais?

Um plano sério de cotas por determinado período, onde as regiões em que a maior parte dos alunos beneficiados receberia maior investimento público e/ou privado em educação, ou ainda,, seguindo preceitos liberais, as regiões com maior incidência de alunos beneficiados tivessem incentivos públicos, não necessariamente em verbas, para que empresas privadas investissem, criando assim empregos e renda.

Não é simples? Claro que não. Problemas complexos exigem organização, boa vontade e soluções de curto, médio e longo prazo.

Certamente tudo irá mudar com esse tipo de atitude! ;)

Escolhemos esse caminho ou então as pessoas podem gritar educadamente na Internet com colunistas e "oponentes".

Discussões típicas na Internet a respeito do Bolsa-Família

Frases de um típico liberal:

> *"Os dependentes de subsídios do Estado, querendo ou não, têm o voto comprometido, pois sentem-se compelidos a continuar recebendo os benefícios. Sem contar os efeitos do programa no jogo político: jamais um aspirante a algum cargo, seja no executivo ou no legislativo, vai ousar discutir a validade do bolsa-família sem que seja acusado pelos adversários de reacionário. "*
>
> *"Não vou tirar o crédito devido ao bolsa-família, porém ele gera certa acomodação do Estado. Para os governos é muito mais fácil dar esse dinheiro do que investir*

de maneira planejada. Dessa forma, longe do discurso mesquinho, a acomodação não é dos beneficiados, e sim, do Estado. Por que não investir na formação de profissionais para o mercado emergente de trabalho?"

"Por mais que eu seja pobre, jamais me cadastrei no programa. Não aceito ganhar esmolas do governo. É uma questão de princípios. Sem contar quantas pessoas preferem trabalhar sem registro para receber o dinheiro. '

"Um país só se faz com trabalho, educação, respeito e consciência. Tudo que vem de graça tem consequências ruins para o país no todo, pois, no final das contas, torna-se um assistencialismo que não forma alicerces duráveis para o bem-estar da sociedade. "

"Está errado subir em 10% o valor do bolsa-família, sendo que o salário mínimo e a aposentadoria aumentaram apenas 6%. É um princípio errado! Não sou nenhum monstro que não quer melhorias na vida dos menos afortunados, ao contrário, mas tenho certeza de que com os 20 bilhões de reais investidos ao ano, o país poderia ser melhorado de forma muito mais sustentável, correta e coerente. Deve-se dar condições para a população pescar e não dar o peixe, a menos em casos urgentes. "

Frases de um típico progressista:

"Dando o exemplo de quem vive no sertão onde há populações que não têm acesso a serviços e bens básicos, que plantam para comer, e muitas vezes, sequer possuem energia elétrica, pode ter certeza de que cada centavo é ouro. Fale com uma mãe dessas famílias que lida na roça a vida inteira e não tem quase nenhum estudo, diga-lhe que precisa trabalhar fora, arranjar um emprego; ela irá rir da sua cara. Nesses locais não há nenhuma oportunidade de emprego. Julgar é muito fácil para quem está de fora. "

"O governo paga por beneficiado em média 152 reais; quem nesse mundo realmente pode ficar "encostado" com uma miséria dessa? Sabe quanto custa o preço dos alimentos pelo menos? Para quem tem casa/comida/conforto é difícil entender o bolsa-família. "

"O governo gasta vinte bilhões? E daí? Eu defendo um Estado que age em beneficio da sociedade e não que investe apenas em empresas como muitos querem. Isso sim, traz reais benefícios para toda a população. Tenho noção da necessidade do equilíbrio entre o capital e o social, ambos são benéficos na medida certa, mas o

Estado sempre trabalhou para as empresas. Este programa é uma conquista do povo, e não do governo que o instaurou (ou criou). "

"Além da aposentadoria rural, o bolsa-família foi, ao longo da história, a única medida de controle do fluxo migratório nordestino. Nesse ponto, nota-se o fim do êxodo dessas regiões para as grandes cidades, e um fluxo inverso começou a ocorrer. Cidades pequenas começaram a se desenvolver e as grandes cidades passaram a respirar melhor. "

"Consumir, também é trabalhar! Viver do bolsa-família também significa garantir o sustento de trabalhadores nas grandes cidades! A partir do momento que o Estado financia uma população a consumir, em vez de usar a verba para pagar juros ou dívidas, a economia de muitos lugares, que antes era estagnada, começa a se movimentar gerando mais arrecadação, emprego, etc. "

Sugestões para discussão sadia

Repetindo as colocações da discussão anterior:

Tirar a capa da emoção, do sentimento de justiça, e de qualquer pré-conceito, apesar de ser muito difícil.

Ao ler todas as colocações acima, apesar desse tema mostrar-se mais sensível que o das cotas em muitos aspectos, já que se trata de pessoas vivendo na extrema pobreza, é difícil derrubar o argumento de qualquer uma. Então, todas são dotadas de bom-senso.

Posto assim, como haver uma discussão construtiva?

Para não ficar com fama de carrasco, insensível, agressor de velhinhas, deveria parecer justo a qualquer liberal que uma população vivendo à margem da sociedade de consumo e abaixo da linha de pobreza, represente, além de uma tragédia humanitária e social, um enorme problema econômico: ela não produz, está mais disposta a movimentos migratórios, a viver nas ruas e a não ter acesso à educação, criando um círculo vicioso de pobreza e desigualdade.

Os progressistas têm chiliques ao dizer que o Estado deve socorrer essas pessoas dando o mínimo de condições para alcançar a dignidade, porém, eles também deveriam ser razoáveis e imaginar o tamanho do problema, se por tempo indeterminado, essas populações não tiverem condições de produzir.

Pior: se a quantidade de pessoas dependentes desse benefício estatal aumentar cada vez mais, isso criará um contingente de contribuintes que, para sustentar esses benefícios, será cada vez mais sacrificado através de impostos. Ainda mais, tratando-se de um país em que se paga tanto por tão pouco em troca.

Logo, teremos uma luta entre carrascos insensíveis x chiliquentos.

Como resolver isso?

Sem populismo e com coragem política.

Hoje, há enorme perigo de chantagem e histeria eleitoral, caso algum político tente tocar no assunto de qualquer reforma ou aperfeiçoamento do bolsa-família.

É só lembrarmos do caos, em agências da Caixa nos vários estados do Brasil, após o boato do fim do benefício e as acusações mútuas entre governo e oposição de onde surgiu tal rumor.

Assim como nas cotas, o bolsa-família significa a admissão do Estado brasileiro e da população em geral no fracasso de uma mínima política de distribuição de renda.

Sendo assim, quando o plano foi instituído, políticas sérias de regulamentação do Estado deveriam ter sido detalhadas para o curto, médio e longo prazos. Por exemplo:

Curto prazo (o que foi feito): cadastramento e auxílio imediato nas cidades e no setor rural dos que vivem abaixo da linha de pobreza, para que estes sejam devidamente assistidos.

Médio prazo: identificados os maiores necessitados do programa, o Estado poderia regular e incentivar a criação de empregos para essas pessoas, dando de alguma forma, prioridade a essas populações.

Em parceria com a iniciativa privada, poderia criar escolas de especialização de mão-de-obra.

Já nas áreas rurais, dependentes do programa poderiam ser beneficiados pelo crédito bancário destinado ao plantio, assim como cursos de aprendizado e especialização no agronegócio.

Não podemos nos esquecer dos empregos no funcionalismo público do país, que vão desde varredores de rua, bancários, enfermeiros, até juízes e promotores. O Estado tem em suas mãos uma enorme demanda de profissionais a serem formados e aproveitados. Poderia haver algum tipo de arranjo para que os dependentes pudessem ser admitidos. (Sei que isso soa como algo inconstitucional, mas a ideia está aí).

Longo prazo: com obras de infraestrutura em áreas rurais como estradas, escolas, hospitais e abastecimento de água, teoricamente, muitos deixariam de depender do programa.

Já nos centros urbanos, a partir do momento em que as pessoas dependentes do bolsa-família e seus descendentes estivessem inseridos e mapeados no programa há anos, políticas casadas de educação, criação de empregos e especialização profissional diminuiriam de maneira sensível o número de beneficiados.

Certamente, esse é um tema polêmico. Não é uma questão meramente pública, é, acima de tudo, humanitária, mas temos que ser pragmáticos: e se o país não produzir riquezas suficientes?

Se o Brasil encontrasse condições de crescer e criar riquezas, toda a questão ficaria em segundo plano, porém imagine como a convulsão social poderia aumentar caso o país entre em séria recessão.

Segundo as estatísticas, de 2012 a 2014, o Brasil nunca teve um período com tantas pessoas empregadas, mesmo assim, esse auxílio estatal aumentou. Qual a explicação para isso?

Antes o programa não chegava a todos.

Mas, observamos um problema: se o número de dependentes do bolsa-familia continua aumentando, é porque os ricos estão ficando mais ricos e os pobres mais pobres, ou então, todo o país está mais pobre.

Em qualquer uma das opções, uma classe média irá sentir-se triturada e se tornará cada vez mais dividida entre chiliquentos e carrascos.

A possibilidade de um UFC, MMA ou Jungle Fught, ou qualquer sigla que não faço a mínima noção da diferença, estará instaurada.

Redução da maioridade penal

Frases de um típico liberal:

> *"Não concordo que uma garota de 14 anos que rouba uma roupa tenha a mesma punição de um adulto; é preciso ter bom senso. Mas, acho que um menor deve ser punido de acordo com a gravidade de seu crime. Sou a favor da redução da maioridade penal em casos de crime hediondo e de reincidentes. Quem é a favor da redução da maioridade penal não quer vingança, quer justiça. "*
>
> *"O Estado não pode ser o único responsável por dar educação de berço, quem deve fazer isso é a mãe e o pai. Se estes são omissos, o que as pessoas de bem devem fazer? Enquanto todos não receberem educação, saúde e tudo mais do Estado, os menores podem matar e fica tudo por isso mesmo? Temos que contar com a sorte todos os dias de não cruzarmos com um menor carente; isso é justo?"*
>
> *"Os menores infratores com quem tive a oportunidade de conversar dizem, para quem quiser ouvir, que cometem os crimes porque tem a certeza de que irão cumprir uma simbólica medida sócio-educativa, e isso não os intimida. Sou*

professor de educação básica da rede pública de uma escola de periferia, lido com menores infratores e posso afirmar com toda a convicção: eles praticam crimes com a certeza da impunidade. Há duas semanas, um deles relatou-me: "vou acertar as contas com o pai da minha namorada; o folgado não deixou a mina dormir comigo". Perguntei se ele não tinha receio de cometer um crime e sabe o que ele me respondeu? "Tenho que aproveitar enquanto sou menor, depois não poderei mais".

"Sou policial militar e lido com isso todos os dias em meu trabalho: toda quadrilha tem um ou dois menores. As armas sempre acabam ficando em suas mãos porque logo são soltos e voltam a praticar delitos. Os menores não devem cumprir penas em penitenciárias junto dos adultos, mas acho que poderia haver redução da maioridade penal com alguns ajustes na lei: como, por exemplo, um local de cumprimento específico e apenas para alguns crimes com agravantes. "

"Sou pobre e sempre fui trabalhador. Eduquei meus filhos com enorme sacrifício, mas nem de longe, algum deles teve vontade de roubar ou algo do tipo, ao contrário, eles que sofreram assaltos. Acho um absurdo jogar a responsabilidade para a sociedade como fazem os intelectuais. Os pobres são a maiores vítimas dos crimes cometidos por menores, e todos sabem que ninguém tem vontade de resolver isso, preferindo cozinhar o problema. Em minha opinião, assim como o menor infrator, os pais deveriam ser responsabilizados pelos seus crimes, já que não sabem educá-los. Alguns falam que o local onde os menores ficam apreendidos deveria socializá-los, mas isso sempre será tarefa da família, embora muitas não têm pulso para isso. Se o menor não ouve o pai, vai ouvir um psicólogo? Agora, se ele não tem família, tudo bem. "

Frases de um típico progressista:

"A despeito da rigidez da política de encarceramento, um estudo concluído em 2012 confirmou o que muitos já vinham argumentando: a maioria dos menores apreendidos – muito dos quais tinham apenas 13 anos quando cometeram seus crimes – é de origem pobre, presenciou violência na infância e já sofreu abusos físicos e sexuais quando criança. A prisão não parece ser a solução para salvá-los. "

"A redução da maioridade não tem efeito contra a violência e só vai fazer com que jovens e adolescentes entrem mais cedo na faculdade do crime. Na prática, a punição apenas jogará os menores para os leões. "

"Reduzir a maioridade penal fará com que jovens ainda mais novos venham a praticar crimes. Se for para 16 anos, logo se discutirá 14. Punir não resolve, muito pelo contrário, só piora; o correto seria tomar medidas de educação social. Concordo que seja revoltante ver as pessoas do bem serem assassinadas, mas apenas com o aperfeiçoamento das unidades para menores, onde os infratores possam preencher o tempo aprendendo uma profissão, trabalhando, tendo acompanhamento psicológico, fará com que eles recuperem-se. Jogá-los com os criminosos adultos, não é a solução. Além disso, ao reduzir-se a idade da responsabilidade criminal para 14 anos, as gangues irão recrutar menores com 12 e 13 anos. Teremos delinquentes mais jovens do que acontece hoje e isso será uma catástrofe social ainda maior. "

"Um dos deveres do Estado é dar condições para as pessoas viverem dignamente; por isso é que pagamos tantos impostos, mas a partir do momento que o Estado não cumpre o seu papel, não é justo que ele puna alguém por fugir das regras. O fato do "moleque não ter pai e nem mãe" que os direcione, não é um acaso do destino ou azar; eles já vieram de famílias totalmente desestruturadas. Ninguém nasce querendo ser um assassino. "

"O governo, com apoio de camadas reacionárias da sociedade, opta por combater as consequências e não as causas. Veja: a pretexto de reduzir acidentes rodoviários, reduz-se a velocidade nas estradas a níveis ridículos. Ao invés de se tratar os drogados, proibe-se o consumo. Faltam políticas públicas para salvaguardar as famílias em situação de risco social e sérios programas de socialização dos menores infratores. "

Sugestões para discussão sadia

Assim como nos debates anteriores, não é possível afirmar que alguém está errado neste debate. Como dizer para um parente ou vítima de um crime cometido por um menor que ele não deve clamar por justiça?

Como afirmar para um progressista que não há motivos para temer que punições mais duras aos menores infratores agravarão ainda mais a situação de muitos desses jovens?

Em essência, sem ficar em cima do muro, mais que nas questões anteriores debatidas, os dois lados estão certos, nenhum está errado.

Esse é o problema.

A diferença é que, neste caso, os liberais são mais emocionais, enquanto os progressistas mais pragmáticos, isso porque, ao passo que os primeiros clamam por justiça, os segundos preocupam-se que essa justiça não traga ainda mais injustiça.

Por outro lado, não deixa de ser um irônico paradoxo: quem defende a justiça por um crime seja, muitas vezes, acusado de facista. Então, se você não quiser levar um anjinho infrator para sua casa, como muitos seguidores do compreensivo Jair Bolsonaro acusam, cheios de amor no seu imenso coração. Ou, como os beijadores da barba do Fidel gritam, com amor ainda maior em seu lindo ser, que quem defenda punição aos menores é um genocida, atropelador de ciclistas, e comedor voraz de carne vermelha, vamos procurar o bom senso.

Nessa discussão e nas outras duas levantadas acima, (cotas e bolsa-família), há uma diferença radical de princípios entre os progressistas e liberais:

O ser humano é bom ou mau por natureza?

É o meio que molda a pessoa ou ela é segundo a sua essência?

Milhares de argumentos e exemplos podem ser jogados, mas por fim, a resposta será pessoal e a questão ainda permanecerá insolúvel, afinal o que veio antes: "o ovo ou a galinha?"

A solução parte um pouco de cada visão, justamente porque o ser humano é um pouco de cada coisa.

A proposta de alguns liberais, como responsabilização maior das famílias (quando elas existem com a mínima estrutura) parece atraente, mas na prática, seria possível?

Uma outra proposta, provavelmente defendida por ambos os lados, é o controle da natalidade das famílias sem condições; parece, na teoria, muito positiva (para o horror dos conservadores mais fervorosos).

Tornar mais dura a punição das quadrilhas que tivessem menores entre seus membros poderia fazer parte de um pacote de soluções? Talvez, mas não imagino que seriam tão significativos os resultados.

Também parece razoável concordar com os liberais: jogar total responsabilidade nas costas de um Estado, que ainda lida, e muito mal, com obscenos 50 mil homicídios anuais, é de uma ingenuidade insana.

Até agora, pouco evoluímos nas soluções, mas este guia não existe para isso, ele existe para que as pessoas se entendam e saibam que apenas com discussão séria e respeitosa, um país pode caminhar para soluções práticas, sérias e planejadas.

Algumas sugestões como tratar de maneira diferenciada infratores que cometem crimes hediondos parece razoável, apesar do pavor dos progressistas.

Sejamos razoáveis: matar alguém não é uma banalidade que se resolva facilmente na cabeça do criminoso, ainda mais de um menor.

Achar também que todas as pessoas podem ser curadas ou tratadas é de extrema simplicidade. Obviamente, estamos falando aqui de uma esmagadora minoria de jovens, "maus" por natureza, mas que não devem ser ignorados. Essa questão certamente é um enorme elefante na sala de um progressista: temos que encarar o fato de que há jovens irrecuperáveis.

Mas como conciliar essa visão, sabendo que, obviamente, não parece nada inteligente jogar um jovem na prisão?

Sempre voltaremos ao mesmo assunto manjado: diminuir as desigualdades sociais, dar escola, assistência básica.

Mas, como explicar o aumento da criminalidade entre 2010 e 2014 sendo que o país praticamente alcançou pleno emprego?

Admite-se que emprego e crime pouco têm em comum.

Além das políticas inclusivas, faz-se necessário o controle da natalidade e melhorias dos centros de reeducação com maior apoio da sociedade civil. Parece óbvio também, que é preciso aumentar a punição das quadrilhas que recrutam menores e exigir, de alguma forma, a responsabilização dos pais e responsáveis dos jovens infratores.

Como vemos, nenhuma solução mágica e milagrosa pode ocorrer, mas pode-se garantir que se políticas sérias forem tomadas, ao invés da total preguiça e falta de planejamento que toma conta do Estado e da sociedade, muita coisa pode ser melhorada.

Pois hoje, o pior dos mundos ocorre: as vítimas de violência sentem-se injustiçadas, os jovens que a cometem raramente são socializados e a criminalidade destes não diminui.

Todos ficam insatisfeitos e a convulsão social se instaura.

À vista desse cenário, há muito com o que se conversar e pouco com o que brigar.

Investimentos em áreas sociais ou em infraestrutura?

Frases de um típico liberal:

> *"Os investimentos em infraestrutura, ao contrário do que pensam os esquerdistas, têm essencial impacto na redução da pobreza e na melhoria da qualidade de vida da população de menor renda. Há um efeito direto no aumento da oferta de empregos e salários quando a economia cresce e se torna mais eficiente e competitiva. "*

"A melhor política social é o investimento na melhoria das indústrias e comércio. Sem infraestrutura, as empresas não conseguem desenvolver adequadamente seus negócios, os produtos encarecem no mercado interno (prejudicando os consumidores), e também no mercado externo (dificultando as exportações em função da concorrência internacional). "

"Mesmo a China, um país teoricamente socialista, entendeu a importância de investir em infraestrutura. Os padrões de vida por lá, medidos pela renda per capita, ultrapassaram rapidamente muitos países do mundo depois que começou a investir pesadamente em portos, estradas e ferrovias. "

"A falta de estradas e portos inibem o acesso aos serviços de saúde e aos medicamentos. Sem contar nos efeitos positivos nas obras de saneamento e energia elétrica para a população em geral. "

"O setor manufatureiro e a indústria brasileira tiveram seu crescimento contido pela falta de estradas, ferrovias, aeroportos, portos e energia elétrica. Esta carência prejudica não só o comércio exterior, mas também o comércio interno. Um exemplo disso é que com pouca refrigeração e tempo grande para deslocamento, frutas e vegetais apodrecem antes de chegarem aos mercados. "

Frases de um típico progressista:

"O Estado não pode priorizar investimentos nas empresas, contudo deve pensar nas pessoas. Ao longo dos séculos, os governos brasileiros sempre tiveram políticas de desenvolvimento que se baseiam na exportação de produtos agrícolas, voltando-se para o escoamento e o transporte da produção em detrimento do mercado interno e das políticas sociais que realmente tiram o cidadão comum da pobreza. "

Quando o Estado deixa de investir em educação, saúde e programas sociais em detrimento das grandes obras, o que vemos é a maior corrupção: construtoras e políticos recebem "comissões" e com o lucro maior das empresas acentua-se cada vez mais a desigualdade social. "

"O gasto na educação não gera apenas conhecimento. Gera economia, com o pagamento dos salários aos professores, por exemplo, aumenta o consumo, as vendas, o emprego e os lucros. Os gastos sociais retornam ao Tesouro na forma de tributos, sem contar na óbvia equação que mais educação tira o sujeito da marginalidade, diminuindo todos os problemas sociais. O mesmo não ocorre com obras faraônicas e superfaturadas do governo em portos, estradas, aeroportos. "

"Apenas uma sociedade em que as pessoas tiverem condições dignas de educação, saúde e transporte, pode seguir em direção ao desenvolvimento econômico sustentável. De outra forma, o que vemos, invariavelmente, são governos pensando somente em fazer obras e se esquecendo de uma economia forte que só pode ser sustentada por pessoas com as condições mínimas de vida, garantidas pelo Estado. "

"Regiões que recebem investimentos sociais criam o chamado "novo consumo". Aparecem novos empreendimentos e com eles, novos empregos. Esses locais ganham vida própria, pois as melhorias de renda, da educação, saúde e transportes geram um mercado de consumo fantástico. O mesmo não se pode dizer das obras bancadas pelo governo em pontes ou estradas, que apesar de importantes deveriam estar sempre relegadas diante da prioridade dos gastos sociais. "

Sugestões para discussão sadia:

Como uma criança mimada, muitas vezes, achamos que o dinheiro do Estado seja infinito. Se fosse, certamente haveria espaço para que todos os interesses do país fossem atendidos, por mais corrupto e/ou incompetente que o poder público fosse. Daria para os pobres políticos atenderem seus nobres interesses pessoais e o honorável público receberia uma mesada mensal para ficar em casa, vendo BBB.

Mas a vida é dura até para o Eike Batista, assim sendo, é preciso fazer escolhas: "Cozinhar ou comprar frios e esquentar o sanduiche no microondas"?

Brinquedos educativos para crianças que irão requisitar a atenção dos pais ou um IPAD para os genitores terem algum descanso da tarefa árdua de educar um pimpolho com energia infinita?

Como então priorizar os investimentos, tendo em vista os problemas de infraestrutura e a desigualdade social brasileira?

Certamente um liberal diria: "Abaixe os impostos, faça a reforma tributária e deixe a iniciativa privada cuidar do resto. O Estado deve apenas criar regras".

Um progressista tenderia ao contrário: impostos maiores para os mais ricos, menores ou inexistentes para os mais pobres, e um Estado forte para distribuir bem-estar social para todos os seus cidadãos.

Logo, há uma questão dupla colocada acima: tamanho do Estado e prioridade dos seus investimentos.

Na ditadura militar, o Brasil tinha um grande Estado, um Estado dominante que investia, pegava empréstimos, criava estatais, ou seja, não era um Estado liberal. Como colocado no início deste guia, não é esse Estado que os dois lados procuram.

O que os liberais querem é: além de políticas que priorizem obras de infraestrutura, um Estado que fomente investimentos privados, ou, para ser mais exato, num primeiro momento, investimentos públicos em obras que trarão benefícios a atividade comercial e industrial. Num segundo momento, "no mundo perfeito liberal", o Estado não colocaria dinheiro, nem mesmo em obras de infraestrutura, ele apenas regularia e direcionaria esses investimentos.

Para os progressistas isso não deixa de ser uma utopia, pois sempre que o Estado se meter com empresas privadas, ele estará privilegiando poderes corporativos e destinando benefícios menores ao restante da população. Para eles, na melhor das hipóteses, essa troca entre público/privado trará alguns empregos, mas a desigualdade social se acentuará.

Um progressista esclarecido não acha que obras devem ser deixadas de lado, mas não podem ser a prioridade, justamente por acentuar a desigualdade social pelo fato do Estado trabalhar para as grandes corporações, não para o bem público.

Prova disso, segundo muitos progressistas, é que até prefeitos de lugares como Nova York ou Viena têm viajado para Hong Kong ou Xangai, com o intuito de tentar aprender como a intervenção direta do Estado nessas cidades, sem qualquer ligação com empresas privadas, tornou possível a implementação de políticas de transporte, iluminação, saneamento e habitação mais modernas e benéficas à população comparadas às suas cidades.

Para os liberais, a justificativa para o sucesso das políticas implantadas por regimes socialistas está justamente na ausência de órgãos reguladores, agências de controle e de debate público sobre prioridades.

Trocando em miúdos: a democracia seria a grande responsável por engessar os investimentos, no entanto um liberal sempre repete: "a democracia é o menos pior dos regimes".

Os liberais vão além, exemplificando as implicações da rapidez e suposta eficácia das obras nessas cidades socialistas, argumentando com os progressistas o ponto fraco desses regimes: "Estados socialistas que fazem obras de infraestrutura e bem-estar social sem qualquer controle, criam um problema duplo, isto é, possibilidade de corrupção, desocupações e desapropriações sem qualquer controle judicial, gerando maior injustiça social.

Como equilibrar isso no Brasil?

É preciso entrar numa discussão econômica.

E discussão econômica é chata.

Não tão chata quanto um radical, mas é chata.

Daí o escriba aqui teme, na verdade, morre de medo, treme na base pensando que o caro leitor abandone a leitura e procure algo mais interessante. "De que adianta eu ler isso aqui? Vou dar uma volta!"

Não nego que você possa ter razão, mas raciocine: após ler o "economiquês" abaixo, você pode esnobar alguns amigos ao destilar toda sua sabedoria.

Vamos lá, então:

No Brasil, há espaço para investimentos primordialmente na infraestrutura?

A divisão internacional de trabalho mudou. No caso brasileiro, é mais favorável ao agronegócio do que à indústria. Difícil acreditar que uma indústria brasileira conseguirá concorrer com a manufatura da Ásia.

A falta de competitividade internacional é um bom argumento para que o Estado não mude sua política de aumento do salário mínimo, e invista melhor na área social.

Mas nossa indústria e comércio andam mal das pernas, o que fazer?

Sendo realista: nossa indústria não tem competitividade, com exceções da agrícola, de carnes e de siderurgia, e sem competitividade externa e mercado de consumo interno baixo, a economia brasileira desabaria.

Obviamente, isso não significa dar as costas para obras de infraestrutura, ainda mais quando falamos em mobilidade interna ou de saneamento, por exemplo.

O Brasil adotou nos últimos anos uma política de distribuição de renda e de investimento em bens de consumo de massa que funcionou, garantindo um mercado interno robusto e ainda em crescimento, mas esse modelo tem seus limites.

Porém, o modelo de desenvolvimento do Brasil estar saindo da indústria para o setor de serviços parece inexorável.

Se não é mais possível manter alto o consumo interno como efeito acelerador de crescimento, o que pode ser feito para equilibrar o ponto de vista liberal e progressista?

Uma sugestão seria o Estado destravar as concessões para obras à iniciativa privada na exploração do petróleo, com isso, muitos dos gargalos em infraestrutura seriam sanados, deixando o Estado livre para investimentos e planejamentos na área social.

Assim, mantém-se a trajetória de distribuição de renda com políticas sociais, e destrava-se o pacote da infraestrutura.

Nem é preciso citar a urgência da reforma tributária. Já é chover no molhado dizer tal coisa.

Além disso, pensando a longo prazo, o país precisa de investimentos técnicos, aperfeiçoamento sério e coordenado em produção de tecnologias, trazendo boas cabeças da América Latina, África, e fazendo com que as "boas cabeças" do Brasil, com um aprendizado adquirido nos grandes centros acadêmicos do mundo, firmem residência em sua terra mãe, com isso, o Brasil escaparia da justa crítica liberal de que o excesso de proteção do Estado progressista coíbe o desenvolvimento da criatividade do estudante.

Faça a seguinte ilação: ITA > Embraer > Exportação de aviões

Embrapa > agronegócio > balança comercial

Sobreviveu até aqui?

Não foi tão ruim, foi? Seja sincero!

Os progressistas perguntam: Por que há pobreza no mundo?

Os liberais então respondem: Porque há riqueza no mundo?

Diga para mim, não é um título lindo para um capítulo? "Por que há pobreza no mundo?"

Além do Nobel de literatura eu poderia ganhar o Nobel da paz, já pensou?

Para você progressista, há poucos caras ricos no mundo (quando você não é um deles) e estes têm a grande maioria das coisas boas: além do luxo, viagens, acesso às melhores escolas, oportunidades de conhecer muitas pessoas interessantes.

E quando digo interessantes, não digo inteligentes; quem quer alguém inteligente, seja sincero?

Refiro-me a namorados ou namoradas com corpo definido por operações plásticas, sessões de personal trainer e a possibilidade de ter salmão rotineiramente no cardápio (devidamente fotografado e postado no Instagran. Por acaso, alguém fotografa um ovo frito para postar?)

Aí, você olha para o outro lado da rua e vê pobreza, desigualdade e gente miserável.

Aí, pipocam escândalos de corrupção:

Algum sujeito desses sonega impostos, tem algum esquema criminal, geralmente ligado a contratos com políticos.

Na melhor das hipóteses, esses canalhas donos de carros de luxo brancos, são especuladores imobiliários que sentam em cima de seus imóveis esperando sua valorização; o que só dificulta a vida da classe baixa e média. Os pobres assalariados financiam as férias desses tubarões em Ibiza com suadas parcelas que durarão quase uma vida.

Aí, você pensa com o fígado, dentes cerrados e muito ódio em seu coraçãozinho:

Como pode existir tanta pobreza no mundo com esses sacanas ricos assim?

Há alguma mísera chance de você, sujeito que recicla lixo, deseja uma bike para andar pela cidade, ter um amigo rico?

Só se ele tiver uma história de vida bem triste.

Nisso, o Faustão em seu domingão é mestre, veja como sempre o sujeito famoso e rico tem um enorme drama para superar.

O sucesso de "Dois filhos de Francisco" é digno de análise sociológica, caro leitor, brasileiro só perdoa o sucesso se ele vier travestido de uma história triste.

Se não for dessa maneira, seu sucesso é imperdoável. Por exemplo: você já viu o "arquivo confidencial" do Luciano Huck? É de cortar o coração, e olha que o sofrimento do garoto nem teve nada a ver com o nariz do apresentador.

Não ajuda muito o fato de que no Brasil, as elites, ao contrário do que ocorre nos Estados Unidos ou Europa, não estejam nem um pouco interessadas em causas filantrópicas, ou seja, em preocupar-se com as causas nobres.

Por lá, um sujeito rico adora chamar a atenção doando para universidades, escolas, hospitais. Tudo para ter uma placa com seu nome ou o direito de cortar uma fita inaugural em público.

Isso confere status. Eles, como bons descendentes dos fariseus da época de Jesus, não esperam recompensas pós-morte pelo Pai Altíssimo que os observa secretamente em suas ações caridosas, os tubarões de lá querem mesmo serem aclamados como santos na terra.

Já nossa elite costuma dizer: "ajudo, mas ninguém sabe onde e como, nem eu. "

Por aqui, nossos liberais são pouco liberais nisso, tudo é de responsabilidade do Estado: "que se dane, eu já pago muitos impostos. " Crítica ou não, isso é uma constatação.

A solução para o progressista é simples: aumentar impostos dá músculos ao Estado para distribuir o bem-estar social.

Na França, quem ganha mais de um milhão de euros por ano paga 85% para o governo.

Há um ator narigudo francês (sempre os narigudos) que fugiu para a Rússia com a desculpa de poder tomar vodka mais barata, (e respirar melhor) ao lado do Vladimir Putin.

"Ah, mas a França tem justiça social. "

Sim, tem.

Mas a Inglaterra e a Finlândia também têm, porém nenhum desses países passou pela Revolução Francesa e suas guilhotinas para a galera se "conscientizar socialmente".

Então, é difícil dizer qual o modelo para o Brasil.

Por aqui, um liberal articulado diz:

"Se não fosse pelo meu trabalho e esforço, num país em que tudo conspira contra, eu estaria quebrado, esperando um emprego público para poder faturar alto e trabalhar pouco. "

O liberal sabe que esse é o sonho de muitos, e o fato de que, com frequência, governos progressistas inflam em muito o número de funcionários públicos e salários, ajuda muito essa percepção, afinal, quem não quer um emprego estável?

Para um liberal, se não fosse pelo seu trabalho e empreendedorismo, não só ele passaria fome como o mundo passaria fome, e só é possível existir progressistas querendo distribuir riquezas porque o liberal é, em muitos casos, um "capitalista selvagem".

Para um liberal, é absurdo existir um Estado de bem estar social, onde há seguro desemprego e o sujeito beneficiado não busca se aprimorar: o número de beneficiados dos programas sociais aumentam, e o liberal continua a trabalhar para pagar escola para seus filhos.

O liberal se revolta, afinal, ele arregaça as mangas para brigar e se vê cada vez mais acuado com impostos e obrigações particulares e do Estado.

É preciso um senso cívico para pesar todas as dificuldades e injustiças que ele enxerga em seu mundo, mesmo que sejam muito menores do que aquele que pega transporte público e ganha no máximo três salários mínimos.

Mesmo assim, é difícil que num momento de agonia, quando ele descobre o fim da promoção do vinho francês que estava com o mesmo preço do vinho chileno, o liberal não pense em compartilhar em seu facebook "Dilma dá porto para ditadura cubana e beija a barba do Fidel de língua".

Há como ter equilíbrio nessa discussão?

Sim, quando os dois lados entenderem as razões do outro, através de uma ferramenta mágica, importada do cristianismo (antes de você, ateu ou agnóstico tremer-se todo, é apenas um instrumento de análise, ok?): A tal da "empatia". Uma palavrinha super mágica, e muito praticada por esse pobre escriba que vos fala.

"Ame o outro como a si mesmo. "

Ou, para não acharem que está lendo um guia do Padre Marcelo Rossi, Chico Xavier ou mesmo do bispo Macedo, (cuja frase teria em algum lugar algum complemento ligado à Salomão, o cara da moda para ele), a frase acima teria a seguinte variação:

"Não faça com o outro o que não quer com você. "

Empatia é a palavrinha mágica, a bússola pelo qual tentaremos nos localizar.

O progressista, como o mais tosco preconceito diz, pode até não ser muito chegado a um trabalho mais duro, mas é justo que ele se preocupe em que não haja maior injustiça e desigualdade social, afinal, isso gera prejuízo a todos.

Agora se o progressista trabalha muito e quer dar seu dinheiro ao Estado, ele também não pode exigir tamanha bondade dos outros. Aí, que reside ser democrático: aceitar que o outro pode almejar ser "mau".

O que um progressista pode dar em troca?

Aceitar que o liberal tem todo o direito de ficar fulo da vida ao trabalhar horas e mais horas por dia.

Mesmo que o liberal seja um vagal e tenha herdado certo conforto de alguém, ele tem o direito de se revoltar por pagar impostos que, em sua visão, não lhe beneficiarão diretamente.

Acredite, se um governo progressista dissesse: "Sei que você liberal trabalha muito, paga muitos impostos, sacrifica-se, então graças a você, muita gente pobre pode viver melhor". O liberal ficaria muito mais feliz.

Logo, ele só quer um pouco de carinho, reconhecimento e amor! Ele quer sentir que faz caridade! Nada do tipo: "Meu governo deu dinheiro, combateu as elites que só querem mal do povo! Nós fizemos o bem distribuindo o dinheiro! E quem não gosta disso, quer ser namoradinha do cão de guarda do Bolsonaro. "

Agora, imagine se as frases desse governo fossem: "Quem trabalha muito deu, através de suados impostos, dinheiro para diminuir a pobreza. Obrigado, queridos! Assinado: Mamãe Dilma e Papai Lula!"

É óbvio que, aliado a esse assistencialismo, o liberal quer que o país cresça pelas próprias pernas. Para isso, é preciso muito mais que empatia, é preciso organização e seriedade.

Só que para chegarmos a isso é preciso muito mais do que boas intenções, veja o exemplo dos "homenageados" pelo Faustão.

Sei que neste capítulo do guia consegui desagradar tanto os progressistas quanto os liberais com minha pouco disfarçada tática de "morde e assopra", "policial bonzinho e mauzinho", "marido bêbado arrependido. "

Pois é.

Comecei este guia pensando em ser amado por todos.

Terminarei com a mesma esperança de ganhos do Bispo Macedo Salomão.

Eu disse lá em cima que sou um anjo, um amor de pessoa, super bem-intencionado, por isso mesmo que espero ser o primeiro sujeito a ir ao Faustão contar uma história triste, tudo devido ao sucesso deste guia.

E olha que nem o Laurentino Gomes, aquele jornalista que vendeu mais livros de História do que todos os historiadores (ô raça) juntos na história deste país,(-quantas vezes história na mesma frase), foi ao Faustão (ou será que foi? Não vejo Faustão, nem novela ;)).

Sou tão bonzinho que direi "o sucesso do guia só pôde ser alcançado graças a tantos leitores inteligentes que entenderam a minha ironia fina! Eles são os verdadeiros gênios!" Você leitor vai dizer orgulhoso: "Li esse cara antes de virar modinha. "

Qual história triste será contada da minha vida? Ah, várias, várias. Se eu alcançar o sucesso direi que no lançamento do meu guia todos diziam: "Você é bonito demais para ser um intelectual. " Isso dói, sabia?

Um verdadeiro liberal apoia minorias, um verdadeiro progressista não é um tirano do bem.

Um verdadeiro liberal apoia o casamento homossexual, discute com simpatia a descriminalização do uso da maconha e acha que é possível liberar o aborto, sem contar que ele não acha nada absurdo a eutanásia.

Coisas de princípios, não de simpatia.

Nesse ponto as coisas devem estar confusas, não é?

Pois é.

Um liberal não é um conservador.

Um conservador, geralmente, como defensor da conservação de valores atemporais, é um sujeito religioso (geralmente, mas nem sempre), e aí, (e não há nenhuma crítica nisso), ele costuma ser contrário a muitas dessas bandeiras.

Mas, esqueça os conservadores, abandonamo-nos lá em cima.

A questão é: você pode até ser um liberal e ser contra o aborto, nada mais justo, mas como um bom liberal não espera impor seu desejo para toda a sociedade. Está aí a diferença.

Então meu amigo, decida-se, você precisa abrir sua cabeça: para um liberal, a coisa é simples e se você não aceitar, estará indo contra o bonde da história, e um bonde pré-histórico.

Homem quer casar com homem, mulher quer casar com mulher? Não só pode, como, por definição de sua crença, ele deve, pois como sabemos, para um liberal, cada um deve cuidar da sua vida e arcar com as consequências, (obviamente, respeitando preceitos da democracia, liberdade de imprensa e respeito às instituições).

No caso das drogas, eutanásia, aborto, a coisa complica-se, porque envolve saúde, direito à vida, etc. Mas, a lógica segue a mesma.

Nesse ponto, os progressistas tomaram as bandeiras das minorias para si, quando na verdade, um liberal tenderia a aceitar esses direitos de maneira natural. A diferença entre eles é que o liberal pensa: "faça o que quiser, você é um indivíduo autônomo". Já o progressista faz disso uma bandeira, de maneira ativa, e por isso, nesse ponto, ele se torna um cara, muitas vezes, bem mais chato e cricri.

Onde já se viu fechar a avenida Paulista toda hora atrapalhando o amado trânsito de São Paulo? Nosso trânsito é o monumento mais famoso da cidade, não precisaria ser aprimorado dessa forma tão ativa.

Um verdadeiro progressista não poder ser um "terrorista do bem", um sujeito que em nome de bandeiras justas, tente impor sua vontade perante o outro, seja esse "outro" uma maioria ou minoria social, econômica ou política.

Ele deve entender que "respeitar as diferenças" é também respeitar um conservador, um carnívoro, um velho ranzinza e um crente da Congregação Cristã no Brasil, com todo o seu pensamento conservador.

Não é preciso ir longe para ver como um tirano do bem sempre foi perigoso. Quem decide o verdadeiro "bem"? Ou o que é "certo"? E como dizer se o que é certo para você, é certo para o outro?

"Ah, mas eu estou defendendo a educação, como isso pode ser perigoso?"

É perigoso a partir do ponto que não respeita os preceitos democraticamente configurados pelo Estado, colocando alguém ou alguns acima da lei.

Tudo deve ser feito de maneira democrática, senão alguns terão poderes maiores que outros.

Muitos nunca pararam para pensar em questões como: e se um sujeito que se droga até morrer, quer morrer porque isso lhe dá prazer?

Não seria a mesma lógica de pular de paraquedas, três vezes por semana, puxando a corda segundos antes de chegar no solo para aumentar a sensação de prazer/perigo?

Em nome da tirania das boas intenções, pode-se exigir causas lindas como a melhoria do ensino e fechando-se uma importante avenida!

Mas também, e não é exagero pensar assim, pode-se decretar a queima de livros infantis que tenham cheirinho gostoso, e protegendo os pais do terrível medo de dizer um não a um filho terrorista, dominador e chorão.

Lembra-se da proibição das vendas do kinder Bueno com brinquedos? E os pedidos de censura prévia na imprensa, considerada por alguns, (e aí que está o problema, quem são esses "alguns"), preconceituosa ou tendenciosa por alguma coisa?

Se a imprensa foi caluniosa, processe-a. Se ela desagrada-lhe, leia, assista ou ouça a concorrência.

Quando um progressista vira um terrorista do bem, ele tem passe livre para defender minorias (gays, sem-tetos, drogados, etc), mas também, tem, por lógica de funcionamento da causa, passe livre para decidir o que é melhor em qualquer coisa em nome de todos.

Xingamentos à Dilma na abertura da Copa do Mundo e lembranças de um jovem velhinho.

Ao saber que o estádio inteiro mandou Dilma tomar no ** durante o jogo de estreia do Brasil na Copa do Mundo Fifa (é preciso dizer que é da Fifa, senão os caras fecham até a editora), eu me lembrei de quando pedia melhorias no ensino público, quase 20 anos atrás, e via faixas totalmente sem noção e autoritárias como "Fora FHC".

Sim, eu já fui um desses seres que ficavam em frente à secretaria de educação pedindo melhorias na minha pobre escolinha.

Não, nunca apanhei da polícia.

Para decepção de muitas pessoas. Muitos manisfestantes fazem de tudo para que isso ocorra, afinal, o que é mais legal do que dizer: "apanhei da polícia troglodita e assassina, lutando por um mundo melhor!"

Pois é, mas eu ia lá, e ao invés de ouvir palavras de ordem, ver faixas ou assistir à criação de comissões pedindo medidas práticas, uma delas que não se resumissem ao aumento do salário dos professores, o que eu observava era um repetido coro de "FORA FHC", um presidente democraticamente eleito.

Para mim, isso tem um nome: Golpe.

Brasileiro bate no peito para se dizer tolerante, mas não sabe nada de democracia.

Dilma foi xingada no estádio, assim como o Serra seria em outro local, essa não é a questão.

A questão verdadeira é: num evento dessa magnitude, abertura da Copa do Mundo Fifa, Dilma era a pessoa que representava o país, ou seja, era símbolo dos que votaram e os que não votaram nela.

Atos assim geram maior rivalidade burra. E duas correntes cada vez mais "talibãs" (eu sou filho de sírios, então detesto talibãs, ok?) se reforçam. (PT X ANTIPT).

Vaiá-la durante um pronunciamento de políticas públicas faz parte do jogo, isso é democracia, mas xingá-la num momento desse é falta de noção de cidadania e só gera mais ignorância.

E vamos combinar, xingar uma mulher daquele jeito pega mal. Onde está o cavalheirismo dos caras?

Xingamento das mulheres que invejam a transformação estética da Dilma, após ter se tornado candidata eu até entendo; a mulher ficou bem mais elegante, vamos combinar! Mas dos caras? Ser cavalheiro saiu de moda, eu sei, até as mulheres relutam com um cara assim, (na verdade elas sempre dizem que gostam, mas na prática ficam com os preguiçosos, mulher ama mudar um cara, ter um projeto).

Mas a coisa tenderia a piorar ainda mais. Múmias que tinham suas posições retrógradas adormecidas, resolveram se levantar: no dia seguinte leio antas como o Juca Kfouri (que fala muito bem de futebol e seria bacana se limitasse somente a isso), dizendo que as vaias vieram "da elite branca ingrata".

Aí, tive minha tese reforçada: atos assim sempre dão voz para gente aproveitadora como ele. Então se você ficou feliz, pense no ressentimento que isso cria em quem não pensa ou vota como você. Se você ficou com raiva, não lance mão de argumentos tacanhos como o "sociólogo/jornalista" citado acima.

Democracia é compor diferentes interesses de diferentes grupos de um país, o resto é discurso de gente aproveitadora.

E é esse tipo de coisa que me motiva a escrever.

Na discussão entre progressistas e liberais, ambos têm razão, essa é a beleza do negócio.

Na discussão entre os que mandam tomar no ** e os que retrucam como "elite branca", ninguém tem razão. São no fundo, seres autoritários.

Quer outro exemplo?

O discurso chatíssimo pré-copa.

"A Dilma comprou a copa!"

"Vou torcer contra a seleção, pois se o Brasil ganhar, o PT ganha também. "

"Não gosto de futebol, mas vou torcer só pra esfregar na cara dos reacionários que a copa seria um fracasso!"

"Vou torcer contra porque se o Brasil ganhar nunca será um país sério. "

"Vou torcer pra ganhar porque o Brasil é o melhor do mundo com o melhor governo do mundo. "

Nunca fui fanático por futebol, nem a ponto de acompanhar os jogos da seleção em Copas, (sim eu menti lá em cima dizendo que gostava de futebol. Posso até ter enganado o leitor em outras coisinhas também. Mentir faz parte da arte.). Nem por isso me acho mais esperto, talvez seja o contrário.

Eu sempre fiquei feliz com as vitórias do Brasil e como isso alegrava também os meus amigos, mesmo sabendo que "não mudaria em nada minha vida" (como muitos chatos dizem) e tenho ciência de que os jogos custaram o sacrifício de dias importantes de trabalho.

Torcer contra o Brasil por motivos políticos ou econômicos é cometer uma enorme confusão.

A Seleção Brasileira, a mesma que tomou de 7, não é de nenhum político, de nenhum partido, de nenhuma empresa, ela é uma expressão da cultura brasileira. Por isso é que todos sentiram vergonha com a ridícula derrota da trupe do bebedor de Chimarrão.

Dizer que a vitória ou derrota do Brasil influenciará nas eleições ou na economia é de uma noção bem tosca de "ciência política".

Informem-se antes de dar pitacos tão rasos.

O Brasil ganhou a Copa de 2002, mas não elegeu o candidato da situação na época, José Serra.

Sem contar em quantas eleições municipais, caciques federais deram com os burros na água ao tentarem impor seus candidatos.

E se preferir, como muitos (e eu também), concentraram-se em seu trabalho para escrever guias com esperança que esse sacrifício um dia fosse recompensado com malas de dinheiro vindas das editoras (ouviu Faustão?), ao menos deixe seu mau humor, caro leitor.

Conclusão

Já escrevi muito, agora vou deixar a editora fazer uma edição bacana para que o guia ganhe umas páginas a mais e o leitor não se sinta enganado com tão poucas laudas escritas (você deve olhar para os detalhes da capa ao menos por 3 minutos, alguém levou séculos fazendo! Tenha empatia, leitor canalha!).

Agora, se isso não adiantar e você pensar: "Como paguei tão caro para um livreco desse tamanho?" Mande um e-mail para o sac da editora. Pode ter certeza que a grana não foi parar em nosso bolso.

Tá vendo, Faustão? Isso é triste.

Se você, ao longo do livro pensou: "esse cara é liberal? Não, ele é progressista!" Então vai aí a revelação:

Tudo depende de você, e das minhas vendagens.

Um progressista acredita que uma pessoa não vai para frente por falta de oportunidades. Então lhe peço, amigo progressista: Dê uma chance para meu guia em sua prateleira!

Um liberal acredita que uma pessoa não vai para frente porque no fundo é uma preguiçosa ou se forma em coisas inúteis como Filosofia. Então lhe peço, amigo liberal: Dê uma chance para meu guia em sua prateleira, eu me esforcei horrores para escrevê-lo! ;)

Se você é um leitor atento notou: Com o sucesso ou fracasso do guia, a dúvida ainda persistirá se sou liberal ou progressista.

Deve ser porque eu amo e odeio os dois. Assim como eu me amo e me odeio. Já para meus leitores, só tenho espaço para o amor.

Eu tenho esperança que ao final dessa leitura meus amigos de esquerda, de direita, os progressistas, liberais, radicais e santos me amem.

Mas acho mais provável perder todos, ou, sendo realista, serei um amigo indesejável, como aquele convidado da festa que comete a imprudência de chegar pontualmente no horário marcado, quando o anfitrião nem ao menos entrou no banho.

Quem sabe, daqui uns anos, este guia seja lido com olhos simpáticos, e alguém diga: "Nossa, não é que esse carinha com histórias tristes era um verdadeiro democrata? Ele deveria ter ficado rico, ou ter ganhado uma bike reciclada por escrever isso!"

Resumo de tudo:

Deixe de ser chato.

Abra a cabeça.

Não seja radical.

Namore.

Abrir a cabeça não significa ser progressista.

Fechar a cabeça não significa ser liberal.

Vote com consciência, mas votar não é tudo tratando-se de democracia.

Se gostou da leitura indique para os amigos

Se detestou, indique enfaticamente aos inimigos. (Mas faça-o de maneira blasé: "é excelente, mas não sei se você conseguirá entender a complexidade do argumento do autor").

E o mais importante:

Jamais empreste esse guia. Faça quem quiser lê-lo comprá-lo. (Não seja burro, você pagou, por qual motivo iria emprestar?)

A editora me obrigou a escrever isso, perdoem-me, está em contrato. (Triste não ser famoso e poderoso,viu Faustão?).

Obrigado e muito amor na Internet para vocês!!

<3 <3<3<3<3<3<3

12

O voluntário

Eu leio mentes (sério), e daí?

Antes de tudo, caro leitor, dispa-se de sua seriedade. Tenha um sorriso nos lábios. A vida já é muito séria para você querer me desprezar e não perceber o sarcasmo deste escriba. Não, este não é um conto de comédia, talvez você chore em alguns momentos. Em muito, na verdade, trata-se de casos reais. Mas sou ciente da tal da subjetividade: O que é real se vemos as coisas como somos, não como são?

De qualquer forma, jogue a impaciência de lado, afinal de contas, nunca vi um fanático ou reclamão com senso de humor. Ou então alguém com senso de humor se tornar um ser chato cheio de certezas. Humor é a habilidade de rirmos de nós mesmos, e, quando podemos fazer isso, desenvolvemos uma noção de relativismo. Este é um antídoto maravilhoso contra o mau-caratismo. Se eu pudesse, colocaria senso de humor e curiosidade numa cápsula e distribuiria para todos, em todos os lugares.

Então eu começo este breve texto lhe pedindo boa vontade. Juro que não vai doer. Se você mantiver o bom humor com o que escreverei, passar a roupa, ou aguentar desaforos será fichinha. Faça-me feliz: curta a viagem. Enquanto os pássaros têm asas, nós temos nossa imaginação (e os livros), use a sua.

O verdadeiro problema aparece quando os ouvidos têm paredes, não o contrário: mergulhe neste universo de cabeça, (mas com os olhos abertos), ou, como diria um grande poeta que não sei o nome (na verdade eu sei, mas será divertido imaginar você pesquisando para descobrir quem é): abrirei o meu livro para quem seja capaz de compreendê-lo nas entrelinhas.

Nada é mais irritante do que quem acha ter um bom coração e que ninguém compreende seus bons sentimentos. Pare com isso! O mundo está como está porque a preguiça e o egoísmo não deixam as pessoas admitirem uma verdade simples e óbvia: suas atitudes mostram o que você é, não seus "bons sentimentos". Trocando em miúdos: o inferno está cheio de gente com boas intenções (e "coração").

Meu nome é Eric e um dia, logo na adolescência, resolvi ser voluntário. Para muitos, quase um santo. Para outros, um projeto sempre distante, algo como "não faço porque não tenho tempo". Uma vez eu tive uma 'luz' (na época eu achei que tivesse sido, hoje tenho certeza que foi uma idiotice, apenas): "Ame seu próximo, porque amar quem está longe é muito fácil". Sabe aquele povo que terceiriza o bem, rezando para Deus "abençoar" as criancinhas, parentes endividados ou os necessitados? Pois é, eles são uns preguiçosos. Apenas isso.

Mas não foi por isso que virei voluntário.

Sério, então o fui por qual motivo?

Não sei se devo dizer agora, talvez você não esteja preparado para ouvir minha real inspiração, mas já posso lhe adiantar algo muito importante: Conhece o ditado "pobres nações que precisam de heróis?". Pois é, eu farei uma adaptação: desconfie, fuja, corra, chame a polícia, atravesse a rua ao encontrar alguém que queira salvar o mundo. Juro. Esteja ao lado de quem procura a verdade. Corra daquele que diz tê-la encontrado.

Sabe o que mais nos faz humanos? Nossa dúvida. O dia que você tiver certeza de tudo, até do que sente, realmente você deve se preocupar. Pois nesse momento você terá se tornado num fundamentalista, cego e ignorante. Uma das maiores belezas da vida é a nossa dúvida. Os maiores assassinos, insensíveis e sádicos do mundo, são aqueles que tiveram a certeza de alguma verdade absoluta. As boas pessoas costumam perder o sono, não o contrário, pois elas se culpam, duvidam de si mesmas, desconfiam de seus erros, pedindo desculpas até do que não fazem. São bodes expiatórios. Os ruins estão pouco se fodendo, jamais fazem terapia.

O que isso quer dizer, então? Que todas as pessoas abnegadas e altruístas na verdade são monstros, assassinos, egoístas e trogloditas?

Sim.

Brincadeirinha, claro que não. Mas, ao final das contas, tudo gira em torno de uma conta muito simples: desconfie sempre de quem se leva muito a sério. Se você quer ser bonzinho, apenas para ir para o céu, você é um hipócrita. Você espera que, aos 45 minutos do segundo tempo, quando estiver à beira da morte, após ser um sem-vergonha por toda a vida, uma simples oração lhe absolva e lhe leve ao paraíso? Seu covarde! Se quer ser egoísta, o seja com convicção! Reze apenas para não existir um deus, e que quando você morrer, não exista a tal da vida eterna: morreu, acabou.

Juro que chego até a admirar quem possa pensar assim. Psicopatas são seres mais felizes do que os bem-intencionados.

Quem não tem dúvidas em sua vida, ou é um psicopata feliz, ou só pode estar mal informado. Daí a beleza da ignorância! Quem não tem arrependimentos só pode ser um monstro. Quem é correto, costuma ter problemas de sono. Quem é adepto ao "carpe diem", e exige devoção de seus amores e parentes a este prazer máximo, tem uma enorme tendência a ser mimado, narcisista, consumista e sempre colocar em algo fora de si a tal da "felicidade".

Quer ser legal? Dê bom dia. Sorria. Mas também não precisa ser um tonto alegre, afinal de contas, esse não é um texto de autoajuda, muito menos um conto de fadas. Não vamos esperar um 'mundo melhor' (quanta babaquice), vamos ser pessoas melhores. Traga sua fé junto ao peito e faça questão de convidar o destino para que ele saiba que não tem poder sobre o que ocorre em sua vida. Vai mais rápido quem anda sozinho. Mas sempre chega mais longe quem segue acompanhado. Como diz o ditado: Sempre fica cheiro de perfume nas mãos de quem oferece flores. Palavras doces trazem coisas doces.

Vou lhe contar uma tensa história que ocorreu comigo (com quem mais seria, não é mesmo? Dã). Após este trauma do qual disfarcei muito bem, espalhando aos quatro ventos que nada senti de anormal (afinal de contas, como mostrar que morremos de medo diante de uma bela mulher, ainda mais quando, por sorte, milagre, conjunção dos planetas, você se sai muito bem diante de uma enorme adversidade e se é escolhido para ser amado por uma diva?).

Era um domingo à noite, mês de julho, fazia uns 15 graus, o que era muito frio para quem vive no Rio de Janeiro.

Sueli, Marconi e Diego não vieram comigo e com Larissa ao Morro do Macaco, resolveram ficar no centro da cidade acompanhando a coleta e distribuição de comida e todos os outros cuidados necessários num dos maiores abrigos para os sem-teto e crianças de rua da cidade: meses atrás, nós descobrimos que quase setenta por cento da verba doada por um grande grupo de supermercados para a pastoral do menor, estava sendo desviada. O então presidente deste grupo de supermercados a época, Artur Gianotti (que foi assassinado anos depois por algo relacionado com esse desvio de recursos), ouviu falar do nosso grupo de voluntários e pediu nossa ajuda para que o dinheiro chegasse a quem deveria.

Larissa insistiu em ir sozinha até o morro para cuidar daquilo que era de longe nosso projeto mais perigoso: Acompanhar ex-dependentes e meninos que queriam sair do tráfico de drogas.

"Você está louca, Larissa" – Eu tentei demovê-la de mais uma de suas ideias malucas. "Já é tarde da noite, o que você vai fazer lá sem o apoio de todo nosso grupo, pare de ser anta".

"Ah, Eric! Você me irrita! Sempre preocupado achando que algo vai ocorrer, parece um velho! Outro dia me encheu para fazer um plano de saúde. "

"Eu sou preocupado? Já ouviu falar que pessoas bem informadas não têm direito a serem descuidadas e negligentes? Você que é uma anta".

"Eu não sou uma anta, sou a anta. Vêm comigo ou não?". Ela ri, enquanto entra na van com o motorista para dirigir-se à sua aventura.

"Largue a mão de ser covarde. "

"Como diz o poeta, melhor ser covarde por um minuto do que morto pelo resto do tempo. E quer saber a maior? Ele ficou vivo para proferir tal ditado. "

"Cale a boca e vamos logo!".

Quinze minutos depois, já dentro da Van:

"Está feliz, Larissa?".

"Estou muito! Principalmente porque você não ficou lá com aquela sonsa da Sabrina. "

"Você pediu um tempo no nosso namoro e saiu do grupo de voluntários, o que queria que eu fizesse? Ficasse chorando a sua falta?".

"Para ser sincero sim! Saber que você se apaixonou por ela quase me matou!".

"Eu não me apaixonei por ela, eu pensei em você o tempo todo!". Digo encarando aqueles olhos levemente puxados.

"Pensou mesmo, Eric? Até durante o sexo?". – Ela questiona piscando o olho direito, com malícia.

"Eu pensava em você principalmente durante o sexo".

Ela dá uma gargalhada gostosa. "Você sempre sabe o que dizer, seu canalha!".

"Não sei não! Naquela época você estava insuportável! Toda bitolada em academia! Não esqueceu quando eu lhe dei rosas e você as comeu dizendo que tinham mais carboidratos que batata doce?".

"Cale a baca, Eric! Você me fez comê-las pois me enganou dizendo que comprou rosas orgânicas sem agrotóxicos, e ainda veio com o papo que era uma nova espécie comestível tradicional da Índia. "

"Está vendo? Mereceu! Quem mandou acreditar em algo tão tosco? Rosas que servem para mimar e depois serem comidas! Tem que ser muito bocózenta para acreditar".

A conversa no início do percurso foi descontraída, mas logo me dei conta que mais uma vez eu estava seguindo por um caminho do qual todos os meus neurônios alertavam ser uma péssima ideia. Culpa da falta de uma palavra que aprendemos a pronunciar apenas quando temos maior maturidade e fé no próprio taco: O famoso "não".

Larissa e eu então subimos a um morro escuro, deserto e assustadoramente quieto.

"Você não acha que está bonita demais com esses shorts e regata? Sem contar que está meio frio. "

"Ah, Ericzito! Quer transar aqui? Seu safado!"

"Em primeiro lugar você não dá conta, Larissa! Em segundo, você sabe que nem um exército protegeria você agora! Você com esses 1,20 de perna, toda fashion, arrumada num domingo à noite. "

Ela me ignorou, o que me irritava profundamente. Quando Larissa agia assim, eu sabia que consentia com minha preocupação, mas mesmo assim, por pura birra leonina, ela seguia em frente com maior determinação: provavelmente apenas para provar que conseguia fazer tudo sem mim.

E depois disso, tudo foi muito rápido: Larissa bateu na sede da fundação, (se é que poderíamos chamar de 'fundação' aquele minúsculo casebre com uma pequena porta de madeira, toda corroída pelas águas dos soterramentos e enchentes), e quem a abriu? Não era alguém precisando de ajuda, isso eu posso garantir. Abriu-se a porta para uma legião de demônios. Não pude enumerar na hora, mas minutos depois eu pude contar: 13 caras. Todos drogados.

"Ah, me desculpe" – Larissa assustou-se, tentando dar dois passos para trás.

"Não, não! Entre aqui, cavala" – O rapaz sem camisa encarou-a de baixo para cima (também pelo fato de ela ser muito mais alta que ele) e pegou Larissa pelo braço forçando-a entrar sem qualquer cerimônia, deixando claro as suas más intenções.

Eu, sem titubear, tentei segui-la para dentro, ele empurrou meu peito, mas eu continuei forçando a entrada.

"Plicoooo!" O homem grita para algum dos comparsas que estava lá dentro. O tal do 'Plico' corre e lhe entrega algo que eu não reconheci na hora. O homem, num piscar de olhos, coloca uma arma prateada em minha cabeça, e eu, sem nenhum preparo ou momento de despedida ´épica`, preparei-me para morrer.

"Melhor não!" – O homem muda de ideia. "Melhor entrar, talvez você arranje companhia. " – Ele bate com a arma em minha testa sem muita força, empurrando-me para dentro, logo atrás de Larissa.

"Não faça isso de novo!" Eu o encarei com firmeza e ódio, falando numa voz baixa para que os outros não me ouvissem e o tal homem que parecia ser o líder não ficasse melindrado.

"Tudo bem, tudo bem! Você é o convidado da festa! Aqui não há preconceito! Aceitamos até viadagem. Nós vamos comer o cu dessa cavalona até o talo!" – Ele fala cuspindo, bem próximo ao meu rosto, com um indefectível hálito de maconha.

Olho para o lado esquerdo, e vejo um casal de homens, deitados em um colchão no chão, masturbando um ao outro. Enquanto isso, na mesa de trabalho da "fundação", outros quatro sujeitos enfileiram 'shots' de cocaína. Logo, conto mais três sujeitos deitados no chão desacordas e outros dois sentados num pequeno sofá de cor caqui encarando Larissa com olhares lascivos, enquanto acariciavam fuzis.

Naquele instante me veio um fato óbvio. "eles irão violentá-la e me matar, ou eu uso a cabeça agora, ou serei abatido igual a um pardal. " Não há nenhum heroísmo quando nos lembramos do ditado "para problemas concretos, pense de maneira concreta para achar soluções concretas". Eu teria que ser esperto, então sussurrei no ouvido da Larissa, tentando passar a maior firmeza e calma possível: "Concorde com tudo que eu disser, sua anta". Depois prossigo com voz mais alta: "Você tinha que vir agora pegar seu coquetel?".

"Que foi que você disse?" Questiona levantando-se do sofá um dos homens agarrados aos fuzis. "Repete o que você disse". Diz ele, enquanto se aproxima de Larissa e começa a acariciar a sua perna esquerda, bem próximo da virilha.

"Coquetel". Respondo calmamente, com voz ainda mais baixa. "E eu sou o italiano, todos me chama assim. "

"Que mané de coquetel é esse, italiano?". Perguntou o homem que atendeu a porta.

"Puxa, cara, se apresenta aí, tu já sabe quem sou eu. " Eu respondo, tentando aumentar a empatia com o sujeito.

"Eu não sei o nome dessa lindeza. " Interrompe o homem do fuzil, enquanto tira as mãos da perna de Larissa e começava a alisar seus cabelos. Larissa faz expressão de nojo, enquanto vira o rosto em direção oposta à mão do sujeito.

"Ele quer saber meu nome, pessoal!" Ri o homem que atendeu a porta, falando de mim. "Acha que sou idiota de falar meu nome, *italiano*?".

"Meu nome não é italiano, cara! Apenas quero saber como chamá-lo. " Respondi tentando ser diplomático.

"Você vai morrer mesmo, não me importa! Me chama de Joebson!".

"Vou morrer? Não tem problema não". Respondi fingindo não me abalar. "O pior não é morrer, mas perder a liberdade e o respeito. "

"Esse maluco é poeta!" Gritou o homem, despertando um dos drogados no chão. "Mas então você não tem medo da morte? Vamos fazer uma brincadeira com você. " Ele pega arma e começa a tirar algumas balas.

"Vai fazer roleta russa comigo? É uma morte muito covarde, Joebson. Olha para ela!" Eu digo, apontando Larissa com minha cabeça "Vai morrer de Aids porque enfiou essas bostas de seringas no braço a vida toda. "

"Ela tem AIDS? Uma cavala patricinha desta?" – O homem que a acariciava fica petrificado.

Larissa me encara com surpresa, e eu faço um suave gesto colocando meus dois dedos na garganta, por sorte, ela entende que era para simular um vômito.

"O que você entendeu como coquetel?" Falo com Joebson "Ela deixou aqui para os aidéticos e veio pegar a dose dela, vocês por acaso não usaram como droga, usaram?".

"Quem seria o otário que iria usar uma merda desta?" Pergunta um nervoso Joebson, encarando os parceiros com desconfiança.

Neste instante Larissa começa a vomitar vigorosamente no chão. Ela suja seus longos cabelos. (Como conseguiu tirar tanta coisa no estômago, sempre foi um mistério para mim. Talvez seja seu intensivo treinamento bebendo tequilas de má qualidade).

"Essa vadia é podre!" Grita o homem do fuzil.

"Joebson, iremos sair daqui. Cara, ela pode contagiar alguém assim, ela precisa tomar o coquetel agora, preciso levá-la ao hospital. " Eu tento alarmá-lo, enquanto me viro em direção à porta.

"Sumam daqui, mas limpem essa merda antes, não quero ver ninguém morrendo igual viado de presídio!". Grita Joebson.

Eu corri, peguei papel higiênico e um shampoo do banheiro e entreguei para Larissa. "Limpe isso, Larissa! Antes que você me foda também!"

Nunca vi alguém fazer uma limpeza tão rapidamente. Assim que ela terminou, nos dirigimos até a porta e saímos sem olhar para trás. Na viela, Larissa começou a correr me puxando pela mão. Quando chegamos até a base do morro, onde o motorista nos aguardava, Larissa vomitou e começou a chorar. Então vomitou de novo. Depois me abraçou (toda lambuzada) e sua gratidão nunca mais me largou.

Saindo de lá, nos primeiros dias, eu disfarcei o meu trauma. Mas após algum tempo, com essa história dita e repetida por uma MULHER MARAVILHOSA a todos os quatro cantos do 'santificado' clã do voluntariado testemunhando o quão incrível eu tinha sido, eu comecei a me analisar, e porque não a me convencer que ela tinha razão. Na verdade, eu comecei a pensar: "Será que eu tenho algum super poder e não sei? Como superei meu medo e agi como se soubesse o que todos naquele local pensavam?".

Após isso, galguei cargos como num foguete e virei líder inquestionável dos voluntários. Mas a percepção que eu era especial ajudou-me muito nisso. Não sei mesmo se acreditei numa mentira, ou se realmente ela se tornou a minha verdade.

Sério, caro leitor, você já se questionou sobre isso? Afinal de contas, caso você tivesse um super poder, quem iria avisá-lo? O Globo repórter, a sua mãe, ou os vingadores? Pare e pense. Qualquer poder, por mais tosco que fosse. Não comece logo a imaginar algo como levitar coisas ou voar. Se as metáforas sobre a capacidade humana de superação, na verdade não fossem indícios em nossa cegueira em enxergar nossas grandes habilidades pouco conhecidas?

Eu pensei: "se há um força que nos dá algum poder, então que ela apareça!" Afinal de contas, quem nunca precisou de uma luz para perceber que caminhava na noite?

Não, você não está em um conto do Paulo Coelho, tenha paciência e entre na viagem.

Parece um clichê, uma frase fútil, mas eu pensei: Sem esta luz, como eu saberia onde antes eu estava? Então, após muito pensar sobre o fato e sobre mim mesmo (na época em que pensar sobre si era normal, já que, como o leitor mais maduro deve entender, ao longo dos anos tal prática não é tão comum, pois passamos a viver no piloto automático). Pois então, concentrei-me em minhas sensações, pensamentos mais obscuros, a ponto de perceber que há um som alto entorpecendo nossos sentidos a todo instante, um som que nos distrai de um zumbido de baixas frequências, também constante, que nos angustia por ser ignorado e por ser inconsciente, obrigando-nos a buscar um sentido falso em nossa vida: Mas como não nos damos conta dele, o fazemos como um bando de morcegos. Sei que parece uma enorme baboseira, mas pense com carinho (lembre-se do meu pedido lá do começo).

Ver algo especial em si é maravilhoso, revelador, salvador. Na verdade, eu precisei de uma luz para perceber que eu estava embriagado e entorpecido. Eu nem mais caminhava em minha vida, eu apenas esperava. E estava tão cego que me convenci que eu gostava. Eu apenas seguia e agonizava, com tanto peso nas costas carregando baixa- estima, olhando-me no espelho e vendo apenas pele e osso com um sorriso apagado.

Não, eu não usei drogas.

Apenas pare e sinta o sangue correndo por baixo de sua pele. Concentre-se em seu coração batendo. O que você perceberá?

Você nunca andou na pior, agindo como um coitado equilibrado? Esquecendo o que fazia por ser todo programado em seus dias iguais, contando apenas os minutos que o relógio marcava?

Eu então ouvi meu coração! Não um anjo da guarda, um ser iluminado, duende ou gnomo. Era alguém conhecido, mas enterrado, adormecido, algo que eu não reconhecia mais o rosto: um gênio da nossa própria lâmpada, aquela voz que você ouve em sua consciência, gritando cada vez com uma som cada vez inaudível dentro de nós.

Todos nós não somos um tanto esquizofrênicos quando falamos sozinhos, pensamos alto, ou mesmo parecemos trocar ideias conosco mesmos? Pois é, na verdade você estava falando com esse sujeito enterrado no peito: seu coração.

Não sei explicar, mas ao ouvi-lo, tive a impressão que podia conversar com ele, como se cada um de nós tivesse a chance de crescer e sair do útero ao tentar compreendê-lo:

"Quem é você?" – Pergunto.

"Não sei. E você, quem é?". Meu coração responde com certa ironia.

"Não sabe quem é?"

"Eric, eu passo o tempo todo debatendo pensamentos impossíveis, desejos lascivos, sonhos e devaneios das pessoas, como saberei quem sou?"

"Faz sentido. Preciso lhe perguntar algo".

"Não estou acostumado a ser ouvido, apenas jogam em mim todas as frustrações. Vai ser uma experiência nova debater com alguém. "

"Posso perguntar ou não?" O cara era irritante, não sei explicar o porquê.

"Você vai perguntar de qualquer jeito. "

Ele era chato porque se parecia comigo. "Você ouve todas as pessoas do mundo, divide por signos, idades, coxinhas ou petralhas?"

"Eu vou saber?". Ele mostra-se irritado. "Mania das pessoas acharem que alguém um dia irá lhes revelar o sentido da vida, do infinito, das canetas bic que desaparecem. Eu sou o que sou, não sei de onde vim, nem para onde vou. "

"Isso é desanimador. " Fico triste.

"Por que é desanimador? De uma coisa eu sei, e é o mais importante que você deve perceber: eu existo e sou, assim como você e todos nós, então nunca houve o nada, ou o vazio. "

"Penso logo existo?" Ironizo.

"Não, seu bobão. A vida sempre existiu, e a partir do momento que uma vida surge, ela nunca se apaga. Pense a fundo sobre isso! Nunca haverá o nada. "

"Interessante. " Fico pensativo.

"Jamais houve o nada!". O coração age com emoção.

"Esse papo está chato". Eu fico impaciente.

"Imagine eu, que ouço pensamentos sem qualquer controle. Todos querem os maiores absurdos, e sou eu quem precisa entrar no baile e sonhar junto. "

"Nossa, por isso que coração é coração. Você é sentimental mesmo, por isso que todo mundo morre por sua causa. "

"Eu sou entupido de gordura, né?"

"Você que pede gordura pra compensar suas decepções sentimentalistas. "

"Também, tudo vem pra mim. "

"Nada! Um monte de gente morre por causa da cabeça também! Há vários AVCs. "

"Virou amiguinho do cérebro agora? O cérebro é ridículo, fica calculando tudo! Puta de um ser controlador, bitolado! Depois pifa e o corpo inteiro precisa ficar atrás dele pra resolver! Mega caxias! Esqueceu que eu preciso bombear, filtrar sangue, gordura e as nóias criadas na cabeça? Fico totalmente sobrecarregado. "

"Você tem o dom para drama mesmo, viu?". Logo me lembro do motivo de procurar meu coração, eu achava que tinha super poderes:

"E eu, tenho algum dom?"

"Ufa! Pensei que nunca iria falar isso logo! Claro, todos têm, somos pensantes e sentimentais ao mesmo tempo, o que pode ser mais poderoso?"

O que ele disse pareceu tão banal, mas foi muito revelador. "Mas se eu quisesse ler a mente das pessoas, você poderia me ajudar?"

"Você já lê, Eric. Mas para potencializar tal capacidade, terá que fazer um pequeno ritual: Pense em uma música, pois sei que ela é a que mais me toca".

"Música? Não preciso dançar, não é? Uma vez uma namorada pediu para eu dançar para ela e eu achei a coisa mais ridícula que já fiz na vida".

"Eu me lembro disso, maldito cérebro jogou em mim um monte de defeitos invés de se soltar".

"Mas você se lembra o que ocorreu naquela mesma noite, né?".

"Ah, sim! Foi muito engraçado! Ela pediu para você xingá-la enquanto transavam, o cérebro bundão morreu de vergonha e você jogou a tarefa para mim, aí eu, também meio relutante xinguei ela de vaca e ela reclamou!".

"Pois é! Dá para entender isso? Mulheres são complicadas!"

"As mulheres não são complicadas, é que coração de mulher não é compensado pelo pinto, como o homem. O pinto do homem sempre desempata a disputa entre cabeça e coração, sabe?".

"Ah... coraçãozinho puxa-saco! Só porque mulher puxa mais para você vai ficar dando razão a elas, né?".

"Cale sua boca, Eric! Vai pensar numa música ou não?".

"Ok, ok! Deixe-me entrar no clima. "

Eu então comecei a ouvir uma música que sempre me emocionou. É sintomático dizer que ela partiu de minhas lembranças direto para meu peito. Então aquele pálido azul que eu sentia aqueceu-se em meu peito. Ele começou a pulsar transformando-se em roxo, e logo se firmou no vermelho, o vermelho que voltou com a minha fé que havia sido perdida em um mar de rotina e mágoas.

Pois eu ouvi um ruído ao fundo, uma agitação vinda em minha direção: era uma agito de um som de amor que tocava aquela pulsão de viver, te tentar, de me mover a prosseguir, de jamais desistir e me entregar.

Essa luz que eu senti vinha da música que toca em nosso coração quando a mente sai do piloto automático: Logo, um ressentimento esquecido após o outro, e eu estava circulando novas sensações, e todas as moedas esquecidas em meu bolso pareciam pular. Não foi preciso pensar, eu apenas senti e me movi. Apenas fiz o que desejei. E foi aí que eu entendi: Não precisava ser da minha cabeça, não deveria partir apenas do meu coração. O que eu precisava era aprender a ouvir a música novamente.

Usaria minha cabeça para não me esquecer mais. Sentiria meu coração para brotar sempre o desejo de conseguir ouvir o que os outros não pensavam. E para isso não custa nada: basta ligar a maquininha em minhas veias e ouvir. Finalmente percebi que nenhuma palavra é capaz de revelar qualquer sentido, de iluminar qualquer sombra. O que procuramos em nossa vida é sermos aceitos, e as palavras foram feitas para serem trocadas, não guardadas; nossas falas e conversas não devem ser tratadas como tesouros depositados em cofres a sete chaves. Os mais belos poemas podem nos emocionar quando declamados, porém apenas os ritmos e as músicas nos levam a um outro nível de experiência.

Meu super poder era simples de ser reconhecido:

Poder de fazer alguém ganhar o dia. O que custa distribuir um pouco sem querer algo em troca? Todos os dias alguém pertinho de nós espera uma demonstração de carinho, mas nos negamos, preferindo, por qualquer motivo, sermos distantes e duros. Você pode falar mal de Deus, do governo, da família e da sorte, mas e sua parte? Apenas uma palavra sua de apoio, uma demonstração de amizade, um sorriso sincero a um desconhecido faz alguém ficar mais feliz.

Temos o poder de fazer alguém se sentir melhor. O que lhe custa distribuir um pouco sem querer algo em troca?

Os Guias

Um dia eu chego ao hospital do câncer, na ala das crianças e encontro Jéssica, uma amiga voluntária. Ela estava toda tristonha, sentada num canto do hospital.

"Por que todo mundo sempre vai embora, Eric?".

Ela abaixa a cabeça e desmorona em lágrimas.

Eu a encaro com altivez, ainda em pé e digo com voz firme: "Eu estou aqui, serve um amigo meia boca?".

Ela tenta rir: "Promete que nunca vai partir?".

A qualquer pessoa fria e racional, tal pedido se revelaria extremamente ingênuo, até infantil, mas ela realmente falava sério. Eu sempre admirei pessoas com coragem de admitir suas fraquezas. "Eu prometo que nunca irei partir, amiga. Mas você sabe que não poderei pagar todos os doces que você come, é impossível!" Respondo enquanto a abraço com força.

Minutos se passaram naquele silêncio, apenas cortados por soluços, lágrimas e fortes inspirações. Não tive coragem de perguntar o que ela tinha, afinal de contas, agora eu tinha que saber ler as pessoas.

Jéssica era uma moça alta, cabelos longos e castanhos, olhos amendoados e frequentemente assustados. Muitos rapazes se interessavam por ela, pois era realmente muito bonita, mas com meus novos 'poderes' percebi o quanto ela se jogava para baixo por se achar gorda. Jéssica ainda era jovem, tinha vinte e sete anos, mas já passara por diversos traumas em que perdia crianças das quais se ligara: na ONG em que trabalhava, Jéssica dava apoio às crianças doentes e às famílias destas.

Naquele instante, noto Fernando, um dos voluntários nos encarando. Um pouco mais novo do que eu, ele era filho de pai japonês e mãe cuja ascendência era portuguesa. De estatura mediana, e gestos calculados, ele tinha uma formação universitária sólida como engenheiro. Fernando trabalhava nos mesmos projetos que eu, e sempre notei uma enorme veia de ciúmes em seu olhar desde que eu o conheci. Acho isso engraçado, e muitos leitores me entenderão: eu tenho tanto momentos de tristeza, dúvidas, dívidas e solidão, e noto que há alguém que me inveja a ponto de querer estar em meu lugar. Ter alguém assim em sua vida não deixa de ser um elogio. Quem nunca se motivou ou até se orgulhou por ter um inimigo? Seria ótimo que tais pessoas trocassem de nossos lugares durante uma dor de barriga ou na hora de pagar nossas contas, não é? Mas para isso tais "fãs" nunca se encorajam.

"Você sempre falou tão bem, Eric, por que não nos ensina como nos portar?". propõe Jéssica, já reestabelecida.

"Eu ensinar um bando de mulheres como falar? Seria o mesmo que um gato dizer a cães como rastrear um cheiro".

"Não seja modesto, Eric, você diz exatamente o que as pessoas querem ouvir. Você lê pensamentos!".

"Leio pensamentos... como assim?". Fico trêmulo.

"Você entendeu. Nós não sabemos o que falar com essas mães que perdem os filhos tão crianças". Ela mostra uma preocupação genuína e comovente.

"Não há nada que se possa dizer Jéssica. Mas há muito que se fazer, e vocês já o fazem, estão ao lado destas mães, ninguém as enxerga como seres humanos, apenas como acompanhantes dos filhos".

"Eu sei, querido, mas você parece flutuar ao lado das pessoas, e nós ficamos totalmente perdidas". – Jéssica, assim como todas as meninas achava que eu era um ser genial, semideus. E eu fazia de tudo para não decepcioná-las.

"Tudo bem, Jéssica, vou pensar em algo".

Engraçado como quando envelhecemos, percebemos como "verdades" são construídas ao largo de nossa vivência. Palavras ditas que se tornam fatos. Isso sempre me fez pensar que as pessoas enxergam as coisas como elas enxergam, não como de fato são. Nada mais perigoso, pois se queremos achar uma verdade justa, temos sempre que nos desarmar de nossas certezas. Naqueles anos eu não pensava desta maneira, afinal de contas, percebemos nossa maturidade quando não nos deixamos enganar por nós mesmos.

Jéssica lidava muito com crianças gravemente enfermas, e não era nada incomum ter que lidar com a morte destas. Mas a carga emocional que pessoas como Jéssica passam não se compara ao das mães, tias e pais que param suas vidas acompanhando tamanho sofrimento, muitas vezes com um final nada feliz: qualquer um desejaria ter ao menos o mínimo sentido para isso.

Muitas pessoas acham que ter uma fé, crer em Deus ajuda nesta hora. Eu passei a discordar, isso porque a sensação de desamparo em relação à sua fé torna tudo ainda mais doloroso: "Por que eu, Deus? Por que meu filho?". Os pouco religiosos ou ateus costumam aceitar melhor, como se dessem conta que foram sorteados numa loteria da morte.

Muitas pessoas se afastam dos doentes, estar perto deles é se lembrar da própria mortalidade. Além disso, doente dá trabalho: passa mal, é fraco, se apega emocionalmente e pode até precisar de dinheiro emprestado. Outras pessoas acham que podem salvar o doente. Sentem-se heroínas, e por algum motivo desconhecido se culpam achando que algo dos céus está punindo a si deixando um ente querido doente. É um narcisismo destrutivo, mas não menos comum e humano.

Eu soube o que incomodou tanto Jéssica: Ela acompanhou uma menina de seis anos que estava à beira da morte devido a um linfoma. Ela passava dias ao lado da menina, junto à mãe desta. A menina estava cansada, muito cansada, queria partir, mas a presença de sua mãe parecia a segurar neste mundo. Seu maior desejo era que sua mãe saísse do quarto, ela queria ficar a sós com Jéssica. A mãe finalmente vai tomar um café, Jéssica percebeu que ela iria partir e recitou um salmo da Bíblia. Em poucos minutos a menina finalmente descansou.

Jéssica ficou confusa, querendo saber do motivo disto ter ocorrido. A razão de a menina ter partido justamente em sua presença. A explicação nunca poderia vir de um pensamento racional. Esses dramas só podem ter sentido a partir de um exame atento ao nosso coração: para o descanso eterno é preciso primeiro liberar-se das amarras do amor terreno que nos prende. A mãe segurava a criança em vida, e esta estava cansada: pode ser duro uma mãe ou pai ouvir isso, mas não há amor maior do que deixar que nosso ente querido parta. Nenhum amor justifica uma existência de dor.

Refleti sobre isso, pensei no que Jéssica disse e me pediu, então visitei novamente todos os asilos, orfanatos, centros de apoios a crianças e adolescentes molestados, doentes das mais diferentes patologias, clínicas de apoio aos viciados de drogas, e só então comecei a redigir alguns guias aos voluntários, ajudando-os a se portar em diferentes circunstâncias.

O alemão

Não vou usar metáforas, nem contar uma história para que você tire suas próprias conclusões. Logo de cara, vou dar a moral da história: mesmo se pudéssemos ler pensamentos, faríamos e entenderíamos as coisas do nosso jeito, esperando mudar as pessoas à nossa volta, querendo que estas nos compreendessem perfeitamente. Logo, não adiantaria muita coisa saber o que o outro está achando de você ou de uma situação: agiríamos da mesmíssima maneira.

Certa vez, fui a uma clínica que recuperava pessoas com graves traumas cerebrais, e me deparei com o caso de um rapaz alemão que fora agredido por um grupo de menores e jogado do alto de uma ponte. Este rapaz de dezoito anos, tinha ido à Recife para o carnaval. Seu nome era Mark, e ele fora jogador da seleção juvenil de basquete em seu país.

Eu estava junto a outros voluntários, e então me disseram que a mãe do rapaz precisava de alguém que falasse inglês. Antes de procurá-la, resolvi me inteirar de sua situação clínica junto ao médico de plantão: este me mostrou a região do cérebro do rapaz que fora afetada: era uma enorme mancha negra. Não havia esperanças de recuperação. Como eu já vira alguns casos semelhantes, eu sabia que o menino viveria como um vegetal pelo resto da vida.

Casos como este são os mais tristes no dicionário das coisas tristes: pessoas assim passam meses sem nenhuma reação e, de repente, ao ver algum parente, ex-namorada (o), ou amigo (a), têm alguma reação inesperada começando a chorar ou tentando se comunicar. Logo, os familiares enchem-se de esperança. Mas é tudo em vão, e nada mais ocorre. A esperança, tal como a fonte das tragédias gregas simbolizada pelo "pecado original" da caixa de Pandora, apenas traz sofrimento.

Eu então procurei a mãe do garoto, chamada Eva, ela parecia muito jovem, não possuindo mais que quarenta anos. Logo ao abordá-la percebi que ela pouco se interessara em falar comigo. Ela estava focada em consolar, mesmo sem falar português, a mãe de uma menina que acabara de morrer nesta mesma clínica – O amor não tem idioma – A recém-falecida tivera um grave acidente de carro, e após internação no hospital, foi até esta clínica para tentar recuperar algumas funções motoras, já que também estava em estado vegetativo.

Eu sempre respeitei a dor dos outros sendo cuidadoso, mas percebi que a mãe da garota estava aliviada, ao contrário de Eva, muito mais aflita que a brasileira.

"Você não sabe como a mãe desta menina tem sorte". Disse eu em inglês para a mãe de rapaz alemão.

Eva me olhou torto e não respondeu, pois eu, já sabendo como ela pensava (ela era um tanto pragmática), sequer havia me apresentado, atropelando todo processo de empatia entre mim e ela. Neste momento, vejo que Fernando também estava lá. Ele me fita com os cantos dos olhos, enquanto balança levemente a cabeça sinalizando seu tom de desaprovação ao ouvir minha frase: aquilo foi um prato cheio para ele.

Alguns minutos depois, revi Eva, ela estava com seu filho, que deitado em sua cama, olhava o vazio sem qualquer reação. Noto que ela sente-se pouco à vontade com minha presença (digo isso para ser simpático, na realidade, seus pensamentos eram de antipatia pura). Tal sentimento seu em relação a mim afetou-me, e no desejo desmedido de melhorar sua impressão, acabei por piorar tudo sendo muito pedante e insensível:

"Olá, sou Eric, venho aqui para dar apoio. Vi o quanto você se abalou com a morte da garota. É realmente muito triste, mas eu gostaria de lhe dizer que muitas vezes o maior dos clichês é verdadeiro: ela descansou. Assim que seu filho se estabilizar, você vai ter que matar um leão por dia para manter seu ânimo. Nós estaremos ao seu lado sempre".

Eva xingou-me mentalmente de todos os nomes, começando pelo mais merecido: (babaca), e eu percebi que ela lutou para manter a educação e se segurar.

Algumas verdades não existem para serem ditas, e nisso eu aprendi. Como escrevi acima, palavras de apoio servem para serem trocadas, e muitas verdades devem ser guardadas, pois apenas as atitudes mostram e revelam o que mais importa: não o fato em si, mas o amor que pode vir de uma tragédia ou dificuldade. A maior das verdades são nossos vínculos.

Eva me odiou por algum tempo, e este fato a ajudou canalizando um outro sentimento seu que não o luto de corpo presente do filho. Mas eu tenho que me defender: pois ao contrário de todas as pessoas a sua volta, eu estava sempre ao seu lado. Eu ajudava com as fraldas do rapaz, dava bom dia a Eva lhe trazendo um café, perguntando como ela estava e fazendo dezenas das pequenas coisas para deixá-la mais acolhida: Eu a olhava nos olhos, sem medo de encarar o seu sofrimento.

Ao contrário de todas as outras pessoas que apenas focavam em seu filho, negando-lhe e ignorando a sua existência, eu me preocupava com ela. Eva era Eva, não a mãe de Mark.

Mas depois de um tempo sua mente compreendeu que a luta pra manter o filho vivo era egoísta, ambos precisavam descansar, ele precisava partir. E Eva me procurou com a palavra que eu sempre pedi ao meu coração para ouvir da boca dela: “Você diz a verdade, a dura verdade, mas sempre está lá para apoiar, ao contrário de quem apenas diz palavras lindas e nada fazem”.

Isso me deu forças, e é uma das coisas que mais orgulho em minha vida.

Mark morreu, e eu estava ao lado dela. E a morte dele não foi bonita ou pacífica: foi sofrida, cheia de paradas e voltas. Ela gritou para que ele partisse em desespero, enquanto olhava para mim como se quisesse meu perdão.

Eva voltou para a Alemanha, levando seu filho para ser enterrado, e todas as vezes que penso em alguém com um grave problema, me lembro que palavras bonitas são como enfeites em um salão: elas deixam o ambiente mais agradável, mas o salão em si só pode ser construído com sangue, suor e lágrimas. O inferno definitivamente é feito de boas intenções. Para se construir o bem, temos que nos esforçar.

E está aí uma linda lição: quando há uma grande tristeza, algo bonito e humano pode ser construído, e é isso que nós, o ser humano, e apenas ele, tem o dom de fazer.

A mãe e os asilos

Os asilos *são ambientes tristes ao extremo, podemos compará-los a um depósito de pessoas.* Quando vemos um dependente químico, por exemplo, a maioria pouco se sensibiliza, afinal de contas, tal sujeito entrou numa canoa furada por livre e espontânea vontade, porém, por mais deplorável que seja a sua situação, muitos ainda contam com famílias aflitas que se preocupam e os apoiam. Aqueles que vemos abandonados nas cracolândias *são, em grande parte, pessoas sem qualquer estrutura familiar e econômica, gente que não tem em que se* apoiar, logo sair das drogas para continuar dormindo na sarjeta não é um incentivo muito grande para deixar de usar algo que propicia uma fuga à sua realidade.

Quando encaramos uma criança órfã, doente terminal ou molestada, muitos se emocionam e se mobilizam: doutores do amor visitam-nas, campanhas são feitas na TV e por famosos, afinal, somos programados geneticamente para proteger os mais jovens e nos vemos nesses pequenos puros seres.

Mas e os velhos? Ah, os velhinhos nos recordam como vamos definhar, envelhecer e apodrecer a olhos vistos, de fora para dentro. Eles jogam em nossa cara a mortalidade. Os idosos são retratos flagrantes do que nos assombra: à medida que envelhecemos, todos os dias nos olhamos e não mais nos identificamos com aquela figura que vemos no espelho; viramos escravos do nosso corpo, perdendo a liberdade de fazer o quê e quando desejamos: muito mais deprimente do que não ter uma vida épica e heroica, é compreendermos que nossa morte será lenta, dolorosa e solitária. E rostos e mãos enrugadas são flagrantes dolorosos para nós.

Quantas vezes fatos similares com o que irei revelar agora não ocorreram? Um idoso é jogado em algum asilo ou casa de repouso como uma cadeira velha, enquanto filhos, netos, noras e genros usufruem de seus bens, aposentadorias e ganhos. Tais parentes quase nunca o visitam, e quando o fazem, o rosto conformado e a expressão passiva do explorado que pouco reclama, representam ainda mais chicotadas na alma de quem teme a própria mortalidade, afinal de contas, o que mais nos apavora do que imaginar que iremos mendigar por amor em nossos derradeiros dias?

Quando algum desses velhinhos sofre um pequeno acidente em um banheiro, tem um ataque cardíaco ou derrame, e esses parentes, que nada contribuem com essas casas de repouso, mantidas com o amor e dedicação de poucos e cada vez mais escassos voluntários, (afinal de contas, ajudar velhinhos não dá o mesmo ibope que postar fotos no Facebook com criancinhas e cãozinhos), voam como urubus ameaçando, cuspindo abelhas e processando tais asilos.

E quem era o sujeito com estômago para conversar e demover tais "lindos" seres humanos de seguirem em frente com isso? Eu.

"Vai conseguir de novo, italiano? Vulgo senhor da lábia. " Ironiza Fernando, logo antes de eu partir com um elogio que mais soava como inveja.

"É claro que ele vai conseguir, Fernando!". Responde por mim, Manuela, uma das voluntárias, enquanto seus pensamentos me colocavam em um altar santificado.

Dona Olga tinha os seus oitenta e três anos, e para maior tristeza, ainda era lúcida, apesar da fraqueza nas pernas. Ela tinha um outro problema grave: como seu nome já denunciou, ela era uma mulher, e as mulheres quando precisam de ajuda, estão doentes e hospitalizadas, jamais recebem a mesma atenção daquela recebida por homens. Observe as prisões femininas: quando moças são presas, nem mesmo suas mães as visitam. Já nos presídios masculinos, barracas montam-se logo na noite anterior. Nos hospitais, diferentes parentes enfileiram-se para dar apoio a algum homem da família. Mulheres passam o dia a sós.

Dona Olga sofreu uma queda no banheiro quebrando a bacia. Sua "família" teve que ser notificada, já que seu plano de saúde não fora aceito: a filha, que havia 'jogado' a mãe para que fosse cuidada, dissera que ainda mantinha tal benefício para a idosa, fato não confirmado quando foi necessário. Fizemos nosso melhor, acompanhando-a e conseguindo dar um tratamento digno a ela. Mas quem disse que recebemos qualquer tipo de gratidão nestas situações?

A casa de repouso foi processada por negligência e maus-tratos. Engana-se se você acha que isso é incomum. Daí você também deve ter imaginado: "o caso vai à justiça e a mulher irá perder". Pode até ser, mas e daí? E até lá? Quem irá nos defender? O Chapolin Colorado? Batman? Juízes abnegados? Para fugir disso, como bancar um advogado minimamente competente? Quando a luta diária é para que se possa comprar desde papel higiênico, até providenciar remédios caros, como viver no jugo dessa ameaça constante?

Ah, o dinheiro...

Quem não compreende o mundo, jamais saberá interpretar um texto... E o mundo é um complexo e interminável texto. Um texto em que todos lutam para não interpretar, afinal, nenhuma dor nos atormenta quando nada fazemos. "O que os olhos não vêm o coração não sente". O que há em comum com tudo que vemos? O dinheiro. O desejo de dormir, acordar, comprar e pouco se preocupar. O sonho de viver sem esforço e dissabores. O desejo de ser o deus de seu tempo, o deus de tudo à sua volta, um desejo onipotente que só desmascara nossa maior fraqueza: Nosso temor de viver na dependência de outros seres humanos.

Como justificar a si mesmo tal merecimento? "Meu pai não me amou, minha mãe preferiu a minha irmã, a sorte não me sorriu com a beleza ou riqueza da minha amiga, a sociedade sempre foi injusta comigo".

Se a vaidade é a mãe de todos os pecados, o dinheiro sempre será o seu maior facilitador. Por trás de tudo ele é o verdadeiro deus do ser humano, pois camufla nosso anseio de não sermos frustrados. Quem controla tais desejos, quem foi abençoado por ter nascido sem tais inquietações, sempre será mais realizado, pois, como dizia o sujeito incompreendido em sua profundidade, "bem aventurados os pobres e os limpos de coração, pois estes herdarão a Terra".

Soubemos que Dona Olga fora jogada em outra casa de repouso, por sorte, também inspecionada por nosso grupo. Tomei alguns calmantes naturais, exercitei alguns mantras apaziguadores e fui procurar a sua filha: já eram quase dez horas da manhã, e ela, ao me 'receber' em sua casa, aparentava ter acordado faz pouco. Ela deixou claro ao telefone apenas aceitar falar comigo pois achara que eu iria propor um acordo financeiro para que o processo cessasse. Ela morava numa bela casa, situado em um bairro de classe média alta. Logo me concentrei para poder ler os mais belos pensamentos daquele exemplo de ser humano:

Cifras e mais cifras. Ela só pensava em quanto iria aceitar, e já planeava o que fazer com o dinheiro. O processo girava em nada menos que setenta mil reais. Ela imaginava aceitar trinta. Viajar com a filha para Miami era o seu plano. Por algum motivo, notei um pequeno pingente de uma cruz dourada em seu pescoço.

"Bonito pingente, hein? Você é religiosa?"

"Gostou?". Ela se surpreende com o meu olhar, enquanto segura a joia com a mão direita, numa atitude inconsciente de defesa, como se eu fosse roubá-la.

"Sim, acho que pingentes assim precisam ser delicados".

A mulher pensa que sou gay, seu pensamento foi claro: *"Só viado para reparar essas coisas, será que vai falar das minhas unhas agora?"*.

"Delicado nada, é pequeno, nem de ouro deve ser". Ela dissimula.

Entendi que ela havia ganhado o pingente do marido: "Ninguém dá uma joia pequena assim se não fosse verdadeira". Retruco.

"Pode ser, pode ser!". A mulher exclama com rispidez. "Vamos direto ao assunto, qual o acordo?"

Eu me concentro naquela mulher, por mais difícil que possa parecer, eu nunca chegava para aquele tipo de conversa com o roteiro ensaiado, e sempre me saia bem.

"A senhora conhece o conto do camponês que queria muitas terras?". Questiono numa voz fraca e condescendente, para que ela se mantivesse apta a me ouvir não entrando na defensiva.

"Não, meu jovem, não ouvi. "

"Obrigado por me considerar jovem, ganhei meu dia!". Fui cínico, afinal de contas, eu era muito jovem. "Vou lhe contar, porque sei como a senhora ama sua família e quer usar esse dinheiro para seu conforto e bem-estar. A história é a seguinte: Um camponês pensa, 'se eu tivesse muito dinheiro, não temeria nada'. O que ele não sabe é que o diabo escondido o escuta. Então o camponês recebe dele uma oferta tentadora: terá toda a terra que conseguir percorrer a pé durante um dia, desde que, antes de o sol se pôr, retorne ao ponto de partida, caso contrário, perderá tudo. O camponês anda, anda, anda e por vários momentos pensa em retornar, mas daí visualiza terras cada vez mais bonitas à sua frente e continua. Quando ele se dá conta, o sol está quase se pondo, ele então, desesperado para não perder tudo, corre para voltar, mas tinha ido demasiadamente adiante. Faltando apenas 2 metros para chegar ao ponto de partida, o camponês morre de exaustão. O Diabo sussurra em seu ouvido antes de seu último suspiro: 'está vendo? Dois metros de terra era tudo que você precisava'.

"Bonita história, mas por que me contou?".

"Nós nunca sabemos quem é o demônio que ouve nossos pensamentos, sabia?".

Ela deixa claro o seu medo, e me encara com repentina culpa. Eu ainda não sabia a causa de tal temor, mas pouco importava, logo aproveito a deixa:

"Nós sabemos que estamos certos e que não iremos perder, mas eu sei de outra coisa também: Eu estou aqui, de boa vontade para que você retire o processo, e quando eu vi esse seu pingente, fiquei feliz em perceber que você tem valores".

"Eu não vou retirar o processo, querido, vocês foram negligentes com minha mãe e sei que vocês não são nada pobres". Ela diz sem qualquer convicção, numa voz sôfrega e insegura.

"As pessoas não são pobres pelo jeito que vivem, mas sim pelo modo que pensam. Nós não queremos processar você por calúnia, pois sei que se você tem vontade de usar esse dinheiro para comprar algo, viajar, ou se sentir melhor, isso não irá ocorrer, pois destruirá a sua alma e da sua família que depende de você".

"Como assim depende de mim?". A mulher gagueja, e ali eu imaginei que havia vencido. Eu emendo: "Eu vou embora, e espero uma ligação do seu advogado".

Ela sente-se impotente, sem palavras, então dou as costas e parto. Ela treme e também me fita por trás, pensando em ver minha bunda nua (admito, eu percebi que isso ajudaria). Dias depois fico sabendo que ela retirou o processo. O motivo? Não sei dizer, mas seu advogado insistiu em dizer que ela queria me encontrar para tomar um café.

Moral da história? Sei lá. Culpa pela cobiça ou pela luxúria?

Manuela me recebe, curiosa em saber como havia sido. Fernando, como sempre, fingia não se importar, mas rondava a conversa com as orelhas levantadas:

"Conseguiu, Eric?".

"Creio que sim!"

"Jura? Ah, não! Ninguém aqui imaginava que dessa vez daria certo, essa mulher é intragável! O Fernando mesmo apostou que você seria humilhado".

Eu observo o Fernando, que, envergonhado, fingiu não saber que Manuela falava dele. "Não está confirmando ainda, Manuela, mas creio que dará certo".

"Queria saber como você tem paciência. Eu já teria voado no pescoço daquela vaca".

"Então... Claro que tenho vontade, mas daí eu me lembro daquela historinha do copo, sabe?".

Fernando aparece na conversa. "Lá vem o Eric com suas filosofadas de auto-ajuda".

"Nós de mente pouco desenvolvida e criatividade curta, precisamos de historinhas simples para nos guiar, Fernando". Dou um tapa com luva de pelica.

"Pare de implicância, Fê!". Censura Manuela.

"Estou curioso, qual conto?". Recua Fernando.

"Sempre me ajudou, não sei se dirá algo a vocês. Uma linda e jovem moça chega para o pai e diz: 'pai, não quero mais ir com o senhor para ajudar a dar mantimentos para as pessoas de rua no frio'. O Pai a encara e pergunta da razão, ela responde: 'Um parceiro de voluntariado fala mal do outro, a maioria faz as coisas sem prazer e de qualquer jeito, sem contar que no fundo querem mesmo é aparecer'. O pai então responde, calmamente. 'Antes de deixar de ir, vá uma última vez lá e faça-me um favor, encha um copo de água e dê uma volta na rua, tomando cuidado para não derramá-la. ' A filha se aquieta. 'mas por qual razão devo fazer isso?'. O pai a encara com compaixão. 'Apenas faça'. Uma semana depois a filha retorna e conta ao pai que havia seguido o seu pedido. 'Fiz e não derrubei nada, pai. ' Ele então diz para ela: 'Quando você carregava a água, você ouviu alguém falando mal de você, fazendo o serviço de qualquer jeito ou querendo aparecer?'. A filha responde que não, então pai completa. 'O mesmo ocorre em nossa vida: Quando nosso foco for o que estamos fazendo, não teremos tempo para ver os erros das outras pessoas. Um navio não afunda pela água que está ao seu redor, o que pode afunda-lo é a água que invade o seu interior. Portanto, não importam as coisas que estão acontecendo em torno da sua vida, o que vale é você não permitir que o que está acontecendo invada o seu interior e te coloque pra baixo naufragando a sua vida.

O medo de não ser legal.

O Brasil tem várias peculiaridades cômicas: uma delas são as organizações não governamentais, governamentais. Nelas, um bando de gente que se diz voluntária, age como qualquer mau político ou servidor público corrompido, apenas aguardando um cargo ou verbinha pública para poder amarrar seu burrinho na sombra.

Tratando-se de um trabalhador humanitário, em que a primeira imagem que se vem à mente é de seres heroicos, abnegados e quase santos, (como os lindos médicos de olhos caridosos, carregando crianças desnutridas na África), não deixa de ser uma enorme decepção constatar tamanha humanidade no pior da acepção da palavra.

Esse tipo de gente é capaz das atitudes mais paradoxais, e por isso mais típicas de um verdadeiro de um humano demasiado humano, como diria o 'bem amado' Nietzsche: ao mesmo tempo em que podem passar horas segurando a mão de um viciado que tenta se desintoxicar, limpa as feridas de uma criança com uma doença rara ou tem verdadeira paciência de Jó ao aconselhamento de menores abusados, eles também ameaçam quem ousa os questionar e chantageiam quem não age como eles, criando um milhão de subterfúgios psicológicos para sua corrução. Vamos a um exemplo prático e muito comum:

Terezinha, assim como nós, circulava por várias casas de apoio das mais diferentes tragédias humanas imagináveis. Ele e seu grupo de séquitos sempre causavam por onde entravam, agindo como se fossem os verdadeiros heróis da festa, e o motivo era muito simples, sua ligação com um partido político:

"É simples, Eric". Ela fala comigo num tom professoral, como se fosse a gerente do sindicato do crime. "Se vocês querem que a ajuda chegue, precisam entender que nós temos que ter a nossa parte, só assim a roda vai continuar rodando. "

"Vocês precisam ter a sua parte?" – Acho que nem preciso dizer o que essa mulher pensava, não é?

"Você e suas amigas riquinhas viveram a vida toda em seus castelinhos bancados pelos papais, e agora aparecem para brincar de nos ajudar? Precisam entender que apenas desta maneira a verba vai aparecer, ou aceitam isso, ou deixe as pessoas daqui passar necessidade".

Acredite, esse tipo de diálogo ocorria, não havia nenhuma preocupação em ser sutil. Eu retruco. "Brincar de nos ajudar? Nós quem, cara pálida? Desde quando você é necessitada?".

"Não se ofenda, rapaz. "

"Então ou eu aceito contribuir para sua causa, ou... ?".

"Nada mais justo, não acha?". Ela me corta. "Ao contrário de vocês, não temos um papai rico para pagar nossas contas em casa".

"Entendi". Tento controlar o meu nojo. "Mas prefiro agir da forma antiga, ou seja, esperar a ajuda das pessoas que querem, sejam elas papais ricos, filhas de papais ricos, funcionárias de papais ricos, ou, o que é mais comum, de pessoas pobres que dão o que quase não tem para quem menos tem ainda. Não estamos aqui para fazer caixa de políticos".

"Você quem sabe. Nosso partido se importa, já os outros, você nada pode esperar. Sabe que tudo vai emperrar".

"Você tem razão, o seu partido libera as verbas condicionalmente, os outros não liberam, quem será que é o pior?".

Eu dava de ombros, mas se você acha que com isso ela se dava por satisfeita, você só pode ser muito ingênuo. Como uma boa enviada da corrupção local, ela sabia como mexer com as pessoas à sua volta.

"Você é ridículo, Eric". Diz Manuela, umas das voluntárias que me conhecia há anos, esta vinda de uma linda família 'branca, sustentada pelos pais'.

"Outro dia eu era o máximo, agora sou ridículo? Qual o problema agora?" Eu tento dissimular, mas já sabia do que se tratava.

"A Terezinha sabe o que fala, se você não abrir mão, nenhum outro partido vai se importar com essa gente".

"Se você quer saber do caráter das pessoas, veja como elas falam dos outros, não o que os outros falam dela, Manu. "

"Ah, me poupe! Como o Fernando diz, você filosofa muito".

"Nas horas de dificuldades como essas que mostramos quem somos, Manuela".

Eu percebo como o terror em não parecer legal, sendo chantageada por alguém advinda de uma classe mais baixa, mas nem por isso menos corrupta, estava corroendo Manuela. "Nós não vamos fazer parte disso".

Fernando aparece, como a madrasta má querendo verificar se a bela adormecida já havia comido a maça envenenada: "O que está acontecendo, cara?".

Tive vontade de mandar ele tomar no cu, mas uma das qualidades de uma pessoa inteligente deve ser se fingir de otário. "Ah, não consigo resumir sem filosofar, como sei que você gosta". A ironia, ao contrário, sempre é sinal de agudez. "As pessoas gostam de diminuir as outras, por melhor que você seja ou faça. Muitas vezes você se verá fazendo as melhores coisas do mundo por um amigo para que este, aparentemente sem qualquer motivo, vire a cara para você".

"E por que isso ocorre?". Fernando faz uma voz meio forçada, ironizando meu discurso, mas claramente curioso.

"Quanto menor você fica, maior elas se sentirão, e o fato de você se mostrar gentil com elas, lhes parece servidão e fraqueza, mas é o contrário. "

Minutos depois, Teresinha voltava a se dirigir a mim:

"Sua família tem empresas, não é? Conheço muita gente, sei que isso pode ser uma informação válida para você, caso precise de ajuda". O leitor mais atento deve ter percebido que isso não foi uma oferta de ajuda, mas uma ameaça.

Percebo que ela realmente iria dar cabo em suas chantagens, o máximo que eu poderia fazer era vasculhar a mente daquele lindo ser e tentar ganhar minimamente a sua simpatia, mas dessa vez eu sabia que a visão do meu bumbum não iria adiantar, ela era do mesmo 'time' que eu. "Você é osso duro de roer, hein Teresinha?" Sorrio, enquanto bato levemente em seu ombro. "Você é daquelas mulheres que mandam aúdio no whatsapp para amiga de madrugada. "

Ela ri, seus olhos brilham. "Com certeza, dizendo que vou desistir de tudo! Não é fácil esse nosso trabalho".

Não vou negar o quanto subiu o meu sangue quando ela comparou o seu trabalho ao meu, mas o jogo deveria continuar: "Você é do tipo que liga pra pessoa errada, na hora errada, depois liga pra amiga certa perguntando se fez certo, já sabendo que fez errado".

Teresinha começa a gargalhar. "Deu nó na minha cabeça, mas com certeza!".

"Aposto que você tem uma amiga do peito que acha que você é louca!".

"Ah, com certeza, ela me acha toda acelerada".

"Do tipo que liga pra dizer que perdeu a chave do carro e que esqueceu com quem combinou de sair, mas ela lhe ouve, com paciência, pois você é do tipo de pessoa que jamais deixa uma amiga na mão. Aí você corta o cabelo, e mostra uma saia nova que comprou, e sua amiga odeia, mas aí você usa e ela acha lindo, porque você tem esse dom".

"Nossa, de onde você tirou tudo isso, rapaz? Por isso que falam que é tão simpático".

"Nada... está em sua cara, pelo seu jeito... é só saber lhe observar, Teresinha. Quer ver? Tenho certeza que você é feliz sóbria, tomando leite, vodca ou toddynho. Aí diz que tá infeliz porque é solteira, arranja alguém que todo mundo acha esquisita, mas aí passam a gostar porque lhe faz feliz, afinal as pessoas amam você. "

"Dizem o mesmo de você, sabia Eric? Porque nunca conversamos mais?".

"Não, não sou como você! Sei como trabalha horrores quase todo dia do ano, porque você pilota a própria vida, mesmo achando que faz tudo errado, mas você sempre ajeita tudo no fim, por isso que quem é seu amigo sabe que tem muita sorte".

Ela se desmancha: "Você é muito legal, uma pena que nossos pontos de vista não batam, espero que mude de ideia, sabe que faço isso pelo bem de todos".

"Eu sei, eu sei". Acreditem, ela realmente acreditava nisso. Apavorante, não?

"Tem meu telefone, só não me ligue de madrugada". Ela faz uma piada e nós rimos.

Dias se passam, e eu não ligo. Continuava firme em minha posição, e aquele centro de ajuda a doentes terminais não recebeu qualquer verba da esfera pública. Alguns dias depois, uma dos parentes de um dos pacientes me aborda de maneira rude. "Seu insensível, o que faz aqui se não quer trabalhar direito?".

Eu já sabia que se tratava da intriga de Teresinha. "Do que a senhora está falando?".

"Meu irmão está definhando, e eu soube que você não faz seu trabalho direito, por isso que este lugar não tem nem papel higiênico". Suas palavras eram duras e desesperadas, mas ela tinha uma voz suave e dócil.

"Desculpe-me, a minha principal função é cuidar para que quem doa o seu dinheiro veja esse dinheiro ser utilizado corretamente".

"Não é o que dizem". O ódio saltava em seus pensamentos, enquanto seus olhos permaneciam caridosos. "Pelo jeito o dinheiro fica com você".

Percebi que nada poderia fazer naquela situação, minha guerra estava perdida, o máximo que eu poderia fazer com aquela mulher era assumir a culpa. "Pode ficar com bronca de mim, mas eu vou fazer o que é certo".

Ela me olhou com seus lindos olhos caridosos, mas com seu coração cheio de ódio, e eu tive que aceitar a lidar conviver com isso.

Dói não ser legal para todo mundo, mas assim é a vida.

Verdadeiros milagres não têm sentido

Há muita gente inteligente no mundo, acredite. Muito mais do que você imagina. Sei que com certo desdém, muitos querem ignorar tal verdade. O problema é que não há apenas um tipo de inteligência como tanto pregam os testes de QI e os antipáticos doutores das ciências exatas: existem os que são inteligentes emocionalmente, sabendo interpretar o sentimento dos outros que estão à sua volta, há aqueles que são gênios artísticos, ou mesmo aqueles que são geniais em humanidades. O grande problema da vida está nisso aí: quando conseguimos escalar um monte alto e difícil, por mais que não nos achemos capazes de realizar outras grandes tarefas, nosso inconsciente fica prepotente, e daí que tudo se complica.

Ser inteligente é muito diferente de ser sábio, e é dos sábios que o mundo pertence. Ser sábio é saber usar seus recursos, sejam parcos ou fartos. E não há desperdício maior do que encontrar alguém tão cheio de dons sem qualquer sabedoria por pura e total preguiça, ou a velha prepotência de não admitir as suas limitações. Os FDPS são sábios, acredite: Eles realmente sabem manipular o ego dos outros.

Eu conheci uma linda garota chamada Bianca. Sei que beleza é subjetiva, mas em meus parâmetros estéticos, ela estava no topo da montanha. Para minha sorte, nunca fui um sujeito muito adepto a esses arroubos visuais: em minha primeira conversa com tal musa, logo percebi que ela era complicada e cheia de defeitos irremediáveis. Porém, algo muito sério ocorreu: ao convidá-la para sair, ela não só aceitou, como começou a pedir por frequentes encontros comigo. Daí o que você faria?

Todas as vezes em que eu a deixava em sua casa após um jantar eu pensava: "Nunca mais quero ver essa garota, ela tem um gênio do cão". Mas daí no dia seguinte, ela me ligava pedindo por um novo encontro, e lá eu ia mais uma vez com o lema que mais acabou com vidas na história da humanidade: "e se ela melhorar?". Além disso, devo admitir: a bicha era muito charmosa, saber como ela pensava sempre e observá-la me fazia sorrir.

Em uma única fase ela conseguia misturar o sotaque mineiro, paulistano, do interior de São Paulo e do Sul do país. Andando na rua, ela começava a conversar com os animais como se eles fossem gente. Após um jantar, ela sempre passava sua língua sobre os dentes sem qualquer vergonha, ao contrário de outras moças que até escondiam a boca com as mãos quando queriam falar enquanto mastigavam. E aqueles olhos? Não consigo explicar, mas eles sorriam com um brilho imensamente maior que qualquer sorriso do universo. Também não conseguia parar de rir da maneira como eu sempre conseguia irritá-la sem que ela percebesse que o fazia de propósito.

Pois é, existem acontecimentos que não giram à nossa volta, mas sim à volta daquelas pessoas que encontramos. Perdoe-me a falta de modéstia, mas eu não posso ser falso a ponto de dizer que não sou uma pessoa que suscita bons sentimentos em quem está comigo. Mas talvez esteja aí o maior dos problemas, você depende tanto de ser civilizado domesticando seus instintos em sua vida, que você perde o grande diferencial dos canalhas quando encaram espécime feminino tão ímpar: a sua agressividade. E homem sem agressividade é um homem devorado na selva da competição amorosa.

E o mais cruel: Ela tinha um talento ímpar para confortar os doentes, necessitados, assim como mover as pessoas a fazer as melhores coisas do mundo. O que eu levava horas, dias e semanas com enorme força de lábia, ela realizava com um simples sorriso e jeitinho charmoso de falar. Ela era uma mulher incrível. Já comecei a visualizar trabalhando juntos no voluntariado.

Adivinhe o que aconteceu?

Ela terminou comigo, mas não pelo motivo que você está pensando. A grande verdade é que eu infernizei sua vida até que ela rompesse comigo. E por qual razão eu faria algo tão estúpido? Em primeiro lugar porque ela, mesmo com todo aquele talento, não tinha desejo nenhum de seguir o que eu sonhei para nós. Mas essa é a razão menos preponderante, mesmo achando um enorme desperdício, eu até aguentaria lidar com isso. A verdade é que uma grande tragédia parecia se abater sobre mim, e eu sabia que ela não teria força para me acompanhar no que estaria por vir.

O Fim. Mas já?

Eu, Manuela, Marcela e Luisa, estávamos em um orfanato, fazendo o balanço dos produtos que haviam sido comprados com a verba da nossa organização. Meu inimigo não declarado, Fernando, entra com lágrimas nos olhos, e, numa curiosa reação involuntária, as três mulheres que discutiam ao meu redor me encararam imediatamente, como se quisessem saber minha reação ao testemunhar tal cena. Engraçado perceber como as pessoas esperam que você se alegre com o sofrimento daqueles que não vão com sua cara. Não que eu seja santo, mas de que vale eu torcer para que essas pessoas se estrepem? Prefiro ser feliz: não há vingança maior.

Quando finalmente veio em direção à nossa roda, Fernando abriu seu coração numa sinceridade tão comovente que chegou a ser embaraçosa:

“Levei um pé na bunda da Dani”. (Dani era uma exótica ruiva que trabalhava conosco há alguns meses). “Eu estava muito apaixonado por ela, saímos algumas vezes... Eu fazia tudo por ela...”. Tive a impressão que aquela fora uma indireta pela minha fama de ser sarcástico com as mulheres, mas talvez eu esteja sendo egocêntrico achando ser o centro do mundo. . “... depois que transamos pela primeira vez ela sumiu. Engraçado que ela havia me dito que eu era um príncipe. ”

“Você é muito bonzinho” – Começou a discursar Manuela.

“Mulher não gosta de homem que faça tudo o que ela quer”. Pinço uma frase de Luisa.

“Tem que ter química na relação”. Ensina Marcela.

Eu ouvia tudo aquilo, e pensava nos abusos, estupros e me dava conta que quem praticava tais atos eram sujeitos criados por mulheres. Um homem é considerado fraco por ter sido criado para respeitar as mulheres ignorando os próprios instintos. Em sua convivência com as pessoas mais desgraçadas deste planeta, Fernando resolveu abrir o coração para pessoas que deveriam reconhecer a coragem deste ato: mas como é de se esperar, quando entramos no âmbito das relações afetivas e sexuais, sempre o lado animal fala mais alto. Ninguém tem o direito de dizer como alguém deve ou não agir entre quatro paredes, porém, eu não fiquei em cima do muro:

"Não há machismo maior do que ouvir, ou entender pelas entrelinhas das próprias mulheres que elas não gostam de homem bonzinho. Então vamos definir o que é bonzinho: quem trata as mulheres como elas dizem que gostariam de ser tratadas?". Elas ficam embaraçadas. "quando forem mães de meninas, o bom seria educá-las com muito carinho reforçando sua autoconfiança desde cedo, assim elas não acharão que ser bem tratadas é coisa de homem bundão. Não é o cara que é bundão, são vocês que não tem autoestima mesmo".

Fernando olha para mim genuinamente grato, como se eu tivesse sido a única pessoa no mundo que o havia acolhido. Sinto seus pensamentos se renderem. "Por isso que todo mundo gosta deste cara, ele é um cara muito foda". Fiquei orgulhoso, mesmo sabendo que aquele meu discurso pouco mudaria o mundo, afinal, quem sou eu para querer alterar a natureza humana? Mas foi bom ter conquistado a admiração de um desafeto.

Ele confirmou o que eu havia notado: "Eu não esqueci o que você me disse, sobre as pessoas quererem diminuir as outras. " Ele me encara emocionado. "Desculpe-me, cara, sei que você acha que não sou um bom amigo. "

Eu fiquei feliz.

Alguns dias depois, passei mal, muito mal, acreditem, eu sabia que era grave, pois foi um tipo de dor que eu nunca havia sentido antes. Logo no primeiro dia de exames, a má notícia parecia óbvia, foi preciso confirmação.

Um tumor decretava que eu teria no máximo dois anos. Bianca estava grávida. Nunca senti tanto medo em minha vida, o que veio a seguir foi muito triste: ela perdeu nosso filho, um menino, com seis meses de gravidez. De início, eu senti alívio, meu filho não viria ao mundo sem que eu estivesse para testemunhar seu crescimento. Pouco depois, nada me matou mais de culpa que essa alegria. Ao acompanhar Bianca em todo processo posterior à perda do bebê, a culpa por eu ter ficado aliviado fez com que o maior dos demônios que podem habitar o ser humano despertasse: a crença que somos bons. Eu iria morrer, e havia me alegrado com a perda do meu filho, nem que fosse por um momento. Sei que todos acham compreensível, mas eu não me perdoei. . Eu acreditei que era bom, não há erro maior para qualquer pessoa.

Eu a infernizei até que ela terminasse comigo, e como sou um homem, morri de arrependimento quando ela o fez tentando voltar atrás sem sucesso. Não tive coragem de contar da minha doença.

Qual a razão de tudo? Mesmo eu tendo tudo, porque não fui feliz?

Não me leva a mal, não acho nada mais detestável ou brega que filmes em que alienígenas chegam a Terra e dizem que humanos são poucos evoluídos. Só olharmos para todas as outras espécies do planeta e compararmos à complexidade e genialidade do homem. Só olhar para um avião, a capacidade de produzir comida para bilhões. Só pensar em nossa música ou pinturas. Apesar desse adento, não há explicação nem momento triunfal para nossas falhas, erros ou morte, não somos tão importantes no universo para que tudo tenha um sentido. As coisas são como são.

Consultei eu coração, minha saúde estava fraca, ele me disse com voz doce e meiga:

"Vou lhe dar dois minutos morto, e você poderá decidir se quer ficar um pouco mais ou partir agora".

"Morrer?". Obviamente aquilo me assustou. "Eu não quero morrer".

"Ninguém quer morrer, mas você vai".

"Mas muitos precisam de mim, a Bianca precisa de mim".

"Mas a vida é sua, ninguém pode te obrigar a ficar".

Ele me toca com amor e acolhimento. "Não tenha medo, você poderá voltar por um tempo, se quiser".

"De quê morrerei, do tumor?". Naquele momento pouco importava, eu apenas queria me acostumar com a ideia ganhando alguns minutos.

"Não, Eric, quero que seja por mim, do seu coração. " E então ele disse algo que jamais iria esquecer. "Nada mais mortal neste mundo do que ler pensamentos e tentar equilibrar os sentimentos com a razão, *nada mata mais o homem do que tentar racionalizar o que o coração pede*, e você cometeu esse pecado".

"Eu sei. " Começo a chorar. Tive medo. Vergonha.

"Seu pecado foi querer ser perfeito, foi querer salvar o mundo para ser admirado".

"Devo temer ser castigado?"

"Claro que não".

Então ele se contorceu em meu peito, e eu morri:

Não, não foi um sonho. Eu andei com a morte.

Foi esta noite, e tenho que dividir com você.

Sim, e se eu contar pode lhe parecer um tanto mórbido, mas não foi.

Pode passar proselitismo, como se eu quisesse convencê-lo a ter seguidores.

Mas acredite, querer que você seja como eu, é a ultima coisa que espero, porque agora sei que não posso querer isso, é impossível.

Vemos as coisas como somos, não como são.

E o que as coisas são?

No primeiro instante em que morri, eu percebi, aquele som baixo e contínuo que zumbia em meu ouvido, mascarado pelo outro mais alto, aquele que nos faz buscar sentido em tudo.

Não quero mais buscar nada.

Muito longe disso.

Então foi emocionante?

Agora, pensando friamente, mesmo que isso pareça paradoxal, é.

Porém, no momento exato que ali cheguei, o que senti foi aconchego, como se finalmente eu estivesse em "casa".

Eu andava ao lado de um amigo próximo, talvez um anjo, (não sei precisar), o que posso lhe dizer é que era alguém muito conhecido, mas que nem me dei o trabalho de observar o seu rosto.

Caminhávamos por um lugar muito, mas muito ensolarado, porém de clima fresco e agradável. Logo, paramos para observarmos uma lápide no alto de um cume.

Mesmo a uma distância mediana, pude reparar que ela estava um tanto abandonada, mas eu sabia de quem era, e eu sabia o que nela estava escrito, eu sabia qual era o seu 'epitáfio', nela dizia: "Eu não estou aqui".

Na hora, eu ri: tive certeza que estas palavras eram mais uma prova de meu senso de humor negro e um tanto provocador.

Disse para meu amigo/anjo: "Isso quer dizer que eu sei que há vida eterna?".

Meu amigo/anjo respondeu-me: "Não, nada disso. Olhe para o seu lado".

Eu olhei, e vi conversando animadamente, muitas das pessoas importantes em minha vida, tanto as que me amavam, tanto as que me magoaram.

Então, meu amigo/anjo prosseguiu: "Veja todas as pessoas que você ajudou, olhe principalmente as que lhe foram ingratas e injustas, observe-as bem: Você está lá, meu amigo, suas atitudes estão nelas, este é o seu legado, isto que você deixou para trás. Quando seu corpo partir, seu nome demorará muito para desaparecer, pois esta foi sua verdadeira vida, e esta vida perdurará por muito, muito tempo. Um homem morre duas vezes, quando parte do mundo e quando seu nome é dito pela última vez. Aqui, neste lugar, seu nome sempre será dito, porque você fez com que todos se lembrassem de você, por isso sua vida será eterna".

Então eu entendi, e me dei conta que só pode ser feliz aquele que busca qualquer coisa, menos a própria felicidade. Isso é o mais perto que podemos chegar da perfeição.